Sakaguchi Ango

坂口安吾

堕落论

Sakaguchi Ango

Discourse on Decadence

郭晓丽——译

浙江文艺出版社
Zhejiang Literature & Art Publishing House

因为是人，所以堕落

——《堕落论》导读

坂口安吾(1906—1955)，本名炳五，出身于新潟县乡绅家庭。父仁一郎，众议院议员，曾以笔名“阪口五峰”活跃于汉诗诗坛。坂口家人丁兴旺，安吾上有十一位兄姊，下有一妹，身为幺子却不得父母宠爱。

淡漠的童年培养出乖僻的性格，少年时期的安吾逃学、打架，同时对文学产生了浓厚的兴趣。成功进入三年级，但逃学习性不改，终因成绩过差及打架事件等，被迫转入东京的丰山中学，与父亲、兄嫂等共同居住。在自传体小说《何处去》中，安吾曾记一段少年逸事。

新潟中学三年级的夏天，我被开除了学籍。那时，我在课桌掀盖的背面刻下了一段装模作样的文字：余将成为伟大的落伍者，有朝一日重现于历史之中。

在东洋大学就读期间，安吾读书废寝忘食，特别喜欢芥川龙之介、契诃夫、莫里哀等人的作品，在语言学校 Athénée Français 上学时熟练掌握了法语；毕业后，与朋友创办同人杂志，发表翻译作品。25 岁时，以短篇小说《风博士》获文坛前辈牧野信一赏识，一举登上文坛。

安吾登上文坛后，十五年间勤奋创作，持续发表作品，但未能受到充分关注，有时甚至青黄不接，须向朋友借钱维持生计。1946 年，因发表《堕落论》及短篇小说《白痴》，一跃成为当时的流行作家，与太宰治、织田作之助等一道被称作“新戏作派”，又称“无赖派”。

安吾代表作品《堕落论》的诞生，有其独特的历史背景。二战期间，日本文化界受到军方严格管制，文人失去自由发声的权利，媒体大肆鼓吹“神风特攻队”，在阵亡者遗孀中树立节妇典型，甚至禁止发表描写寡妇恋爱的文章。然而，随着日本政府宣布无条件投降，情况发生了戏剧性的转变。特攻队员做起了黑市买卖，遗孀烈女开始找寻第二春。于是当时的日本民众大声疾呼：日本堕落了。

在一片“忧国忧民”的悲愤声中，安吾站出来大唱反调：

人类要堕落，义士和圣女也都要堕落，这是不可阻挡的，也无法靠防止堕落来拯救人类。……并不是因为战败才堕落的。因为是人，所以堕落；因为活着，所以堕落。

这话乍一听似乎离经叛道，实际上不难理解其本意。安吾认为，特攻队员做黑市买卖（生存）、遗孀找寻第二春（情感），是人性之必然，再合理不过。而日本的政治家——从平安时代的贵族，到二战期间的军部——为了维护自身的统治，编造出种种谎言，用节妇烈女、忠臣孝子的幻影来压抑人性。

既然日本人自古以来被幻象绑架着，以高高在上的义士圣女作为道德准则，那么人们战后回归自然的人性，正可视作从虚假的云端“堕落”到人间。只有如此，人类才能展开真正的历史。

《堕落论》问世后，舆论哗然。支持者有之，反对之声也不在少数。于是安吾又作《续堕落论》，进一步阐明自己的观点。

文中,安吾将话题延展开来,矛头对准“吃苦耐劳”的传统美德,嬉笑怒骂:

只需按一下按钮、转一下手柄就能解决的事,却偏要嗨哟嗨哟、辛辛苦苦干上一整天,还总说什么汗水的结晶啊、勤劳的喜悦,真是愚蠢。然而整个日本都是如此愚蠢,日本的根基本身就是这么愚蠢至极。

安吾认为,使用机械代劳代步,节省力气,符合人类的本性;而吃苦耐劳精神与武士道、贞节观念、天皇制一样,压抑着真实的人性,属于社会发展的一大阻碍。

《堕落论》及《续堕落论》中所表现出的思想,不宜简单视作对“旧道德”的批判。安吾的“堕落”,指的是褪去一切虚伪的外衣,“回归到真实的人的状态”。虚伪的外衣或许由道德强加而来,又或许不是;可能来自腐朽观念、陈旧习俗,也可能来自前卫思潮、先锋理论。正因如此,这篇语出惊人的《堕落论》才跨越了时间与国界,闪耀出永恒的光辉。

本书除收录《堕落论》外,另选有十余篇具有代表性的杂文,集中表现了安吾的创作理念、文化观、伦理观,一以贯之的则是务实精神。其中，《续堕落论》《天皇小论》是对《堕落论》的补充及发展；《论 FARCE》《拒绝枯淡的风格》《文学的故乡》《教祖的文学》《颓废文学论》五篇属于文学论，《不良少年与基督》《太宰治情死考》二文专论英年早逝的太宰治；《日本文化之我见》《欧洲式性格　日本式性格》对日本传统文化做出坂口式的独特反思；《青春论》《恋爱论》《恶妻论》《吾之申明》则纵谈自己对人生、人性、人际关系的态度。

无论文学还是社会，安吾的双眼始终注视着“人”与“生活”，文化的根本目的在于提高生活质量，与生活脱节的“美”，则要等而次之：

即使京都的寺庙和奈良的佛像全都被毁也不会觉得困扰，但如果电车动不了可就麻烦了。于我等而言，只有“生活所需”才最为重要，哪怕古代文化完全消失，只要生活还在，只要生活本身没有毁灭，那么我们的独立性就是健全的。

当然，京都的寺庙不可能全部被毁，安吾恰巧碰上一次，那就是 1950 年的金阁寺纵火事件。国宝付之一炬，整个文化界悲痛不已，安吾却发表《国宝烧亡无妨论》。在安吾看来，金阁寺只是一种小家子气的“美”，于人、于生活不存在价值——除了作为旅游资源创收之外。

与文化领域的鲜明畅快不同，安吾的政治思想似乎显得难以捉摸。一方面，安吾反对二战，批判天皇制，对军国主义、右翼势力深恶痛绝；而另一方面，针对战后日本兴起的激进派暴动事件，安吾也持否定态度。如何看待安吾的政治思想？日本学者柄谷行人在《安吾与无政府主义》一文中认为，评判安吾的政治思想，应以“启蒙主义—浪漫主义”为轴，而非传统的政治上的“左翼—右翼”。

安吾一生颇以其小说自许，而其杂文、随笔作品亦多有见地，两者互补并观，或许更有利于读者理解这位复杂而矛盾的日本作家。

（何中夏）

目录

论 FARCE[①]

艺术的最高形式是闹剧，当然我并非是要煞有介事一反常规地陈述此类僻论，但是我从不认为闹剧诞生于较悲剧或喜剧更为低下的精神之中。然而就内容而言，大家一般都会认为笑是比眼泪更为低级的东西，在当下，喜剧是因为有眼泪的支撑才勉勉强强躲过了被抹杀的命运，于是闹剧这等货色被弃置于艺术范畴之外也就不足为奇了。话虽如此，即便如此，我绝对不是义愤填膺要于此挺身而出做英雄拿破仑，不管我的主张是否会

① 本文中指闹剧。

被接受，我都会一个人为之兴奋狂热——换言之，这正是鄙人所持的闹剧精神。

不过——

（首先必须提前交代的是，本人才疏学浅，即便是在写这篇文章时也并未涉猎任何前人的权威文献，因此对那些一般性的定论抑或是闹剧的起源之类的，实在是连只言片语都无法置喙，于是绞尽脑汁决定采用最易蒙混过关的论法——如果诸位能够善意地把上述遁词也解释为是拜闹剧精神所赐，那鄙人自当感激涕零，说不定会因此心跳停止猝然倒地呢——）

言归正传。正因为如此，在写这篇文理不通的文章时，我尽力保持谦逊，不强行与公共观点较劲，避免摆出一副“闹剧也是艺术”的架子唬人，但即便如此，“所以，只有悲剧才是艺术”这类的说法还是有些出乎我的意料。为此，我首先要做的是毅然决然地把这棘手的“艺术”二字从文章中剔除出去（啊，痛快淋漓！），悲剧、戏剧和闹剧一视同仁，全部视为戏剧，只关注使之创出的“精神”，同时，希望欣赏者能够保有如白纸般纯洁的广博宽容的读者“精神”，唯此而已。

另外，在本文中我要讨论的问题并不仅限于戏剧，而是要就整个文学领域的闹剧展开论述（而且，我也不了解这些概念的严格定义，请允许我姑且按照自己的说法来谈吧——），为此暂且将悲剧、喜剧、闹剧的内容分别概述如下:A. 悲剧指大多数的严肃文学,B. 喜剧指靠寓意和眼泪支撑、以其耐人寻味的侧面来打动人的笑剧、小说,C. 闹剧指以狂欢喧闹贯穿始终的文学。

虽说如此,但我当然不是轻视那些属于 A、B 文类的文学。第一,对文学做如此分类本身就无法令人满意,所有文学都源自同样的精神,这是毋庸置疑的。其次,正因为如此,在当今这个轻视闹剧的时代(其实并非仅限于当下,在所有的时代闹剧都是不被重视的——),我坚持要说,闹剧也是诞生自与悲剧、喜剧同等崇高的精神之中,虽然其外部表现为荒唐的形式,但其本质精神却并非那么荒诞不经。当然闹剧中也有无聊的东西存在,这就和也有很多无聊的悲剧、喜剧存在一样,承担相同程度的责任即可。

由此,我从一开始就想阐明的一点是,尤其是在日本古典文学当中,属于 C 类的优秀滑稽文学流传下来的格外之多。我并不精通古典,因此在我目之所及的范围之外肯定还有很多滑稽文学,但仅就我平日爱读的作品来看,也可以举出狂言①、井原西鹤(《好色一代男》《世间胸算用》等)②、《浮世澡堂》、《浮世理

① "狂言"是日本古典戏剧形式之一,成立于日本室町时期。多通过滑稽、模仿描写当时的社会世象和日常生活,往往在能剧演出间隙穿插表演。

② 井原西鹤(1642—1693),日本江户前期的《浮世草子》作者、俳人。

发店》、《花历八笑人》、《东海道徒步旅行记》、平贺源内①、山东京传②、黄表纸③、落语④等。

整体而言，在文学的本来面目这个问题上，我国的古典文学中存在忌讳一板一眼如实来描写现实的风气。其底层有某种象征在自然而然地发挥着作用，通过某个角度把现实拔高到写实之上的层次，做不到这一点就不能称其为文学，这已成为一种传统。即使是主张写实的芭蕉⑤，他的俳谐也并非仅仅是写实的，这是非常明确的——当然，对作者本身而言，自身的角度、精神、技巧和词句这些东西，离开了文章所要表现的现实都将无法存在，因此作者本人相信自己是写实的，这也是无可厚非的——如此来看，即使是以看上去最为写实的文学而言，我国的古典文学也绝不是写实的。

再有，《花传书》的著者世阿弥⑥等人虽然也极力主张写实，

① 平贺源内(1728—1779)，日本江户中期的医学者、通俗小说家、画家。
② 山东京传(1761—1816)，日本江户后期的通俗小说家、浮世绘画师。
③ “黄表纸”是日本江户中期到后期刊行的通俗绘图小说，多滑稽、讽刺，因使用黄色封面而得名。
④ “落语”是日本的单口相声，起源于江户时代。
⑤ 松尾芭蕉(1644—1694)，江户前期的俳句诗人，人称“俳圣”，芭蕉是其俳号。
⑥ 世阿弥(1363—1443)，日本室町前期的能剧演员、能剧作者，能剧的集大成者。著有20多部艺术论和50多部能剧。其代表作《风姿花传》，俗称为《花传书》。

但其实那并非是所谓的写实，这也是不争的事实。我记得在世阿弥的《花传书》中读到过一段，意思大致如下："在表演能剧[1]时，演员（比如说鄙人）在扮演一位女性时，首先必须以将'花'（指优美这一观念）传达给观众这点作为第一要义。首先要赠之以'花'，而后鄙人才能表现出女性的实质来——。"

据我所知，如上这般精湛的见解并不多见。除此之外，世阿弥也还有很多艺术理论流传下来，不过中世以后的日本文学是否很好地传承了他的精神，这一点尚需商榷，但是与上述"首先要赠之以'花'"完全相同的精神一直在深处流淌着，强烈作用于后世作家的作品。这在俳谐家芭蕉的精神中也能窥见，而且通过本文所讨论的戏剧家们的作品（狂言自不待言），我也能感受到这一精神的强烈作用。

当然，该精神并非仅仅局限于日本一国，在欧洲也是如此，凡称为古典的艺术大致都是从这样的精神中创出的。"单纯的写实"本来就并非理论，只是不合常理的俗见，本来就被认为是"非艺术"的，并没有人会采用之。到了近世，碰巧理论在艺术领域也发达起来，出现了试图从理论来创造艺术的倾向，努力想

① "能"是日本古典戏剧形式之一，是一种由唱、伴奏、舞蹈组成的音乐剧。中世时自猿乐发展而来，室町时代的观阿弥、世阿弥父子是能的集大成者。2008 年能与狂言一起被列入世界非物质文化遗产名录。

要探索出某些新东西来，以别开生面附加在既有的艺术上。结果，从自然主义时代①开始，单纯的写实堂而皇之地风行起来，好像它本身即是正当的艺术一般。

这类事情并非仅发生在文学领域，音乐上也是如此（我对音乐的了解近乎无，但还请允许我这个门外汉简单说几句——）。比如说近代音乐领域的前辈德彪西②，当然我绝非要低估他的价值，但即便是这位伟大的前辈，也还是毫无反省地写下了很多单调的描写性音乐，像《西风所见》《雨中花园》这类的作品，就好像这些都是最前沿的、最纯正的音乐一般。对于这种视当时的人们为盲人般的蛮力，我唯有表示震惊而已。时至今日，不分东方还是西方，但凡冠以近代之名的音乐多是在一味地践行单调描写性音乐的蠢路。由这些萧索单调的精神产生出来的作品，在吕里③、库普兰④、拉莫⑤、巴赫⑥等古典大家那里是不会出现的。单纯的写实很难成为艺术。

---

① 文学上的“自然主义”指不美化、不避开丑恶、力求如实地描写现实的文学主张。19 世纪后半期以法国为中心兴起，在日本是 1900 年左右开始在文坛占统治地位。

② 阿希尔-克劳德·德彪西（Achille-Claude Debussy，1862—1918），法国作曲家。

③ 让-巴蒂斯特·吕里（Jean-Baptiste Lully，1632—1687），法国作曲家。

④ 弗朗索瓦·库普兰（Francois Couperin，1668—1733），法国作曲家。

⑤ 让-菲利普·拉莫（Jean-Philippe Rameau，1683—1764），法国作曲家。

⑥ 约翰·塞巴斯蒂安·巴赫（Johann Sebastian Bach，1685—1750），德国作曲家。

无论是语言、声音还是颜色,都应有其作为语言、声音和颜色本身该有的更为纯粹的领域。

一般而言,在我们的日常生活中,语言主要被用作"代用"工具。举个例子,当我们就风景展开对话时,按理说谈话者实实在在地看着所谈论的风景的这种情况是最好理解的,但是实际往往没有那么方便,因此我们才需要借语言来说明。这时候,与其代用语言加以说明,不如出示一张照片来得方便。在展示眼睛看到的实景时,求助于照片是最好的方法。

如此看来,作为代用工具的语言,换言之就是单纯的写实、作为说明工具的语言,是无法冠之以文学之名的。因为比起写实来,实物才是更为货真价实的。单纯的写实在实物面前毫无意义。如果把单纯的写实和说明称为文学,那么文学在对声音加以说明的时候直接省去语言而插入乐谱和留声机就好,在说明风景时省去语言直接插入照片就好[后来确实有好事者郑重其事地在超现实主义者安德烈·布勒东①的《娜嘉》("*Nadja*")中插入了十几张照片],如此一来当有声电影出现之后,那么文学就请随之消失吧。仅仅为了描写人生的话,最正确的做法当属直接给地球裹上一层书皮了。

---

① 安德烈·布勒东(André Breton,1896—1966),法国诗人、评论家。

无论是语言、声音还是颜色，都应有区别于各个代用工具的，作为语言、声音和颜色本身该被使用的更为纯粹的绝对性领域。

上面虽然提到了纯粹的语言这一说法，但语言本身当然是同一的，并不是说语言本身存在两种类型，在作为代用工具的语言之外并不存在另一种纯粹的语言。说到底，语言的纯粹度应该是完全由运用语言的精神之高低所决定的吧。从崇高的精神中生发出来、遴选出来，通过一个角度达到了作为代用工具的语言所没有的高度并表现出来，这样的语言应该就是纯粹的语言了吧。（所谓文章练达，就是要怀着这种崇高的精神终生修行，这个问题在这里不再展开论述。）

“写成一个作品后，在自己的感受有所深化之前，我是不会去写下一部作品的。”谷崎精二氏①在回忆录中写道，葛西善藏②曾多次说过上面的话，并且也是勇敢地践行着这一原则。这话令人钦佩——我实在是汗颜之至，除了借用葛西善藏的话来表达以外，现在我自己竟然找不到更为准确、恰当的词句来予以说明，于是只好先引出这句话来——这句令人钦佩的话体现出了一种创作精神，这种精神就是把文字（以及声音、颜色）划

① 谷崎精二（1890—1971），日本小说家、英国文学研究者。谷崎润一郎的弟弟。
② 葛西善藏（1887—1928），日本小说家。

分成艺术和非艺术时该持的金科玉律了吧。

对“语言的纯粹度”只能做如上过于笼统、完全让人不得要领的说明，这让我觉得颜面尽失、暗自惭愧不已，因此我鼓足勇气举出下面这个例子——

“古池啊　青蛙跃入　水声响”①

这句任谁来看都是非常纯粹的语言吧。应该不会有人想要作一首青蛙入水声的曲子，通过音乐来表现该句的意味吧。这首俳句带给我们的感动，也不是青蛙跃入古池这样的现实风景能够传达出的。在这里，一切的道理都消失了，只有一种气场在运转。

“古池啊　青蛙跃入　水声响　寂寞吧　在这秋日的黄昏”②

上面这首和歌是我从五十岚力氏③的名著《和歌的诞生及

---

① 日本俳圣松尾芭蕉的千古名句，日文原文为“古池や蛙飛び込む水の音”。
② 日文原文为：“古池や蛙飛び込む水の音　淋しくもあるか秋の夕暮れ”。
③ 五十岚力（1874—1947），日本文学研究者。该书的日文题目为“国歌の胎生並びにその発達”。

其发展》中选出来的。如同五十岚氏本人所阐明的一样,在这里他善意地加上了下句,由此明确地附加上了一种感情、一个季节。但是,正是这一善意的下句毁掉了芭蕉的名句,使之成了鸡肋,意韵尽失,除此之外并无任何贡献。语言的秘密、语言的纯粹、语言的绝对性——这些听上去好似虚张声势的诡辩一般,但请诸位通过上面这简单的一行俳句、一行和歌来领悟其实质吧。不管如何费劲唇舌、事无巨细地说明,终究成就不了艺术。运用语言时该有的崇高的艺术精神,才是第一要义。

即使是像文学这样直接面向大众的工作,也是必须要主张其自身的专业性(speciality)的。专业性伴随着文学特有的本质而存在,不管想要如何使之大众化、如何简单易懂,都不可能大众化到专业性的底线以下。这就要求读者必须自行攀登到这条最低的专业性底线上方来。如果上不来那就无可奈何了,作者是无法去到专业性底线之下的。至少从守卫文学的角度来讲的确是这样的。而单纯的写实根本进入不了文学的专业性之内。至少必须拥有纯粹的语言,必须拥有能够生发出纯粹语言的昂扬精神——这就是文学专业性的底线。

总之,就艺术而言,在作品塑造的世界内部存在一个真实的世界,除此之外并不存在其他可供摹写的实物。从这个意义来说,艺术的确是创造,无论如何都不能舍弃创造这一艺术的专业性。

那么，再来看闹剧——

即使是在文学专业性的圈子里，闹剧也属极为自在洒脱、极尽我行我素之能事者。因为它过于专业化，就连愿意向晦涩难懂的文学示好的人们也往往对其存在误解。

当然，并不能因为过于专业化和晦涩难懂就说它是伟大的文学，这种逻辑丝毫都不成立。只要是在专业性的视野之内做评价，要么就说是大众化的，要么就说是贵族化的，此外再无可以选择的余地。（当然鄙人绝不认为闹剧是晦涩难懂的，绝不那么认为！）这个话题暂且到此为止，那么——

毕竟，对人来说，有形之物似乎比无形之物更容易理解。而悲剧是远离现实就无法成立的类型（喜剧也是如此）。荒诞不经并不具备激发人的悲伤情绪的力量，然而闹剧的本质却正是荒诞不经。在艺术领域里，对“荒诞不经”这个奇妙的词应多加留意，反复琢磨。

从根本来看，人们总是把“空想”这个词与“现实”对立起来考虑，这是错误的根源所在。我们人这一生假设有五十年，其中有五年左右的时间花在了空想上。如果说人类自身的存在是现实，那么实际上由人类所发的空想为什么就不是现实了呢？只是因为它没有形状吗？如果不抓住实物就无法理解吗？正因为无法抓住，所以要承认空想作为空想本身的现实性。说到底人类不过是在空想与实际的差距之中奄奄一息地(鄙人则是兴奋狂热地——)生存着的虚幻无常的生物而已。正因为存在这巨大的矛盾,正因为极其虚幻,我们才会庆幸自己是人,好歹不是猪呀蚂蚁什么的。人类就是这样。

仅仅以"有无形状"这一点来区分现实与非现实,这绝对无法让人接受。必须去感知,被感知的世界是真实存在的,被感知到的世界对于我们来说就是坚固的现实,无法真实体会到这些的人就不能大胆地迈入艺术专业性的领域。

闹剧是在人类的观念中最为微妙地舞动着的精灵。作为现实的空想——到此为止确定无疑就是现实,但如果再向前踏出一步就会成为真正的荒谬,像这样所有的欢喜、悲伤、哀叹、梦想、嗟呀、私语,一切事物的混沌不清,一切事物的矛盾,所有这一切都处于巅峰且尽情地演出着,纵情狂欢的怪物和国王都是惹人喜爱的,这就是地地道道的闹剧。无论可知抑或不可知,在人类能力所能到达的世界里,尽力展开所有的翅膀去翱翔,去寻衅滋事,就像人类自身一般虚幻。诚然,其虚幻性也是不折不扣的,但只要人类自身是现实的,它就绝不会闯到现实以外的地方去。这就是闹剧,是最为荒诞不经的。只要再向外踏出一步,那就的确会堕落到荒唐的境地。当然这里所说的纵情狂欢的程度属于文学精神层面的问题,虽然中间只隔了一层薄薄的窗户纸,但却是质的差距,相差甚为悬殊。

闹剧就是要全面肯定人类的一切,毫无保留地予以肯定。凡是与人类现实有关的所有一切,不管是空想、梦想,还是死亡、愤怒,抑或是矛盾、荒唐和窃窃私语,统统予以肯定。对否定予以肯定,对肯定也予以肯定,肯定之后还会再次肯定,只要是与人相关的一切,闹剧全部都永远地、永恒地、永久地肯定着,永不停歇。肯定谛观,肯定叹息,对自己否定别人的言行也加以肯定,对道听途说的内容也加以肯定——换言之,是要全面肯定人的存在,其结果就是陷入到无法理清的混沌之中,就像咕咚一声整个吞下了一颗不合情理的矛盾的珠子。但是闹剧绝对不是要解决矛盾,而是在永远地持续不断地肯定人类实实在在的混沌状态,其坚韧不拔到了令人吃惊的程度,足以让人为之兴奋狂热不已。尽管那姿态是悲情的,如同拉曼恰的堂吉诃德先生一般,从头到脚都满是 Ridicule(嘲讽)。那其实不是闹剧之罪,应是人类的罪吧。闹剧绝不应为此负任何责任。

这里是遥远的太古时代的集市,一名武士站在这里。因为恋情或是其他什么缘由,这个武士不得不和自己的父亲展开一场决斗,陷入了这样的困境。对于他的苦恼,不管是进行悲剧式的阐发,还是进行喜剧式的嘲讽,都只是单方面的表达,很难表现出孕育了人类自身无可解决的矛盾的那种整体性。但是闹剧却是要对其进行整体性的把握。于是闹剧径自把这一对可敬的苦闷的父子置于了最滑稽、最惨不忍睹的奇特立场，让他们大打出手，表演一出殊死格斗的武戏。通过他们的表演，通过猛烈的狂欢喧闹、激烈的决斗，力求把现实存在的所有那些无可解决的矛盾都原封不动地拔高，使之升华。

看上去这已经与现实的——不，应该说是与手可触碰到的有形世界之间没有任何关涉了。感知，说到底只是感知——是这样的世界。

闹剧是要全面肯定人的本来面目，如此一来势必不会关注人的个体性格层面，而是要从本质上来把握人，结果很多时候就会变得极为概念化、一般化。由此，人物大多是类型化的，情节也很单一，大致都相差无几，甚至连对话的方式、其中的包袱、文章的写作方法等方面都看不出各国之间有什么特别的不同。

闹剧多对人物做类型化处理，这类人物的典型特征可略举一二，比如他们大多会认为“鄙人真是伟大”“那个年轻人暗恋着我呢”，大都非常自恋。但其实他们并不伟大，也非智者，更非别人暗恋的对象。闹剧的作者非常喜欢用严苛的目光审视作品中的人物，无一例外。不管人物自恋与否，都不会只赋予人物一种性格，伟大者不会总是伟大，睿智者也不会一直睿智。哪怕是“这个家伙比那个家伙更机灵呢”这种程度的评价标准，闹剧都绝对不会提示给读者,类似于"那个家伙蠢透了"这类的词句,闹剧是绝不会说的。再有,举例来看,闹剧的人物很多时候都会大放悲声说"鄙人真是悲惨,我的命运实在太残酷了……"之类。但是,闹剧的作者们往往对这类悲叹毫不在意,对这些悲伤的皮埃洛或是斯嘎那勒尔①之流不加干预,仅以严苛的目光审视之。闹剧的作者绝不会去同情任何一个人(当然也包括他们自己)。他们顽固得就像木头人,像木桩、电线杆一般,完全拒绝敞开心扉。因而通过对一切事物所持的这种冷酷和冷漠,达成了对一切事物的肯定。这一悲情手段是闹剧作家必须领悟、坚持的金科玉律。

从根本而言,闹剧向来都是最爱卖弄、浮夸的(属于不伦不类没做好的)文类,不分国别。但是在西方,到了近代,闹剧逐渐变得具有科学性起来——这样说也有些夸大其词,换言之,闹剧的整体结构变得甚是合乎逻辑起来。于是,在措辞方面反复雕琢以求合乎逻辑,此举使得闹剧的文章做法似乎也在努力排除掉那些不知所云的混沌。在散文方面,从埃德加·爱伦·坡②(他有 *Nosologie*、*X-ing a Paragrb*、*Bon-Bon* 这类的一些不知所云

---

① 莫里哀的喜剧《唐璜》中的人物。

② 埃德加·爱伦·坡(Edgar Allan Poe,1809—1849),美国诗人、小说家、文学评论家。

的作品）那时候起，就有人把这一写法用得近乎完美了。戏剧方面，法兰西现代作家马塞尔·阿沙尔[①]的《请和我一起玩吧》等作品也已把这方面的精湛技巧用到极致。

但是日本的情况却和西方正好相反，历史最为悠久的狂言的结构最具逻辑性，在人物处理上也和西方近代的情况最为相似。

西方近代逻辑性的闹剧写作方法本质上其实极为单纯，就是在“A是A”“A并非不是A”这类最为单纯的法则之上，以此为基调结构而写成。修辞且不必说，故事情节和人物整体来看也都运用了这一法则，非常明显。以马塞尔·阿沙尔的《请和我一起玩吧》为例，稍稍翻阅任何一页都能清晰地读出这一点。但是，这种逻辑性处理非常容易陷入僵局。阿沙尔也是这样，他很早就遭遇到了瓶颈，最近正试图转向更为个性化、更为现实的喜剧创作上去。但是他尚未充分把握好闹剧和喜剧各自在文章处理上的特征，所以好像既非喜剧又非闹剧，和两者都若即若离、游移不定，最近的作品大都没什么价值。

当然，上述逻辑性的方向并非闹剧的唯一方向。闹剧自有其作为闹剧所独有的个性和现实性。在西方的古时候，日本的

① 马塞尔·阿沙尔（Marcel Achard，1899—1974），法国剧作家。

闹剧，特别是在江户时代是相当独具个性的，而且现实性也很强。《浮世澡堂》、《浮世理发店》、西方的 *Maître Pathelin*（法国 15 世纪左右的作品）等就是这样。我们的闹剧在这个方面有很大的发展余地，反过来讲，从概念化、异想天开的狂欢喧闹这个方面来看，古今东西做得也并不够，很是寒碜。以科学为立国之本的西方在这方面其实弊端更为明显，比如像奥斯卡·王尔德[1]有一部作品《坎特维尔的幽灵》，日本有一个落语作品采用了和它同样的写法——题目我给忘记了（讲的是隐者使唤妖怪的故事），对我来说，这个落语远比王尔德的小说构思新颖，给我带来了无可比拟的感动。话虽如此，日本的闹剧也绝不是已经没有了自由发展的空间。

因为受落语等的影响，日本的滑稽文学堕落为无聊搞笑者不在少数（其实外国那些不入流的滑稽文学大致也都是如此）。那些伟大的，在哲学基础上推导出的幽默需要发挥人的联想和想象能力，需要头脑的高速运转，换言之，是利用其意义反过来强化无意义，近代风格的滑稽文学（日本的话比如“狂言”）全都抓住了这一方向。但是，江户时代的滑稽文学、西方的古典文学却走向了不同于此的别的方向，强调生活化致使幽默堕落为无

① 奥斯卡·王尔德（Oscar Wilde，1854—1900），英国作家、艺术家。

聊搞笑，很多作品都很差，根本无法入眼（后世模仿《八笑人》写出了《七偏人》这样的低级作品，如果要了解无聊搞笑文学，这就是最合适的例子）。当要把闹剧做人性化和生活化处理，使浮世之风渗透到其中时，非常容易走入上述歧途。当然对这一点也是仁者见仁、智者见智，可能是因为搞笑者技艺不够精湛，如果换一种表现方法，乍看上去貌似是短板的这一方向也尚有可拓展的余地。我在听落语的时候经常有这样一种感觉，那些假如写成文学作品恐怕会让人读不下去的低劣东西，经由落语演出家在舞台上表现出来时，却会成为感人至深的优秀艺术。技艺很难靠讲道理来习得，衡量和评价起来也很难。自古以来闹剧作为文学倍受轻视，因此它必须在技艺上多多拓展新的方面。

我并非知识渊博之人，所知也不那么详细，姑且约略来谈一下吧。就其本来特质而言，估计自人类智慧存在之始，“闹剧”也就同时出现了，历史非常悠久。正因为如此，所以一直没有付诸特别的努力，也未取得较大的突破和发展。我衷心希望今后闹剧能够得到重视和悉心孕育。至少也要做到不再轻视闹剧才好——

闹剧让人放松，仅就这一点来看也是非常了不起的。Peste！

《青马》第五号，岩波书店，1932年3月3日发行

意图性创作文章的形式与方法

一

使小说文章与其他文章区分开来的，并不是小说独有的文章特征。之所以这样说，是因为本来就不存在小说特有的文章写法。无论是我们的日常语言还是小说，都同样是以“下雨了”来描述“下雨了”这件事，“落下了悲伤的雨”这类并非小说文章。

当然有时候必须要说雨“猛烈地”下或是“滴滴答答地”下。但是在小说那里，下雨了这件事绝不具有独立自足的意义，最为重要的，是需从小说整体的效果去考虑是否有必要写下雨了这事儿。

小说文章不允许写那些没有必要的东西，因为那些无用之处会毁掉小说。由此，选定确有必要书写的事项就成了小说文章的第一要义。

换言之，就小说文章而言，比起呈现出来的文章，更为重大的秘密其实在操纵文章的作者意图那里。在作用于表面的文章之前，作者意图就已经在对事项的取舍选择发挥作用了，而且这作用是更为重大的。论及小说文章时，不管是创作还是批评，首先都必须关注这隐匿的作者意图。

拙劣的小说大多取舍选择自肤浅的根基，写个“一”要耗费“十”的篇幅，即便如此还是无法表现出“一”的核心所在。与此相反，杰出的文章往往源自崇高的精神，由深厚的根基推出，少了这些即不可得。

二

如前所述，在作者意图发挥作用之后，随之而来的是文章表达的问题。

一般的文章是以最恰当、平明易懂的表述作为表达的要义，这一点在小说文章这里依然适用。但是，对于小说还有其他更为重大的要求，未必只是做到恰当平易即可。

详细来讲，作家在结构 A 这个辞章时，不仅要受描写 A 的意图的作用，同时还要受小说整体表达这一意图的驱使。作用于 A 的意图的确是需要直接面对的意图，但实际上它又是作用于小说整体意图的一条支流。因此，A 文章在作为 A 存在的同时，还必须是从小说整体效果考虑必须存在的 A。也就是说，在瞄准 A 的直接效果的同时，也要考虑 A 的间接效果。不仅如此，有些文章甚至单单是为了间接效果才写出来的。

为此，有时候会故意歪曲文章，或重复，或省略，或夸张，甚至服从于某个意图而特地着些无用的笔墨，这些都是必需的。特别是到了近代文学时，文学愈加理性，探索精神盛行，有时候这种歪曲的文章法是绝对必要的。

不过，关于故意晦涩为文这一点，说到底是为了以晦涩的文章来提升小说效果，进而反过来使小说整体上简洁明快起来。切不可只是为了晦涩而晦涩。

总之，小说必须明快恰当，但为使小说主体做到明快恰当，有时候反而需要对各部分的文章做晦涩化处理。在描写时需刻意歪曲这点——换言之，通过某个角度去观望、去表达这点——是小说文章的特殊性之所在。

之所以这么说，是因为小说并非是要一板一眼地对事态做出说明。除描写出来的作品之外,小说并不存在其他实体,小说就是其自身创造出来的实体,小说文章的特殊性也是由此而来。下面将详细论述这一点。

三

我们的日常语言是作为"代用"工具来使用的。设想一下当我们想向别人介绍一幕风景时的情况。按理说最好是能让对方实实在在地看到风景,当不存在这种便利的情况时,我们就需要借语言来加以说明。故而,与其代用语言加以说明,不如出示一张照片更为合适,而如果可以的话,最好的方法莫过于一起欣赏实际风景。

但是,不管这些说明多么逼真,也不管它是由何等华丽的辞藻连缀而成,都无法被称为艺术。这是因为和说明相比,给对方展示实物才是更为货真价实的。

在艺术所描绘出的内容之外并不允许存在其他的实物。因为艺术就是创造。

要论仅仅单纯地描画现实,在描写风景时就插入一张照片,在描写声音时即插入乐谱,这样算是最恰当的了吧。但在真正的现实面前,所有这些都化成了毫无意义的努力。在艺术这里,即使称之为写实,也绝不是直接一五一十地摹写现实。

伟大的写实作家必定是伟大的幻想家,莫泊桑[1]在其小说论中如是说。这话初听起来煞是离奇,实际上却有着如下极为切实的根据。

作家不可能讲述所有的事情。数不清的无聊事充满了我们的生活,如果要把它们一一列举出来,每天至少得写一卷书吧。

因此必须做出选择。而且,仅以这个理由来看,“完全真实”“完全写实”这类说法也是没有任何意义的。

为此,即使是最彻底的写实主义者,只要他是艺术家,就断不会想要把所谓人生的写实展示给我们,而是会努力向我们传达比现实本身更完整的、更具张力的、更具感染力的人生幻影。简言之,塑造出完整的幻影才是卓越的写实作家该做的工作。

而且,有人相信这世界上真的存在现实,这种认识是错误的。因为每个人的感觉和理性都不同,对同一个事物的理解也不尽相同。A 以之为美的东西,B 会认为是丑的,这种事情经常发生。在此意义上,对每个人来说,真实各不相同,并不存在不变的现实。换句话说,我们每个人都拥有属于自己的幻影。

因此可以说,艺术家就是用自己学到的,能够运用自如的一切艺术手法去再现幻影的人。不过,要让 B 接受 A 的幻影是一

---

① 居伊 · 德 · 莫泊桑(Henri de Maupassant,1850—1893),法国作家。

件非常困难的事，仅靠简单的说明或自以为是的夸张根本做不到，这需要艺术上至为艰难的技术发挥作用。换言之，艺术家是能够把自己的幻影施于他人的那类人。

如上所述，最为写实的作家并非简单的说明者或写实家，这点诸位应该理解了吧。而且，艺术家要赋之于创作的他本人的幻影，虽可称为幻影，但却并非实际存在的东西，只有当它被描写出来之后，才得以作为被描写物而实际存在。

那么，并非简单说明性的文章是怎样的文章呢？下面就这一点展开论述。

四

话说回来，所谓艺术领域独特的、纯粹的语言本不存在。小说中用的词汇和我们的日常词汇完全相同，毋宁说如果用了日常用语之外的那些晦涩难懂的词语、已被遗忘的废词或是佶屈聱牙的华美辞藻，其实更有误解艺术的危险。

那么，是什么使同样普通的词汇上升为艺术了呢？要想理解这个问题，稍稍需要一些超理性的理解力。因为这其中包含着堪称为职业秘密的超理性因素。

硬要说的话，那应该是由作家运用语言时的精神高度决定的。流淌在作品底层的作家精神构成了作品的立场，并在表面显现出来。这立场正是我最想探讨的，留待下章说明，这里先姑且就此类文章的一个例子叙说一二。

不过，在散文中很难找到此类文章的例子。这是因为散文中的单个句子往往并不具备独立的表达效果，一定会在前后文脉中结成复杂的关系。下面我想就芭蕉的文句做些说明。

“古池啊　青蛙跃入　水声响”

这首诗带给我们某种感动。我绝非是要对这句做出高度评价，但其艺术性是毋庸置疑的。

关于这一句，我们首先认识到的是，之所以能从中获得感动，并非是因为古池塘的风景之美，也不是因为青蛙落入水中的声之悠扬。假如有那么一位音乐家，在给这句诗作曲时一丝不苟地加上了青蛙跳入古池塘的声音，那么这注定只能成为笑柄吧。

“古池啊　青蛙跃入　水声响　寂寞吧　在这秋日的黄昏”

上面这首和歌是我从五十岚力氏的名著《和歌的诞生及其发展》中引用过来的。如同五十岚力氏本人所阐明的，在这里他更进一步，把一个特定的季节、寂寞之情以及与这寂寞相称的黄昏时刻都明确告诉了读者。这首和歌把古池的情景细致入微地呈现给我们。但是，这非但没能深化诗句带给我们的感动，反而拉低了作品的意境，格局尽失。寂寞一词落到纸面上之后便失去了实感，最终沦为了单调的风景介绍，再无任何动人之处。这就是和歌给予我们的感受。艺术并非是要把写实的照片展示给人看，通过上面的例子即可认识到这一点。

作家的精神并非白纸一张，不是要去一板一眼地描画事物。作家的精神是复杂的——其中蕴含着他一生的历史，甚至还有耗费一生亦不可解的几多歧路。这庞大的复杂体逐渐凝聚成一股意志，作家即由此诞生。语言之所以能够成为艺术，首先依靠的是精神，而非词汇或知识，但是如果一味就精神去论精神，其实是没有抓住解释艺术一事的关键。

作家倾注的精神构成了作品的立场，并浮出表面。这里讲的立场是促使作家对现象进行取舍选择的直接母体，文章中的表现力和张力的不同方向也全部是由这一立场来界定的。因此，该立场才是使文章上升为艺术的根本所在。

五

作品的立场正是作家的意图，而非其他。

如果只有观察(不管这观察多么老辣),或者只有思想(不管这思想何等深远),对于艺术来讲都只是照片般的素材而已。而做出观察并赋予思想以通路和方法的,是作家的意图。

下面以作品中的人物处理为例。以陀思妥耶夫斯基[①]为代表的一类作家是在夸张地描写人物具有鲜明特征的部分,由此衬托出其整体人格。与此相反,莫泊桑则是尽量不触及人物特征,而是通过些微小的细节去刻画不同人物。再有,像巴尔扎克[②],比起人物的个性来,更加关注人群的类型化,通过凸显类型性的特征来推动人物描写。另一方面,也有像本杰明·贡斯当[③]这样的作家,并不在意性格,而是试图通过剖析心智和心理来解释人性,力求探索出处于理智之巅的诗性。

在陀思妥耶夫斯基的作品中,有的人物在出场时被作家贴上了最平凡的普通人这一标签,我们能够抓出好几个这样的人。他们确实都是我们所熟识的平凡的人;与此同时,他们又都有着不同寻常的奇特之处。但我们读者却只能把这些奇特的人们当成绝对普通的平凡人来看待;又或者平凡人这个群体本就是如此奇特的,这才是事实。我们看惯了平凡人的奇特之处,以至于

① 陀思妥耶夫斯基(Достоéвский,1821—1881),俄国小说家、思想家。
② 奥诺雷·德·巴尔扎克(Honoré de Balzac,1799—1850),法国小说家。
③ 本杰明·贡斯当(Benjamin Constant,1767—1830),法国小说家、政治思想家。

熟视无睹。在陀思妥耶夫斯基描写出来之后,我们才清楚地意识到身边就有无数奇特的平凡人。由此可见,陀思妥耶夫斯基即使是描写平凡人,也会着力去凸显人物最为显著的特征,他属于这类作家。

莫泊桑的杰作《两兄弟》(*Pierre et Jean*)却是与上述陀氏作品风格迥异的小说。哥哥皮埃尔虽然野心勃勃、充满激情,却又出奇冷静、坚韧且心性不稳,在这部作品中刻画得极为一般。然而,作为读者,我们完全接受了这种处理,通过那些细微的表现清晰地想象着皮埃尔的整体形象,一口气读完。假如由陀思妥耶夫斯基去写这位皮埃尔的话将会是何种情形呢?或许会完全写成沙托夫①那样也未可知。从结局来看,怪人沙托夫和普通人皮埃尔终究属于同一类人。

优秀的作家各有各的角度,各有各的路径和方法。尽管路径天差地别,但到达的终点却很一致。同样的人物,在不同作家笔下虽然会分别被写成如皮埃尔和沙托夫这般迥异,但等到最后显现出全貌时却又归于相同。莫泊桑只能用写皮埃尔的方法去刻画沙托夫。

同样地,果戈理②笔下的平凡是何等奇异出众、何等幽默

---

① 陀思妥耶夫斯基长篇小说《群魔》(*Бесы*)中的人物。
② 果戈理(Гоголь,1809—1852),俄国作家。

啊！属于我们的平凡其实并不那么奇特。但是在读了果戈理的作品后，我们却总能从身边的无数平凡人中感受到这种奇特。

可是在莫泊桑那里，平凡人并不需要奇特的一面，甚至连奇人都不需要奇特这一面。与之相反，陀思妥耶夫斯基无论如何都无法从平凡的一面入手去描写平凡人。

角度是无限的，各个人都必须有各自不同的角度。话说回来，假冒伪劣者实在太多。不，应该说真正拥有自己的角度，并且能够使之向着正确方向成长的人实在太少。

上文举例论述了作家处理人物时的角度问题。当然，角度并非仅限于刻画人物方面，也会影响思想的表达，不，应该说会作用于小说整体。同时也会作用于各个部分的文章，甚至小到每一个词语，都要受其影响。

鉴于这篇小文探讨的对象是文章表现，下面将阐述意图性文章表现的问题。

六

作家的意图必须通过文章表现才能贯彻到整部小说中。反过来看，就小说文章而言，作为部分存在的 A 文章必会为整部小说带来 A 应有的效果。不仅如此，一部小说完成的好坏应该从小说整体上去衡量，无论各个部分的文章如何独立、显得何等完美，如果小说整体不够完整，即不能予以高度评价。

因此，比起文章 A 的直接效果，小说文章更为关注 A 的间接作用，往往不惜牺牲直接效果以求从容地推进小说。这份从容是经过多少深思熟虑才得来的，背后的艰辛已无须多言。

举例来看，为向读者传达悲伤之情，假定作家在那里大喊呜呼哀哉或是长吁短叹，又或者直接交代自己是多么悲伤。读者读了之后，确实能够理解作者正在悲伤着，但是这绝对无法转变成读者的悲伤。而艺术却要求作者的悲情必须能感染读者，转变为读者的悲情。

即使是在描写自己时，作家也必须清晰地区分作为写作者的自己和被写作者的自己这两个不同的人格。虽然作家想把自己的悲叹和心境等单纯、不施技巧地推到读者那里，读者却必不会买账。所有事情一旦付诸语言，总还是会被理解的，但要求作者必须设身处地地站在读者的立场上去感受，否则肯定行不通。

莫泊桑在海上行记《水上》一文中吐露内心的感想如下。他说：自己是一名作家，面对任何事情都会采取观察者的立场，以至于丢掉了爱情。这是因为，即使是面对自己的恋情时，也一定会以观察者的冷酷目光对自己进行凝视、解剖，且无法摆脱。因此他甚至都无法坠入属于自己的情网。这让我们感受到了艺术家的悲惨宿命，同时也给当下的我们提供了一个答案，即要始终让自己保持客观。

其次,我们的工作就是“计算”。实在是没有比写小说文章更需要计算的事情了。所谓小说,一言以蔽之,就是“计算文章”。

假设我们现在要来描写一个人物的外貌。他的脸很有个性,手部动作丰富,和这些相比,他那矮短身材和古怪、莽撞的行为更为引人注目。再加上猫一般的声音、不时转来转去的眼神,如果把这些精确地描画出来,读者只需读到其外貌就能看透这个男人的性格和内心。于是我们特别想细致地描写这个人物的外貌,按捺不住跃跃欲试的欲望。但是如果我们不惜鸿篇巨制也要一口气写尽这男人的一切相貌,读者反而会觉得无聊,这样只会形成一个混乱、不清晰的印象,以致错失关键的核心内容。

于是我们要有所计算。现在的场景是:这个男人正在说着违心的谎言,一边冷酷地观察对手一边讲话。因此这时只需要写冰冷的目光和如水般的声音即可。鼻子呀手呀动作呀这些,可以在后面有机会时再写。说到底,在整部小说中刻画出男人的整体形象就好。

不管是写人物性格,还是写作者想要诉说的心境,又或者是写思想时,都同样要有这样的计算。必须不慌不忙极尽计算之能事,镇定、从容地去写。即使是在描述慌里慌张的场景时,作者也不可惊慌。作者必须坚持把从容的计算做到极致。

那么需要计算什么呢？首先是根据小说整体布局来搭配各种现象，如何配合、选择、分离、综合，这些都必须要计算。此外，我们必须计算读者的心理。如果这样写，读者肯定会产生这样的感受，这些都要缜密地算出来。计算与前后文章密切相关，与小说整体相关，因此必须考虑清楚这些极其复杂的顺序，以预测读者的心理。同时还必须要做到文章畅达。计算不彻底就想蒙混过关，这是小说文章绝对无法允许的。在此基础上，已分配好的各部分文章的总和是否能够充分营造出自己想要传达的诗性、思想、氛围或感动等效果，计算中是否存在错乱，对这些都要做出正确的事前预测，必须不断积累这方面的经验和阅历。

七

最后我们必须注意的是，不能出于整饬文章风格的目的而把本应在右边的事物写到左边，切不可如此强写。

日本人一直受汉文熏陶，接受着别扭的美文教育。为了语言风格，把本该在右的事物写到左边，所谓的名作大体上就是这么一种写作方式。如果这也能称得上是名作，那么我都要毫不犹豫地把那些拙劣之作称为艺术文章了。

即使小说文章独立自足、通达晓畅、具备了一种诗歌般雅致的音律美，那也没有任何价值，毋宁说这些反而会毁掉艺术。

小说文章必须把该写的事项彻底写清楚，要一写到底。换言之，从作家立场选出的，通过计算认为必须要写的事项，一定要完完全全地写出来。不时地惑于文章风格，想要把右写成左，这类的错误切不可犯。

真正的诗并非出自语言风格，真正的诗隐藏于事实之中。本杰明·贡斯当比较极端地以理智来阐释人性，由此去发现诗。陀思妥耶夫斯基却是从人性的纠葛中寻到了诗。

（参考书）

日语的读物里，我认为最好的是阿兰①的《论散文》（作品社出版）。此外，莫泊桑的《论小说》也有参考价值。这篇评论已被翻译过来，放在了他的小说《两兄弟》（岩波文库）的卷首。马塞尔·普鲁斯特②的文章论与众不同，也可一读。像 *Les Plaisirs et les Jours* 和 *Chronique*（应该已经有日译版了）这些，在各类主题下均被广泛论及。

《日本现代文章讲座Ⅱ——方法篇》，厚生阁，1934 年 10 月 13 日

① 阿兰（Alain，1868—1951），法国哲学家、教育家。
② 马塞尔·普鲁斯特（Marcel Proust，1871—1922），法国小说家。

拒绝枯淡的风格

我无法认可“枯淡的风格”或是“清寂”这类的提法。简单来说这完全就是一种逃避的态度,这一态度能够站得住脚,其实从反面说明了如下事实:人类的正道存在于肉体、欲望和生死的纠葛之中,人往往会被这些纠葛缠住,苦恼不已。但是,在面对人生时,“枯淡的风格”或是“清寂”这种态度径直肯定了肉体或欲望的纠葛,丝毫不施加任何作为,自己却从中抽身而出,不承受任何创伤和痛苦,并将此奉为至高境界。自私自利、一心只顾自己这一论调,到了这里仿佛也庄严神圣起来,由是让人颇感愉悦。

说到“枯淡的态度”，如果只是为远离烦扰而躲到深山中去尽享孤独，如果只是单纯逃避，那也尚可忍受。但实际却并非如此，它肯定了所有现世的纠葛，自己却不承受纠葛带来的任何创伤和痛苦，多么厚颜无耻的一种境界。简单来说，这一人生态度成立的根本即是下面这句话：不可为自己的所作所为感到后悔。它并不强调自己的行为是善的或是美的，而是强调行为是丑的、恶的，但自己并不后悔，这就是该态度的特质。己所欲、施诸人，听起来这是多么博爱啊。但事实却并非如此，其实再没有比这更为扭曲的利己主义了。它完全摒弃了于己不利的批判精神，是最朴素、最应被唾弃的生存方式。所谓人生的“枯淡的风格”，是自行抹杀掉了批判精神这一烦恼源才得以成立的。

河上彻太郎[1]氏曾提过人的修为这一说法，当然他并不是要借这种虚伪的达观去游说什么至高境界。但事实上，迄今为止，日本的政治家实业家之流正是把这种虚伪的风格称为人的修为，并对其百般推崇。悔悟和内省精神极度匮乏。面对严厉的自我批判时彻底蒙上了眼睛，却因此宣称“悟到了人生真谛”，仿佛已洞入人生的深邃之处，蔚为壮观，恰似看到了孤身一

---

① 河上彻太郎（1902—1980），日本评论家。

人宁静致远的印度缘觉那般庄严，但归根结底来看，像这等极尽比较和功利算计之能事的，也确实不多见。在该悔悟的时候却毫无悔意，这种恶毒的自私自利是不言而喻的。再有，为了让别人原谅自己就先去原谅别人，这一幼稚的道德准则类似于小孩子之间的共谋，却硬要搞得像已入人生最深邃处般壮观并大行其道，实在是荒唐。说到枯淡，貌似已经实实在在见到了获救的灵魂，但实际上正相反，其中充满了最为功利的恶毒算计。对于那些安于小成、选择无忧无虑的生活方式的人来说，枯淡的风格具有的欺骗性看起来像是他们的救命稻草一般，但对于那些真正处于烦恼之中的灵魂而言，枯淡的风格实是无法拯救的极为恶毒之物，是最要不得的。不管在各种纠葛中焦虑、烦恼的肉欲、贪婪多么地丑恶，总还是有源自烦恼的、苍白的悲伤之情在那里，或者说总还能够感受到悲痛的救赎。但是，到了枯淡的风格那里，即使是该烦恼的时候也一味遮起眼睛来，它所描画出的枯淡的性欲图中完全没有烦恼者那苍白的悲伤，于是剩下的就只有恶毒而已。

读正宗白鸟①的《痴人语梦》（中央公论出版）时发现，开头部分谈到了有岛五郎②的《一个女人》。《痴人语梦》的主人公是

① 正宗白鸟（1879—1962），日本小说家、剧作家、评论家，1950年获文化勋章。
② 有岛五郎（1878—1923），日本小说家，白桦派代表人物。

一个文学青年"他"。《一个女人》是以国木田独步[1]的恋爱事件为原型的。"他"认为,恋爱中的国木田独步被剥下了苍白的皮肤,这实在是一件让人作呕的丑事。具体来说,《一个女人》中有一段描述如下。

"木部(即国木田独步)清楚地意识到确实已经搞定了叶子,此前他在叶子面前丝毫都未表现过懦弱的一面,现在这一弱点开始无所顾忌地展现出来。由后面可知,对于叶子来说,木部不过是个一无是处、平凡懦弱、精力匮乏的男人。他甚至不再持笔写作,一天到晚都黏着叶子,只顾担心自己那多愁善感的毛病,连每天的生活都很成问题,把所有事情都推给了叶子,却把这当成理所当然一般,过着迟钝的少爷气十足的生活。这种做法让叶子敏感的神经焦虑起来。……在结婚之前确实是叶子主动扑过来的,但不管怎样,他是一个有洁癖到了近乎崇高的极端地步的人,当读到主人公有着出人意料的贪婪、卑劣的情欲,而且那情欲还要通过瘦弱的体质来表现时……"

读到这一段时,他(《痴人语梦》的主人公)的感觉是:"要以

---

① 国木田独步(1871—1908),日本小说家、诗人。

瘦弱的体质来表现贪婪卑劣的情欲，当眼前浮现出这幕光景时，简直都要吐出来了。说到‘青春之恋’，诗歌中所歌唱的，小说中所描写的，读来都好像甚是美好。但其本来面目大概都是瘦弱和丑恶的吧。如果是肉体如狮豹的猛兽般的‘青春之恋’，只是想一想都会觉得蔚为壮观。”从之前正宗白鸟的作品来看，这种想法最接近于他自己的心声，而非作品人物的观点。

看到要以瘦弱的体质来表现贪婪的情欲时就快要吐出来了，这种感受方法乍看上去让人觉得好像是洁癖精神，但事实上全非如此。这种想法产生于该烦恼时却不去烦恼的逃避思想，自己刻意不去接触内部包藏着的丑。上文中他会觉得“丑”，其实不过是陷入了假想的偏见之中，无凭无据。对于真正在为该烦恼的事情而烦恼的人来说，丑和美都只能是切实的行动，而不会挂在口头上。在这里，再没有比空想的思辨家那冷嘲热讽的洁癖更为丑恶的了。对于实质上的探求者，或者说对与真实较劲的人来说，先于“行”的美和丑都根本不可能存在。

正宗白鸟的行迹如同苦行者一般，几十年的作家生活从外面来看像是一直处于苦恼之中，不过在我看来，实际上一直以来他苦恼的方式都是逃避式的，在本该苦恼的地方却并未苦恼过。但是，正宗氏毕竟和那些将愚蠢进行到底的所谓政治家实业家等“有为之士”不同，他头脑过于聪明，有着极强的理智，因此时常会自行站在批判者的立场上去审视自己这逃避式的人生态度，即使是在思辨之中，也还是想着不再逃避，打起精神来坦诚相对。然而，思辨家终究成不了践行者。

“要以瘦弱的体质来表现贪婪卑劣的情欲，当眼前浮现出这幕光景时，简直都要吐出来了。说到‘青春之恋’，诗歌中所歌唱的，小说中所描写的，读来都好像甚是美好。但其本来面目大概都是瘦弱和丑恶的吧。”到这里为止的内容都是正宗白鸟氏的逃避性使然，姑且也还说得过去。但后面这句“如果是肉体如狮豹的猛兽般的‘青春之恋’，只是想一想都会觉得蔚为壮观”，真可谓语出惊人。掰开来看，这句话的内容没有任何意义，不过是这位空想思辨家对自己逃避的人生态度并不满意，勉强想要加点色情以制造些虚假繁荣罢了。瘦弱肉体的情欲是丑的，猛兽的性欲就是壮观的，这种思辨家的审美意识就像少年的幻想般无聊，在我看来实在俗不可耐。正宗氏并不从正面去迎击肉体的烦恼，只是靠在头脑中顿悟了事，或者是在头脑之中打破之前的顿悟。他依然紧紧抱住无法救赎的肉体，还毫无理由地贬低那肉体，以之为丑，从反面发表些猛兽的性欲多么壮观之类肤浅不堪的言论，想要以此拯救肉体的丑恶。正宗白鸟屡屡被这种野狐禅式的悟道困住，无法自拔。这类审美意识带有逃避性，是虚妄的，对我们绝不应回避的肉体的真实烦恼不管不顾，单单靠着扭曲的想象去顿悟了事，是凭空捏造出来的，很是荒唐。过去的文学受其毒害、贻误的程度之深，实难想象。缺少肉体的烦恼并不是真正的烦恼。更何况从一开始就认定肉体是丑陋的，被这一错误认识困住之后，想要抽身逃离、蒙上自己的眼睛做苦恼状，在通透的人看来，这种虚妄的烦恼方式是不正确的，连宗教家都会这么认为。也有可能正宗氏的人生确实一直都在烦恼，但他没有为真正应该烦恼的事情而烦恼，不过是童贞主义者之流的烦恼而已。正宗白鸟的文笔曲折，以至于会让人以为他那与生俱来的强烈自我批评，或许能稍微拯救一下童贞主义者的丑和怪。但归根结底，说什么瘦弱肉体的情欲是丑的、猛兽的性欲就是壮观的，玩弄这种没有根据的空论，不过是在偷偷安慰自己罢了。《痴人语梦》即是以这种谬论为基础写出的作品，正宗氏也已厌倦了自己的逃避，不惜拿出色情，是想加上猛兽的壮观来硬充景气吧，结果还是与接地气的肉体烦恼无缘，仅仅写出了一些空想的人生片段而已。

德田秋声①的《旅行日记》（文艺春秋出版）正是本文开头所述“枯淡风格”文章的代表。这里说的枯淡，意思是对本无法隐藏的事情也不闻不问，在本该苦恼的时候却并不苦恼，完全是自

---

① 德田秋声（1871—1943），日本小说家，自然主义文学代表作家。

私自利的同义词。正因为不去苦恼，其自私自利无法获得拯救，于是自己才因之苦恼起来。

如题目所示，这就是一部旅行日记，如果说这并不是德田氏的代表作倒也说得过去，但在当下的日本国内，有很多读书人在读了这类文章之后，宣称“从中体会到了枯淡的风格”，对其百般推崇，这样的人现在很是得势。想到这里，我就完全顾不上自己的小说有多拙劣了，兀自生气起来。德田这部小说的内容和题目很一致，没有什么情节，也没有要点，因此很难向没读过的人讲清楚，真是遗憾。不过粗略讲一下的话，作品梗概如下。主人公是一名已入老境的小说家，名字叫融。为探望病榻上的兄嫂，他回到了故乡。三人互诉衷肠。兄嫂已时日无多，行将就木，对自己的死亡看得很淡，融想照顾他们，直到他们像大多数人那样走到生命尽头。很快融觉得无聊起来，于是听从侄子的建议，给在东京的情妇打了电话，邀请她顺便来自己家乡游览一番。这情妇和融年龄相差很大，都可以做他的女儿了。女人过来后，由侄子带着参观了镇子。融想要介绍给哥哥认识就拜访了哥哥家。和侄子出去散步，结果女人红着脸回来的。你是去喝酒了吧？没有，没喝。这样争吵起来。还去吃了美食，泡了温泉，还特地把以前曾是美男子的一位朋友的照片要过来给女人看，又说那个人现在已经死了。总之记录的都是诸如此类的各种事由，确实很“枯淡”。

从这部作品的某些地方能看出特别深邃的人生吗？有人会回答是的。那么能否请你把这些深刻之处一一指给我看呢？不能。对此我实在是无法理解。

首先说说小说人物。没有一个人物具备所谓南画中的神品那样的意蕴，缺少生动的描写。一个老人带着女儿似的情妇在温泉等地转来转去，这番景象中也没有任何人生之深邃可言，毫无动人的笔力。这些地方明显牺牲掉了笔力、避开了正经八百的描写，还有人说其中韵味丰富，那实在是不得要领。要说简明扼要，那简明的部分也会充分起到扼要的作用，但这部作品中简略的笔触丝毫没能把人物写活。如果作家笔力能再稍微厚重一些，肯定能把人物刻画得生动许多，技巧上可谓轻而易举。明明人物描写并不生动，却说其传达出的意境超过了生动描写，这种空想般的文章没有任何意义。比起做不到生动描写来，肯定是生动描写来得更好。

这部作品中记录的种种事由都谈不上是特别深刻的人生。更何况主人公已经一把年纪了，看到女儿模样的情妇红着脸进来时，完全不顾这是在众人面前，马上变了脸色厉声发难，问她是不是去喝酒了。像这类自白式的、毫不掩饰的态度，也谈不上是特别深刻的人生。毋宁说其自白得还不够执着，不够认真。

不，并不是说量不够，而是本质上的欠缺。

“这下自己的不知羞耻再次暴露殆尽了。”

在众人面前厉声责问过女人之后，德田氏就只加上了上面这么一行字。看起来他非常了解自己的丑恶，并且根本不想对此加以隐瞒、粉饰或伪装，写得很是洒脱。连这都坦白出来之后，就再也不会剩下半点肮脏之物了，貌似他是这么以为的。德田氏的内心究竟是否真的如此坦诚呢，这一点委实值得怀疑。

主人公百无聊赖之时，径直接受了侄子的建议，给东京的情妇打电话叫她过来，这一段的描写如下。

“‘把那位叫过来吧。’

“‘不，这次我是回来探病的。虽然她说过好几次想要来这里看看……’

“‘那还是叫她过来为好吧。估计也不会有下一次了。’

“那时融心里稍微有些按捺不住了，于是去预约了长途电话。刚交代完不一会儿电话铃声就响起来。他站起身来把听筒拉到耳边，‘喂’声过后，美代子那爽朗的声音清晰地传了过来。

“‘……方便的话能否过来一趟？’

"'好啊,过去吧。'

"商量好时间之后,挂断了电话。"

行文很是平淡,整部作品都是以这种风格写成。

本来人和人对话的时候,说出来的语句的内容并不是内心所想的全部,还有一些内心活动无法说出口,也有藏在话语背后的心事,这样层层意思交错,潜藏着极为复杂的意义,这一点不言而喻。正因为如此,在戏曲这种只靠说话来表达的艺术形式中,不可能一个劲儿进行冗长、散漫的日常对话,必须结构起便于推测人物内心的立体对话模式。

但是,德田氏《旅行日记》中的对话完全不具备上述立体结构。他佯作无知,直接抽取了日常生活中琐碎、平面的内容,以近乎小学生作文似的写法卖弄着刻意的天真,就这样扔到了读者面前。而对于对话的深层意蕴,他根本没打算予以说明。

对话真的没有任何深层含义吗?是的,在写出的内容以外,并没有任何需要特别说明或反省的,德田氏或许会如此回答,但这样的话另一个问题就来了。无论深层还是表层都没写任何烦恼,只是简单地循着日常生活的表面进行记录和报告,这样的文章写法或可称为作文,但却不是小说。小说并非是停留在报告层面上的记叙文。如果对话的表里都无意义,只是单调地报告发生了什么，那么写小说时完全没有必要发那些长篇大论，“听了侄子的建议，打电话把女人叫了过来”，只写这一行就足够了。既然对话的字里行间并无任何深意，而对话又起不到让人物形象跃然纸上的效果，那这一场描写就是多余的，进一步来讲，整部小说都不过是小学生的作文而已，无可称道。

如果德田氏的目光只朝向自己内心深处，拒绝再做任何深入，那么这篇当然也就只能达到小学生作文的水平。

有一个女儿似的恋人，听了侄子的建议把恋人从东京叫过来，多多少少起了嫉妒之心，这些事情乍看上去好像写得毫无伪饰、毫不隐瞒。但如果真是不加伪饰、毫不隐瞒的求道者，当会坦诚地向着光明行进，并为此感到痛苦和彷徨。这些在德田氏的作品里丝毫未见。不仅如此，因为毫无虚伪、毫不隐瞒而获得救赎的安息者应会十分宁静，这部作品里却全非如此。该烦恼时却并不烦恼，就只有此类的阴险恶毒而已。

话说回来，把自己的行为当成理所当然并全部予以肯定，同样也去肯定别人的行为，为的是让别人全盘认可自己的言行，这可称为巧妙的“肯定”合谋。通过暗中强推这类合谋，自己并不承受任何伤痛，最终却让人以为连内省和批判等都是肤浅、不成熟的。德田氏的上述创作态度作用于整篇《旅行日记》，其本质仅此而已。

像纪德[1]那样,一把年纪了还是把个体放在首位,为此痛苦不堪并拼命挣扎,有时候还会像十七八岁的少年那样狂热,但这不正是作家本来该有的样子吗?即使上了年纪,肉体也并不会消失,顶多是性欲多少有所减退,但如果说连与个体如影随形的烦恼的数量都会减少,绝对是痴人说梦。那些堪称日本帝国忠良的作家却宣称,随着年龄渐长,烦恼的数量会急剧减少。对此只能有两种解释,要么是他们暗中做了某些减少烦恼的不正当行为,要么是他们受自身没有意识到的传统风气的影响而不得不这样说。

"通"这个词是江户文人喜爱的词汇之一。纵观日本文学的传统风气,即是要找准时机做适度提升,恰到好处地归入情义的范畴,他们认为能够写出这种"洒脱的意气之风"的文学,才是理想的文学。现如今时世艰难,各人都成了某种程度上的虚无主义者,但是人们好像唯独把虚无主义者该有的"通"给忘记了,实在是匪夷所思。

记得是正宗白鸟吧,曾经大放厥词说:日本人不应该讨厌"日本气"。他这里用的词是"日本气",但如果说讨厌的是古人文章里散发出的上述"洒脱的意气之风",那绝对是非常合理

① 安德烈·纪德(Andre Gide,1869—1951),法国小说家、批评家。1947年获诺贝尔文学奖。

的。我们总说西欧是“西洋气”十足，如果指的是上了年纪还很油腻、散发着刺鼻的体臭，那可以说“西洋气”才是作家该走的道路。

有人认为上年纪之后理解力应能好起来，因此突然之间就会替别人考虑了，欲望就减少了。这种逻辑无法令人信服。既然人从生到死天生就只拥有一副躯体，那么就应该努力只为自己一个人的欲望去生活。如果没有惊人的、彻底的利己主义，那么一切优秀的事物都无从产生。就说社会组织的变革，如果不以彻底的个人主义为基础，终究不过是隔靴搔痒而已。如果发自肺腑来谈，那么任谁考虑的都是自己一个人。不应受那些空虚的理想或社会关注等先入为主的东西干扰，应该侧耳倾听，正确分辨出自己这个个体的声音。对于现在的我们来说，连排除杂音、听清楚自己的心声都成了一件极其困难的事。据我所知，在日本的先辈之中，沿着这条困难的道路一走到底的，就只有西鹤一人。

《作品》第六卷第五号，1935年5月1日发行

文学的故乡

夏尔·佩罗[①]的童话中,《小红帽》是非常有名的一个。故事情节想必大家都已耳熟能详,大意就是有一个可爱的小姑娘,因为戴着红色的帽子而被大家称为小红帽。当她像往常一样去看望住在森林里的外婆时,狼乔装成外婆的样子把她吞了下去。就是这样一个故事而已。

童话里大都包含有某种训诫和道德伦理,但是上面这个童

---

① 夏尔·佩罗(Charles Perrault,1628—1703),法国诗人、文学家,童话文学的奠基人。

话却缺少这方面的内容。就此意义而言可以说它是无道德、非道德的，加之它在法国特别有名，经常会被引为这类作品的例证，广为人知。

这并不仅仅限于童话。就小说整体而言也是如此，没有道德观念的小说究竟是否存在呢？从小说家的角度来看，不考虑道德之类的意图而持续小说写作——如果说这种事情能够存在，委实有些令人匪夷所思。

一般而言，童话必须在道德的指引之下才能成立，但这里却存在完全没有道德观念的作品。而且这部作品历三百年之久还保持着鲜活的生命力，在很多孩子和无数成年人的内心生生不息——这是不争的事实。

说到夏尔·佩罗，他的《灰姑娘》《蓝胡子》《睡美人》等童话都非常有名。我很爱读这些代表作，但对《小红帽》的喜爱程度绝不亚于上述作品。

不，如果说爱读《灰姑娘》和《蓝胡子》等作品是因为它们创造的童话世界，那么在读《小红帽》时我却是以成年人的冰冷之心感受到了它那残酷的美，并为之打动。

天真善良集所有美德于一身、没有任何坏心眼的可爱小姑娘，在去探望住在森林里的生病的外婆时，被乔装成外婆的狼大口吞了下去。

读到这里,我们猝不及防地被孤立、隔离开来,好像此前的约定有误一般,颇为困惑不解,但是忽然间什么东西撞到眼睛上,砰的一声不经意间辟出一片空旷的余白,那异常宁静且透明的令人悲伤的“故乡”出现于其中。

风景在那片余白之中铺展开来,渗入我眼中的,正是可爱的小姑娘被狼大口吞食这幕令人不悦的残酷景象。但是,虽然它打动我的方式多少有些悲伤得令人无法忍受,但却绝不是肮脏或是不透明的,就好像紧紧抱住一块冰一般,那么悲伤,那么美。

再举一个不同的例子。

这是狂言中的一个故事。一位大名①在太郎冠者②的陪同下前去寺庙参拜。突然大名望着寺庙屋顶的鬼面瓦当大哭起来。太郎冠者问其缘由,大名回答说总觉得那鬼瓦很像自己的妻子,越看越觉得悲伤,兀自哭个不停。

故事仅此而已。在三十二开本的书中也就五六行的长度,在狂言里怕也是最短的一篇了吧。

这并非童话。说到底,狂言这个剧种往往穿插在正剧中间演出,类似于中场休息时插科打诨的即兴短剧,如果能让观众哄

---

① “大名”指日本封建时代拥有领地的诸侯、享受高官厚禄的武士豪族。
② “太郎冠者”是日本狂言的角色之一,是服侍主人大名的随从。但又与一般的仆人不同,和大名的主从关系相对固定,在感情上比较亲近。

堂大笑、放松心情也就达到目的了。但是看了这个狂言，哄的一下笑出声来就可了事吗？话说回来，像这种有头无尾的狂言是否真能在舞台上演出都是个问题，估计绝对无法令人单纯地放声大笑吧。

这个狂言中没有道德伦理的设定——或者说没有与道德伦理相对应的搞笑意义上的设定。来寺庙参拜看到鬼瓦时想起妻子就大哭起来，确实蛮滑稽的，总之一定会发笑，但同时还是不可避免地被隔离开来。

我笑起来，觉得实在是很滑稽可笑，但又不知究竟该如何对应才好……心情如是。看着鬼瓦哭泣这一事实完全占据了我那放空后的心灵，令人肃然起敬的庄重涌上心头，超越了平凡和理所当然，让人觉得只能听天由命了。想要逃离，却又无处可逃。我们一旦体会到这种感觉，就必然会为之倾倒、陷入其中，就是这类性质的感觉。让人觉得比宿命还要沉重，进退维谷，无法逃脱。这里也依然是我们的"故乡"吗？

对此，我不由得产生了如下想法：通常认为在没有道德伦理、隔离或放空之处文学是无法成立的，但是在我们的生命之路上总会遇到一些必然如此的崖壁，在那里，无道德这一事实本身就是道德。

再讲一个芥川龙之介[1]的故事。有一位农民作家不时会到芥川家中拜访——这人本是一个如假包换的贫苦农民，有一次他拿来了自己的稿子。芥川读过之后才知道写的是下面的故事：一个农民家里生下了孩子，但是因为太过贫穷，如果抚养孩子就只能陷入父子一起饿死的境况。他觉得倒不如不养育孩子，这样不管于人还是于己都能幸福。于是他杀死了刚刚生下的婴孩，把他放进罐子里埋了。

芥川觉得故事太过阴暗，让人无法忍受。这样的故事基于他本人的现实生活根本无法构思出来，于是他问对方这种事情是否真实发生过。

经此一问，农民作家粗鲁地说：这就是俺做过的事情。芥川一时因这非常之事恍惚起来，这时对方重又粗鲁地问道：你觉得这是坏事吧？

芥川未能回答对方的问题。他一向有才，无论何事都可对答如流，但此次却无法应答。这说明芥川此时开始把诚实做人与文学统一了起来。

农民作家留下这个无法动摇的“事实”之后离开了芥川的书房。这位客人起身离去时，芥川忽然产生了被隔离放空的感

① 芥川龙之介（1892—1927），日本小说家。

觉，仿佛只剩下他孤身一人。他想也没想上到二楼，漫无目的地望着门口。农民作家的身影已消失不见，只有初夏嫩绿的叶子闪闪发光，明亮耀眼。

芥川死后，有人发现了记录有这则不知真假的手记的草稿。

使芥川产生隔离感的，同样是超越了道德的东西。并不是说杀子的故事超越了道德，完全没有必要把重点放在那个故事上。女人的故事也好，童话也罢，农民作家带什么故事来都不打紧。总之有这么一个芥川无法想象的故事，是事实，是扎根于大地的人的生活。芥川就是被抛掷隔离到那扎根大地的生活中去了吧。换言之，这是因为当时他自己的生活没有扎根于现实的缘故吧。不过，即使他没有扎根于现实生活，但被抛掷到扎实的生活之中这一事实本身就是了不起的真正的生活。

也就是说，并不是农民作家孤立、隔离了芥川，而是被隔离这件事情本身体现出芥川拥有着卓越的生活。

作为作家，如果不了解芥川这种被孤立、隔离的生活，恐怕也就创作不出像《小红帽》和前面的狂言这类的作品了。

没有道德伦理、隔离或放空，我并不视之为文学的否定性态度。相反，我坚信，文学的建设性、道德伦理和社会性等必须立足于这“故乡”的基础之上。

再举一个稍微容易理解一些的《伊势物语》中的故事为例。

从前,有一个男子爱慕并执着地追求一个女子,但女子就是不肯点头。好不容易等到第三年的时候,女子松口说那就在一起吧。男子欣喜若狂,二人决定马上私奔,逃离了京城。他们渡过了一条名为芥川的河流,来到原野的时候夜已深了,电闪雷鸣下起雨来。男子拉着女子的手,只顾在原野上快步疾走。闪电照亮了草叶上的露珠,被拉着手狂奔的女子问道:那是什么呀?然而彼时男子正焦急万分,无暇回应。他们好不容易找到了一座完全废弃的房屋,飞奔入内后,男子把女子藏到壁橱里,自己则持矛枪奋力守在壁橱前,说如果鬼来了就让它吃我一枪!尽管如此,鬼还是来吃掉了壁橱中的女子。不凑巧那时候刚好响起了震耳的雷声,根本听不见女子的尖叫声。天亮时男子才发觉女子早已被鬼杀死,于是他咏出一首和歌:白玉者为何,彼时君且问。我当答为露,共与消一处。① 意即当女子看到草叶上的露珠问那是什么时,如果能够回答说那是露珠,然后一起消失该有多好。男子已泣不成声。

这个故事加上了男子咏唱断肠和歌并哭泣这段感情叙述,读者应不会产生被隔离放空的想法,但这仍是一个超越了道德伦理范畴的故事。

---

① 日文原文为"ぬばたまのなにかと人の問いしとき露と答えてけなましものを"。

在这个故事中,追了三年方才愿望成真之时却又被鬼彻底夺走了,对照可谓巧妙。在暗夜旷野中牵着手疾走时,女子看到草叶上的露珠问那是什么,男子却一心只顾逃走以致无暇回答——如此美好的情景与男子的悲叹相结合,打造出如宝石般美妙的故事。

换言之,男子思慕女子的激情越是澎湃,当女子被鬼吃掉时的悲惨就越发鲜活。同样地,男子和女子私奔时的光景越是紧迫美好,那凄惨之情也就更为生动。如果女子是一个蛇蝎妇人,又或者男子的热情并不持久,那么这悲惨之情也无从谈起。再有,女子指着草叶上的露珠问那是什么时男子却无暇回答,如果没有这段插曲,这个故事的有趣之处怕也要失掉大半。

也就是说,仅仅靠无道德、简单的隔离或放空并不能生出这般孤寂宁静的美。如果只需无道德、隔离或放空即可,那我们只要让恶鬼或坏人肆意横行就能轻松写出好些个故事来了。然而,事实并不是那样一回事儿。

以上三个故事传达给我们的,是如宝石般的冰冷之感,或可称为绝对的孤独——生存本身所孕育的绝对孤独,应该就是这样的吧。

这三个故事都让人觉得无可拯救,无以慰藉。当大名望着鬼瓦哭泣时,如果出言安慰他说也不只是你的妻子是那样,这样的言行无异于想让石头飘浮在空中一般，不过是徒然的努力而已。又或者，即便各位的夫人都貌若天仙，也并非因此就无法理解这个狂言了。

那么，生存的孤独、我们的故乡真就是这样凄惨且无可拯救吗？我深以为是，的确是凄惨且无可拯救的。这黑漆漆的孤独之中无论如何都找不到出路。我们生于这世间，如果迷了路，可以预想一所救助之家并继续前行。但是，这孤独却只是在旷野中彷徨而已，甚至都无法想象救助之家的存在。就这样，到最后，凄惨和无可拯救才是唯一的解救之法。类似于无道德本身就是道德，同样地，无可拯救本身即为解救。

我在此看到了文学的故乡，或者说是人类的故乡。文学由此出发——我如是想。

当然并不是说只有这类无道德、隔离放空的故事才是文学。不，毋宁说，我对此类故事的评价并不太高。为什么呢，因为故乡虽然是我们的摇篮，但成年人要做的，绝对不是返回故乡。……

但是，只有意识或觉察到这个故乡时才能生出文学。如果文学的道德及其社会性不是在这故乡中生长起来的，那我绝不会采信。文学批评也是如此。我坚信。

《现代文学》第4卷第6号，1941年8月号

日本文化之我见

一 所谓“日本式”

我对日本古代文化一向知之甚少，从没去过让布鲁诺·陶德[1]绝口称赞的桂离宫[2]，也不了解玉泉[3]、大雅堂[4]、竹田[5]、

① 布鲁诺·陶德(Bruno Taut,1880—1938)，德国建筑学家、城市设计师。晚年因受纳粹迫害，于1933年5月至1936年10月亡命日本。在日期间在京都等地研究日本传统建筑，写下了《日本文化之我见》《日本》等多部论述日本传统文化的著作。坂口安吾的本篇散文发表于1942年，与布鲁诺·陶德的论著同名，兼有指向前文展开论述之意。

② 桂离宫是位于京都市西京区桂地的江户时代的皇室建筑群和庭院。建于17世纪，是当时皇室八条宫的别邸，总面积约为7万平方米。

③ 望月玉泉(1834—1913)，日本明治到大正时期的日本画家。本名重岑，玉泉是他的画号。

④ 池大雅(1723—1776)，日本江户中期南画家，大雅堂是他的号。

⑤ 田村能竹田(1777—1835)，江户后期文人画家。

铁斋[1]这些人物,至于秦藏六[2]、竹源斋师[3]等名字更是闻所未闻。主要是因为我不常去旅行,对祖国这个村那个镇的风俗啦大好河山啦都不了解。我出生在新潟市,在陶德看来那里是日本最恶俗的城市。他非常鄙视嫌弃上野到银座一带的街道,我却很爱那里的霓虹。我对茶道等一无所知,却唯独深解尽情买醉的滋味,孤独地待在家中,对日式壁龛等物看都不看一眼。

不过,虽然我过着这样的生活,丢掉了祖国光辉灿烂的古代文化传统,但我却并未因此而认为自己是贫穷的(但是,因为其他原因我非常贫穷,每每反省,苦恼不已)。

一天,陶德应邀到某位喜爱竹田画的日本富豪家做客。客人约有十数名。主人不让女佣沾手,自行往返于储藏室和客厅之间,每次拿一幅字画过来,挂在壁龛里展示给大家看。看完之后再去拿另一幅,以众人共赏名画之乐作为自己的快乐。结束之后更换座席,以茗茶和礼敬的膳食待客。如果说因为这样的

① 富冈铁斋(1837—1924),日本明治、大正时期的文人画家、儒学者,有日本最后的文人之誉。

② 秦藏六(1823—1890),日本江户末期到明治时期的金工铸造家。因打造孝明天皇的铜印和将军德川庆喜的金印而名声大噪,1873年铸造了明治天皇的玉玺和国玺。

③ 在布鲁诺·陶德的《日本文化之我见》一书中有关于“二阶堂竹源斋师”的论述。“竹源”疑为“竺源”的误用。据《明治大正昭和人名录》的记录,“二阶堂竺源”(?—1933)是等持院住持,对电影的发展做出过贡献。

生活“没有失掉古代文化传统”就不惜称之为内心充裕的生活，那这内心的定位也未免太简单廉价了，简直是胡言乱语。不过，失掉了文化传统的我当然也并非(因此而)充裕。

某次谷克多①来日本时曾说：日本人为什么不穿和服呢？并对日本忘记了本国传统、对欧美化孜孜以求的景象而兀自慨叹。由此看来法国果然是一个不可思议的国度。战争爆发后他们首先转移的是罗浮宫博物馆的展品和金砖，为保全巴黎不惜改变整个国家的命运。传统遗产确实继承下来了，但能够创造祖国传统的只能是他们自己。法国人好像对此一无所知。

何为传统？何为国民性？日本人应有的性格中是否存在一定要发明和服、不得不穿着和服这样的决定性因素呢？

读读评书可知，我们的先人往往复仇心极强，哪怕做乞丐也要用尽一切方法辗转寻仇。自这类武士终结到现在仅仅过去了七八十年的时间，但是对于我们来说这些都已经成了如梦往事。今天的日本人，在所有国家的国民当中怕也是最缺少憎恶心的一群。当我还是学生时，有一次在 Athénée Franais② 举办罗伯特

---

① 让·谷克多(Jean Cocteau，1889—1963)，法国前卫艺术家，身兼诗人、小说家、剧作家、画家、电影导演等多重身份。

② Athénée Français 是日本历史最为悠久的外语教育专门学校，位于东京都千代田区。1913 年由时任东京帝国大学讲师的约瑟夫·科特创办(Joseph Cotte，1875—1949)，以法语为主，教授法语、英语、希腊语、拉丁语。

先生欢迎宴会。桌上事先放好了名牌，席位是固定的，不知为何只有我被安排到了一群外国人中间，正对面就是科特先生。科特先生是素食主义者，只有他一人的饭菜和别人不同，净吃一些燕麦粥类的东西。我因为没有同伴非常无聊，于是专心观察起科特先生的吃法来。他速度飞快，一拿起勺子来就在嘴和盘子之间高速挥舞，直到吃完才肯放下。我才吃了一片肉的工夫，他已吃完了一盘燕麦粥。先生的慢性胃病看来是有原因的，我暗想。席间致辞开始了，科特先生站起身来。接着，先生突然以沉痛的语调开始发表追悼克列孟梭①的演说。克列孟梭是第一次世界大战时的法国首相，是好战的政治家，人称“老虎”。那天的报纸刚好报道了他去世的消息。而科特先生是伏尔泰②式的虚无主义者、无神论者，他最喜欢悲歌类的诗歌，经常教学生赏读伏尔泰的讽刺诗，而且他自己也很爱诵读。因此，先生会不经理性思考而直接感伤地论说人的死亡，这种事情我做梦都想不到。我以为先生的演说是在开玩笑，我想他马上就该抛出事先准备好的幽默来一举反转了吧。但是先生的演说由沉痛变为悲痛，我已经清楚地知道他不是在开玩笑。这实在出乎意料，我一

① 乔治·克列孟梭(Georges Clemenceau，1841—1929)，法国政治家、新闻记者。属激进社会党，绰号为“老虎”。1906 年任法国首相，于 1917 年第一次世界大战时再次担任首相，扭转战局使法国在一战中获胜。

② 伏尔泰(Voltaire，1694—1778)，法国启蒙思想家、文学家、哲学家。

时惊呆了，不想忽然笑出声来。——那时候先生看我的眼神，我一辈子都不会忘记。就像杀了我也不解恨似的，先生用喋血般憎恶的眼神瞪着我。

日本人不会有这种眼神。我在日本人那里一次都没见过这样的眼神，在那之后我也曾特别留意过，但确实一次都没碰到。也就是说，日本人不会有那样的憎恶。《三国志》[1]中的憎恶、《查泰莱夫人的情人》[2]中的憎恶，想要杀人、把对方大卸八块都不解恨的那种憎恶，在日本人那里近乎于无。昨天还是敌人，今天就可成为朋友，这种暧昧才是日本人共有的感情。复仇这一行为并不适合自己，估计很多日本人都深切体会到了这一点。经年累月之后，甚至都无法再继续痛恨下去，充其量不过施以“紧紧盯住不放”的眼神而已，那就是极限了。

所谓的传统、国民性这些说法中，有时隐藏着这样的欺骗。很多传统、习惯与自己的性情完全不符，但却必须把它们当成与生俱来的希求一般背在身上。所以，以前日本做过很多事情，不能只因为以前在日本发生过就说它们是日本本来该有的，这一逻辑并不成立。很多外国有、日本没有过的习惯，却有可能是最适合日本人的；而日本有、外国没有过的习惯，也有可能最最适

① 《三国志》，西晋陈寿所著，记载中国东汉末期到三国时期历史的史书。
② 《查泰莱夫人的情人》，英国作家D.H.劳伦斯所著的长篇小说。

合外国人。这不是模仿,是发现。歌德①曾受莎士比亚②作品的暗示而得以完成自己的杰作,即使是在尊重个性的艺术领域,也是在不断执行着从模仿到发现的过程。灵感往往发自模仿精神,经过发现之后开花结果。

和服是什么呢?只是因为与西装的交流晚了一千年左右罢了。那样一来,除了有限的手法之外,日本人没能受到其他手法的暗示而做出新发明。并不是日本人瘦弱的身躯特别催生出了和服;日本人也并非仅以和服为美,外国那些身材魁梧的男性穿着和服的样子,看上去委实比我们更有风度。

当我还是小学生的时候,有一座横跨信浓川河口的名为万代桥的木桥被拆毁了。河面宽度的一半左右被填埋,架上了铁桥。因为这个我难过了很长时间。日本第一的木桥没了,河宽也变窄了,自己的骄傲不复存在,真是彻骨的悲痛啊。当时那不可思议的悲伤现在已是梦幻般的回忆,我长大成人、年岁渐长,与事物的关联不断加深,但那种悲伤和难过却越来越淡薄。时至今日,觉得木桥被铁桥代替、河宽变窄这事儿不仅不值得悲伤,反而是极为理所当然的了。不过,也不是只我自己才有这样

---

① 约翰·沃尔夫冈·冯·歌德(Johann Wolfgang von Goethe,1749—1832),德国思想家、作家、科学家。

② 威廉·莎士比亚(William Shakespeare,1564—1616),英国戏剧家。

的变化，很多日本人都是这样，每当故乡旧日容颜受损、欧美风格的建筑物出现时，比起伤感来，内心更多的是喜悦。我们需要新的交通工具，也需要电梯。比起传统之美啦日本本来的样子这些来，更为便利的生活才是必需的。即使京都的寺庙和奈良的佛像全都被毁也不会觉得困扰，但如果电车动不了可就麻烦了。于我等而言，只有“生活所需”才最为重要，哪怕古代文化完全消失，只要生活还在，只要生活本身没有毁灭，那么我们的独立性就是健全的。这是因为，我们本身的需要以及与之相应的欲求还在，且并未丧失。

陶德在东京演讲时，据说听众中的八九成都是学生，剩下的一两成是建筑学家。他给东京的所有建筑专家都发去了邀请函，然而还是那样一个结果。据说在欧洲的话绝对不会发生这样的事情，通常八九成的听众是建筑学家，一两成是关注都市文化的市长、区长等有名誉职务的人，学生们很少能挤得进去。

我不太熟悉建筑界的情况。以文学圈为例来看，即使是安德烈・纪德在东京举办讲座，估计也有九成左右的小说家是不会去听的吧。这样一来果然八九成的听众得是学生，而且估计三成左右的学生还是女学生。我在佛学系读书的时候，有一次去听一位来自法国呀还是英国的佛教学者演讲。虽然日本遍地都是和尚，但那次的听众却全部都是学生，也可算是未来的和尚们吧。

也有可能是日本的文化人在社交方面比较懒惰,而西方的文化人在这方面却是很勤奋的缘故吧。勤于社交不一定是真的勤奋,懒于社交不一定是真的懒惰。姑且不论勤奋还是懒惰的问题,日本的文化人确实很招人嫌。从未见过桂离宫,不了解竹田、玉泉、铁斋,也不懂茶道;说到小堀远州[①]等人,搞不清他到底是建筑家、庭院设计师,还是大名、茶道宗师,甚至还有人会认为他是善用忍术的一代掌门呢。这些人砸毁故乡的古老建筑,盖上些不伦不类的西式棚屋,为此扬扬自得。就这样还不去听陶德和安德烈·纪德的演讲,只一味醉卧在霓虹灯影里,东倒西歪,谈论着烫头发的姑娘们,大口喝着假威士忌。一群让人无语的家伙。

不仅对日本原有的传统一无所知,学习欧美时也是东施效颦、不成体统,留不住一丁点儿的美,净是些唬人的假把戏。加里·库珀[②]那里总是客满至谢绝入场的盛况,梅若万三郎[③]那边却门可罗雀。这样的文化人确实只能以贫困称之。

---

① 小堀远州(1579—1647),江户初期的茶道师、庭院设计师。远州流茶道创始人。曾效力于丰臣秀吉、德川家康和德川秀忠,负责宫城建设等工程。

② 加里·库珀(Gary Cooper,1901—1961),美国著名演员,1961年获奥斯卡终身成就奖。

③ 梅若万三郎(1869—1946),日本能乐表演艺术家,1946年获颁文化勋章。

然而，陶德发现日本及其传统之美是一回事，我们虽丢掉了日本的传统，但却是不折不扣的日本人。陶德根本没有想到这两件事情之间的区别。换言之，陶德必须要发现日本，但我们却没有发现日本的必要，我们实际上就是日本人。我们或许会丢掉古代文化，但却不会丢掉日本。日本精神是什么，这样的事情我们自己没有必要去论说。那些需要说明的精神不会创造出日本，而日本精神也不需要靠解释说明。只要日本人的生活是健康的，那么日本就是健康的。短小的罗圈腿套上了西裤，穿着西装，急匆匆地走着，跳着交际舞，扔掉榻榻米，装模作样地仰坐在廉价的桌椅上。在欧美人的眼中这些真是滑稽至极，但我们自己却为其便利而感到满足，这二者之间毫无关联。他们的眼光带着怜悯和取笑，我们却是要生活下去，双方的立场根本不同。只要我们的生活立足于正当需求，那他们的怜悯取笑就是极为肤浅的。短小的罗圈腿穿着西裤急匆匆地走着，如果是觉得这景象滑稽而笑，那也无可厚非。但我们自己不应拘泥于这样的细节，如果我们把目光放得更为长远，那么取笑者倒也不见得就有多聪明了。

如刚才所交代的，我没有去过桂离宫，不懂雪舟①、雪村②、

① 雪舟（1420—1506），活跃于日本室町时代的画僧。

② 雪村（1504—？），日本室町时代中后期画僧，崇拜雪舟。

竹田、大雅堂、玉泉和铁斋这些，也不了解狩野派[1]或运庆[2]。即便如此，我还是想发表一下自己的“日本文化之我见”。一个完全不了解祖国传统、只知道霓虹灯和爵士乐的家伙却要谈论日本文化，这或许有些匪夷所思，但至少我没有必要非得去“发现”日本。

二 关于庸俗（人终爱人）

昭和十二年[3]初冬到翌年初夏，我一直住在京都。去京都本没有什么特别目的，除一篇写了一半的长篇小说和千余张稿纸外，连毛巾、牙刷都没带就动身了，先去拜访隐岐和一[4]，托他给找房子，打算在孤独中写完那篇小说。回想起来，那时真是专注于孤独，令人怀念。

在闲聊的间隙，隐岐若无其事地问我在京都想要看什么，爱吃什么食物。本来我只是期待这位朋友能像在东京那样坦诚相待，结果京都的隐岐和东京的隐岐判若两人，他摇身一变成了谨小慎微全心款待客人的古都公子哥儿。我漫不经心地回答说是

① 狩野派是日本绘画史上最大的画派。始创于室町时代中期，经安土桃山和江户时代，一直延续到明治初期，是最具代表性的日本画流派。
② 运庆（？—1223），日本平安末期镰仓初期的造佛师。
③ 即 1937 年。
④ 隐岐和一（1911—1945），京都市中京区人，小说家、编辑，坂口安吾的友人。

祇园的舞伎和野猪肉——确实是心不在焉就说出来了。出发那一晚，尾崎士郎①为我的京都之旅饯行，那时才第一次吃到了野猪肉，于是顺口就漫不经心地那样说了。另外主要也是觉得野猪肉这种东西并不能轻易买到，也有这种考虑。结果，从第二天开始每晚都会受到野猪肉的攻击，而且从第三天左右我就清楚地认识到，野猪的味道根本不合我的口味，但是又不得不忍着吃下去。而舞伎这茬儿，到京都的当晚我就被火速带去了花间小路的青楼。那时候据说整个祇园的舞伎也就三十六七人，而当我醉眼蒙胧时，舞女们一个又一个出现在眼前，得有二十人吧。当时我确有天命如此之感，只能听天由命去了。

我也算见过祇园半数以上的舞伎了，这种荒唐无聊的存在还真是少有。本以为她们身怀绝技，会很有修养，结果完全不是那样，舞跳得就那回事儿，只知道一些阿泷②和 ORIE③ 之类的话题。那么是不是很有一些可供玩赏的天真的风情呢？不，完全没有任何清纯气质，只是卖弄小聪明，装作少年老成而已。本来是被训练出来取悦客人的，但她们本应是孩子，却没有孩子的美德。如果没有羞耻心，就不是孩子了。既然没能做成孩子，那

---

① 尾崎士郎(1898—1964)，小说家，坂口安吾的友人。

② 水江泷子(1915—2009)，日本昭和时代女演员，电影制片人，人称“阿泷”。

③ ORIE 津阪(1912—)，日本女演员，松竹少女歌剧团的男角儿之一，与水江泷子同为20世纪30年代松竹歌剧黄金时代的明星人物。

是否具备一些成人和孩子之间的妩媚魅力呢？也没有。听说在广东有一群名为盲妹的艺伎。所谓盲妹，是在小时候就把一些相貌姣好的女子的眼睛弄瞎，而后特别培训她们的学识、舞蹈和音乐等。中国人的行事方式虽狠毒却也彻底。既然终归是要人为打造成可供赏玩的艺伎，那样做也未尝不可吧。能想到使之目盲也真是费尽心思了。虽有些恶毒，但只要想想就能感受到那种不可思议的诱惑力。日本的舞伎虽然看上去很像人工制品，但却没有人工的妙趣。而身为姑娘却没有姑娘的羞耻心，当然也就没有了自然的妙趣。

我们和五六名舞伎一起去了东山歌舞厅，看时间都快深夜十二点了。有一名舞伎说那里的舞者中有她喜欢的人，她想和那个人跳舞，于是就去了。歌舞厅位于东山半山腰，远离城镇，比东京的舞场漂亮多了。舞厅客满，很是热闹。那时让我惊讶的是，舞伎们在宴会席上时或喋喋不休或跳舞取乐，一点儿也不出彩儿，但是当她们混在舞厅的人群里时，却能压倒众人，发出绚丽的光彩，很是抢眼。舞伎们独特的和服、松弛的腰带，赛过了穿西装的男子和着晚会盛装的舞者们，就连西方人也完全无甚可观之处了。传统终究还是自有其独特威力啊，我不禁为之折服。

在观看相扑比赛时我也经常会有同样的感受。伴随着呼唤力士上场的声音,裁判通报姓名,然后两名力士互相行礼,各自高抬两脚用力踏地之后,取水,慢悠悠地撒上盐,摆好架势。然后重摆架势,互相盯视一会儿,从容不迫地抓起一把盐。相扑台上的力士们足以镇住整个国技馆。和台上的力士们相比,数万名观众和国技馆的庞大建筑都显得很是弱小。

把这和棒球比赛对比一下,二者的差别立现。球场实在是太大了,九名选手被宽阔的球场压制住,被驱逐着,和数万名观众相比实在弱小得可怜。和宽广的球场相比,选手看上去就像割草工似的,软弱无力,让人觉得他们不是在比赛,而是在气喘吁吁地被围追堵截。我曾经看过贝比·鲁斯①的比赛,那感觉的确不同。他们纯熟、精彩的表演震住了全场,球场看上去好像也没那么大了。即使他们没有完全压倒球场,至少也与球场是对等的。

这并非体形的缘故,相扑力士也并不都是彪形大汉;也不一定是技术的原因。可以说,是传统自身的威严使然。因为威严,才能够镇住相扑台,镇住国技馆那庞大的建筑,镇住数万名观众。但是,仅靠传统的威严并不能永远维持其生命力,即使舞伎的和服压倒了舞场,力士的仪礼镇住了国技馆,但舞伎或力士却

---

① 贝比·鲁斯(Babe Ruth,1895—1948),美国著名棒球运动员。

无法仅凭传统的威严来维系其永恒的生命力。如果没有足以维系其威严的实质性因素,那么除了灭亡之外别无他途。问题的关键不在传统或威严,而是实质。

在伏见找到房子之前,我在隐岐家的别邸住了三周左右。隐岐家的别邸位于嵯峨,即使京都晴空万里的时候,爱宕山地区也多会下雪,这附近每天都会有雪花飞舞。从别邸过去五十几米处有一座不可思议的神社,名为车折神社,供奉的是某位姓清原的人,好像是学者,却又是一位赤裸裸保佑人发财的神。在正殿前面用栅栏围起来一块地方,里面数万块圆圆的小石头堆积如山。大家把自己想要的钱财数额和姓名、出生年月日等写在小石头上,集中到这里来许愿。有的石头上写着五万日元,也有那种可悲的石头上只写着三十日元,还有少数石头上详细写着希望月薪和奖金能够提升到多少多少。春分前日的夜里,我借着尚未燃尽的圣火的亮光,把这些石头拿在手里一块一块地读。我身在路途,在世间居无定所,把一生都寄托在一支笔上,且每每要与那极易溃散的自信做斗争,因此这些石头让我颇为不爽。牧野信一①这个人很奇怪,在通过神社寺庙门前时做不到过而

① 牧野信一(1896—1936),小说家,坂口安吾的老师。

不入，一定要恭恭敬敬地礼拜。如果系有咣啷咣啷作响的硕大铃铛的大绳垂在下面，就摇响垂铃，投香火钱，闭目片刻致以最高敬礼。不管寺庙属何宗派其都是如此。牧野本来特别容易害羞，在人前时最不愿意有任何引人注目的举止，唯独这件事情例外，一副不得不做的样子。有一次他带着儿子牧野英雄散步，顺路来到我的住处。我们三个人去了池上本门寺，一到那里他就催着英雄君进到正殿前面，让儿子投上香火钱后，父子二人恭恭敬敬地礼拜。看上去像是要把不为人知的悲天悯人的誓愿用血脉传承下去，煞是可怜。

当时在春分前日的火光照耀之下参读了这块那块的石头，本来这不是什么让人感伤或感动至深的事情，而且也无任何波折，但时至今日我依然记得清清楚楚。就这样，在每个雪落竹林的日子里，我遍访嵯峨和岚山的寺庙，漫无目的地一直信步走到清泷和小仓山墓地的深处。但对天龙寺和大觉寺，毋宁说总觉得有些空虚、冰冷，令人不快，根本没有留下任何回忆。

车折神社的正后方是一处破破烂烂的戏棚，名字起得煞有介事，叫岚山剧场。剧场周围都是农田，稀稀拉拉散落着几户人家。黄昏时分空牛车走过剧场前的街道，醉酒的农夫坐在车上打盹儿，牛儿自行漫步溜达着。我到了京都就去寻访隐岐的别邸，和汽车司机二人一起四下寻找时，看到电线杆上贴着岚山剧场的宣传单,说有猫游轩猫八①的演出,如果是冒牌货的话就送上大米五十袋。当然不会是冒牌货啦！东京的猫八是叫作江户家猫八②呢。

无须多言,我当即就去看了猫游轩猫八的演出,很有意思。猫游轩猫八看上去是一位体形强壮、相貌丑陋的彪形大汉,不仅不会口技,而且不懂其他任何技能。穿和服的女子突然把和服挽到臀部开始跳舞,如此等等,在演出快结束时猫八才现身。出场时他威风凛凛,穿着豪华的上下身礼服;桌子上搭着华丽的幕布,和云月③的大幕比起来也毫不逊色。猫八神秘地微笑着扫视全场,那笑容像是在说想要打架的家伙尽管上来就是,然后他说了些话,大致意思是:感谢你们前来观看,表演很有趣吧,明天一定要带更多的朋友来看哟。表演到此即告结束,真不知道他给桌子搭上华丽的幕布、自己穿着漂亮的和服礼服都是为了什么。的确是个很特别的艺人。

一帮江湖艺人大多会在剧场表演一天,长的时候会连演三天。那些江湖艺人并不都是猫八这样爱打架的人物,倒可以说

① 猫八,日本江户时代模仿猫、狗、鸡等的叫声沿街行乞的人,也指模仿动物叫声的口技艺人。
② 江户家猫八,猫八口技师家族的名号,通常也多指初代江户家猫八(1868—1932)。
③ 天中轩云月(1895—1945),日本浪花曲表演大师。

猫八是个例外。每换一帮人表演的时候我都去看,有时甚至会两次三次去看同样的内容。有一次来的是福井县的山村农夫,他们只在冬天组成剧团四处巡演,既说相声,也演话剧,还变戏法,项目全是全,但荒谬的是技艺实在蹩脚。只有一个团长模样、五十岁左右的人颇为老练,很担心剧团的演出,实心实意地安抚着整团人。真是一群可怜人。其中有一个十八岁左右的漂亮姑娘,是剧团招揽客人的唯一手段。白天时这姑娘只带一名随从在田间路上缓步而行,倒不太去住户那里。不管是相声、戏剧还是舞蹈,统统让这姑娘上台;而大家的表演仍旧非常生疏,愈加让人觉得可怜。第二天我又去看他们表演,只到了十五六名观众。第三天他们就不演了,要到下一个城镇去。那天深夜,我出去吃乌冬面时从剧场后面经过,入口处的大门四敞大开着,行李堆满了排子车,团长正在路边烤咸沙丁鱼串儿。

过了岚山的渡月桥,各色茶馆鳞次栉比。春季是人最多的时候,因为观光巴士会停在这里吃午饭,所以到了冬天也勉强可以营业。一天晚上,我和隐岐两人散步时想顺道在这里喝酒,于是一家一家地找过去,却都没有亮灯,也不像有人的样子,最后终于找到一家。据说冬夜里根本不会有客人过来。温和的老板娘四十岁上下,还有一个十九岁的女佣。因为店里没有生火,我们就在她家的起居室里烤着火盆喝酒。这女佣之前曾在马戏团里跳过舞，突然谈起岚山剧场的事情来。岚山剧场观众席的厕所里总是遍地小便，臭气冲天。我们在解手之前必定得费工夫选一个受害最小的位置，有时候甚至不得不挣扎着越过小便海摸到尿壶那里去。观众的厕所尚且如此，后台会脏成什么样子，简直无法想象，实在是太脏了！女佣突然脱口而出，言语之间极富实感。真是一个单纯的姑娘。听她说在马戏团，最痛苦的是到了冬天必须要喝酱油，据说喝了酱油能够温暖身体。于是当要赤身上台演出时就一定会让其喝下酱油。这事儿没得商量。

住在嵯峨这段日子，我白天都在写小说，到了晚上一般会去岚山剧场。我对京都的街道、神社寺院、名胜古迹这些完全不感兴趣。待在岚山剧场那尿味极重的观众席上，和不到一百个寒碜的观众一起，对着拙劣无聊的笑话一边打哈欠一边笑，这样就足够了。

隐岐好像觉得这样的我有些棘手，想要稍微吓唬吓唬我。他硬把我拉出去（那天也在下雪），乘火车沿保津川①溯流而上，前往丹波②一个名为龟冈的地方。那里以前称为龟山，是明智

① 保津川，流经京都府南部的河流，全长 13 公里，水流湍急，行舟困难。流出京都盆地后，便称为桂川。

② 丹波，日本旧藩国名，是日本古代的令制国之一，属山阴道，俗称丹州或丹南。区域包含现在京都府中部、兵库县东隅和大阪府的一部分。1874 年 12 月，因废藩置县政策，该旧藩国名废止。文中作者依旧使用该旧藩国名。

光秀①的居城。大本教②曾在那城址上建起宏伟华丽的总部。那时他们被判处不敬罪，总部刚被炸药炸毁不久。我们就是去参观那旧址的。

城址在山坡上，边上围有壕沟，坡上坡下全都是爆破的瓦砾，干涸的壕沟中也是，层层重叠堆在一起。一片苍茫的废墟，一草一木都未能留下，连流浪狗的影子都看不见。四周立起了临时板墙，还拉上了一圈铁丝网状的东西，稍远处还有岗亭。但我们从丹波千里迢迢（其实并不远）坐着摇摇晃晃的火车过来，不达目的岂可罢休。我们翻过铁丝网，闯入王仁三郎的梦断之处。站在山顶上，龟冈城和丹波群山环绕间的小小平原尽收眼底。雪越下越大，在废墟的瓦砾上累积起来。像样的东西在爆破之前就被没收了，影迹全无，只在山顶的瓦砾堆里看到些带金线花纹的砖瓦，酒桶大小的石像头滚落在台阶上。山腰处有很多小房间，估计之前是侍奉王仁三郎那三十多个小妾住的地方，那附近的里院中还残存着一些景致，也有几尊石像碎在地上。总之，一切砸得都不能再仔细了。

---

① 明智光秀（1528—1582），安土桃山时期的武将。臣服于织田信长，为近江坂本城主。1582年在京都本能寺袭击主公织田信长，史称“本能寺之变”。不久后即被羽柴秀吉（即后来的丰臣秀吉）击败。

② 大本教：明治末年，出口王仁三郎组织的神道新宗教。1921年、1935年两次受到日本政府镇压。

我们又翻过铁丝网出来,沿着壕沟在街上溜达,走进街口的一家茶馆,喝一种名为保津川的土酒,这酒和它这清流般的名字一点都不般配。这时来了一个赶马人,拴好马后也开始喝起保津川来。赶马人嘟嘟囔囔发着牢骚说,他干完活儿后就四处收废纸刚回来,卖废纸挣的钱还不够一壶酒钱呢,真是没劲儿。不过这样说着他就已经喝干了好几瓶,像是想和我们搭话但又觉得那似乎很可怕似的。不一会儿他酩酊大醉之后和我们聊起天来,他问道:

“大老爷你们是从东京来公干的吧。”

“确实如此。”

得到这个回答之后,他激动地鞠了五六遍躬,哼哼哈哈起来。说话间才知道,他以为我们是特地带着密令前来出差的刑警。隐岐穿着窄袖大衣,戴着鸭舌帽,一副富家浪荡公子哥儿的打扮;我则穿着和服棉袍便装,拎着一根拐杖,虽然下着雪却没有穿大衣。赶马人看到如此奇怪的两个人结伴翻越铁丝网,从禁地不紧不慢地出来,又害怕又好奇,就跟着过来了。被他这么一说才注意到,就连岗亭里的看守见了我们都很谨慎。我们在废墟里逛荡了得有一个小时,那看守时不时在岗哨前打扫一下,我们往那边看时就慌忙扭过头去,装作没在看的样子。我们索性冒充刑警,试着问了问大本教那些逃匿信徒的情况。赶马人虽然喝得烂醉如泥，却还是倏地变了脸色，表情沉重，突然之间结巴起来，说他多少还是知道一些的，但他本人从来没有做过坏事，所以如果要问那些的话还请无论如何多多包涵。他像在审讯室里似的一边说一边忙着三拜九叩。

宇治的黄檗山万福寺是隐元①创建的。据说在隐元看来，寺院建筑的要谛在于庄严，必须要整饬形式以使信徒的世俗之心得以升华。他还说，人们通过同饮共食能加深感情，因此吃饭一事非常重要。万福寺的斋堂（食堂）果然相当宏伟，那里的普茶料理自是名扬天下。话说重视饮食、把吃饭和交际结合起来，是中国各地普遍都有的风习，倒不一定是隐元独有的思想。

我对建筑工程学知识一无所知，但我至少知道，寺院建筑的特质首先在于寺院并非住宅这一点。在寺院里不仅不能有暗示世俗生活的东西，而且应竭尽全力去表现与之相反的生活和非世俗的思想。也是因为这个原因，真宗把世俗生活直接当作宗教加以肯定，所以他们的寺院领地很快就变得俗不可耐了。

自古以来寺院建筑样式都是彰显孤独思想的，真宗的寺庙（京都的东西两大本愿寺）却要直接借这古有样式来彰显他们

① 隐元（1592—1673），中国禅僧，福建人，日本黄檗宗始祖。1654年渡日，1661年在宇治建万福寺。

肯定世俗生活的自家思想，结果搞得很不和谐，非常庸俗。让本就庸俗的东西更庸俗并不难，关键是要庸俗得有特点、有个性。

京都这个地方遍地都是寺庙，遍地是名胜古迹，每走两三条街就会遇到大的寺庙或神社。如果要逗留一周左右，还是不要设定目的地为好，随便信步而行即可。看似很有来头的景点一个接着一个，如果感兴趣可以去问问叫什么名字，仔细观赏。因为街道比较窄，即使都走个遍也不会很累。我时常就那样溜达，从深草走到醍醐，走到小野乡间，还走过通往山科的山路。在市区的话，那些街道不管怎么走都不用担心会迷路，有一次我从伏见出发，傍晚时竟走到了北野天神大人那里，真是诚惶诚恐。我上街的时候，或者是为寻求快乐，或者是为寻求孤独，二者必居其一。寺庙区可谓非常适合这样漫步，比起在繁华街道上东张西望忙着躲避各种车辆，还是这里更为稳妥可靠。

寺庙确实是要以其建筑本身来显示孤独的意味。它不会让人联想起饭菜的味道或老婆孩子等，其中蕴含着要断绝与日常之心、世俗之心关联的意志。然而，无论如何努力想要把这样的观念通过建筑具体表现出来，都还是远不及这观念本身。

日本的园林未必都是在模仿自然，而是试图把南画等所表现的孤独思想和精神在现实中用园林表现出来。茶室建筑等（寺院建筑也是同理）园林，可以说是思想的表现，并非模仿自然,而是创造自然。园林受制于建筑用地的宽窄,这和绘画受制于画布大小是同一个道理。

但是,当想到浩瀚大海的孤独、沙漠的孤独、森林和平原的孤独时就不得不承认,所谓园林的孤独,不管设计何等曲折,终究是雕虫小技,没什么大不了的。

龙安寺的石庭①是在表现什么呢?是被赋予了怎样的观念呢?陶德盛赞修学院离宫②里面书院的黑白壁纸,说那是在表现瀑布之声。为使其鉴赏前后一致,不惜做如此牵强的说明,真是可鄙。想来园林、茶室等物,和禅僧的悟道一样,都是建筑于禅性假说之上的空中楼阁。问:佛是什么?答:干屎橛。说:把一块石头放在院子里,这既是干屎橛,也是佛。如果把这当成佛来看的话也还好说,但如果把干屎橛真的看作干屎橛也就没什么可讨论的了。这是因为,干屎橛只是干屎橛这种理所当然的认识实际上比禅规更具说服力。

龙安寺的石庭表现出了何种深刻的孤独和孤寂、与何种深远的禅机相通,这些都无所谓。石头的分布联结着怎样的观念与思想,这也不是问题。总之,当我们想到无边无际大海般无限

① 龙安寺位于京都市右京区,是临济宗寺院。其中的方丈庭院相传为相阿弥所作,是闻名于世的枯山水作品。1994 年列入世界文化遗产名录。

② 修学院离宫位于京都市左京区比叡山西麓,原为后水尾上皇的山庄,以庭园之美闻名。

的乡愁和沙漠中壮观的落日时，必会深觉石庭带来的感动根本无法与之相比，此时不客气地无视石庭即可。说什么不可能把无垠的大海和高原纳入庭院之中，这些说法没有任何意义。

芭蕉走出了庭院，在大自然之中看到并建造起自家庭院。他这一生并非只爱旅行，可以说，芭蕉的俳句本身就已走出封闭的庭院，在大自然中建造出自己的庭院。那庭院之中有时候只有一株米槠树，有时候只有夏草葳蕤，又或者只有岩石和那沁入其中的蝉声。那庭院中没有意味深长的石头或弯弯曲曲的松树，庭院自身直接就是风景，同时也直接就是观念。这比龙安寺的石庭要美得多了。不过，仅凭一株米槠树或者仅凭夏草，在现实中要想创作出一座同样的庭院是完全不可能的。

因此，在庭院或建筑中根本无法创作出“永恒之物”，日本自古就存在这种观念。这并不是因为建筑物很快会被火烧毁，因此无法实现“永恒”，不是这层意思。房屋会遭遇火灾，人也会很快死去，因此人生恰如水中泡沫，这是《方丈记》[①]中的思想。陶德很喜欢《方丈记》，其实陶德这人的思想也就仅限于这种程度而已。不过，芭蕉之庭院在现实中无法建成，人工是有界限的，这种谛观与绝望使人完全不会在意房屋、庭院、家具这些。

---

① 《方丈记》是日本镰仓初期的随笔，由鸭长明作于1212年。日本三大随笔之一。

日本的实质性精神生活者特别钟爱此种生活态度。大雅堂没有自己的画室，良宽[1]甚至都不需要寺庙。虽然如此，但他们并非是把甘于贫困当成了生活之本。相反，他们在精神方面欲望极深，甚至可以说过于奢侈，过于贵族风。并不是说画室或寺庙对他们没有意义，而是他们认识到绝对之物不可求得，且又对半途而废深恶痛绝，于是转而选择了以无为上的高洁。

茶室以简朴为本，但这并非是以无为上精神的产物。对于以无为上的精神而言，特地去做任何事情、所有特别的用心都是不纯洁的，是多余的饶舌。不管把壁龛装饰得何等自然、朴素，这种特别的用心已然是低于无、莫若无了。

对于以无为上的精神而言，不管是简朴的茶室还是日光的东照宫[2]，都是同一个“有”的产物，只不过是一丘之貉罢了。从该精神来看，并不是说桂离宫就单纯、高尚而东照宫就庸俗，两者并没有这种区别。所有这些建筑都是多余的，无法满足“精神贵族们”永恒欣赏的要求。

然而，即使以无为上的冷酷、苛刻的批评精神能够存在，以无为上的艺术却无法存在。不存在的艺术本就没有存在之理。

---

① 良宽(1758—1831)，江户后期曹洞宗僧人、诗人。

② 东照宫是祭拜德川家康的神社，日本各地有多处，其中以日光东照宫和久能山东照宫最为有名。

由是,从以无为上的精神来看也是如此,不管怎样,暂且回归到有形之美去吧。排除茶室那般不自然的简朴,竭尽人力做到奢华、庸俗的极致,任其开花结果,这也是一种自然吧。如果说简朴和豪华都是庸俗,那么比起意欲否定庸俗却仍然只能庸俗的凄惨来,还是本来就打算庸俗到底的那种豁达自在更为可取。

我在秀吉[①]那里看到了上述精神。说到底,秀吉这个人对艺术的理解和鉴赏力究竟达到了何种程度呢?他下令创造出各个领域的艺术,但其中到底有多少是他个人的见地呢?秀吉本人并非工匠,他命令各位能工巧匠充分发挥个性和特长去建造,但他下令创造的那些艺术中其实存在一以贯之的风格,那就是人工之极致、最大限度的豪奢,只要符合这一方针,一概来者不拒,有这样的一种气概在那里。如果要筑城,就去找来大到离奇的石头。三十三间堂的围墙堪称围墙中的巨人,智积院的屏风让坐在其前的秀吉看起来像是花丛中的一只小猴子。那里看来似与艺术毫不相干,更像是一个统一在最庸俗的意志之下的企业。但是,其中却有着不容否定的沉着和大气,有着安定感。

可以说,就事实而言,他的精神是真正的统一天下者才有的"天下人"精神。家康[②]也曾手握天下,但却缺少天下人精神。

---

① 丰臣秀吉(1536—1598),安土桃山时代武将,1590年左右统一日本。
② 德川家康(1542—1616),江户幕府第一代将军,1603年至1605年在将军位。

君临天下的将军有很多，但天下人精神的所有者却只有秀吉一人。即使是金阁寺和银阁寺，它们的建成也都与天下人精神相去甚远，说来不过是富贵风雅之人的消遣罢了。

在秀吉那里没有风雅，也没有消遣。他所做的一切全都是唯天下第一者才有的疯狂意志的体现。他好像一步都没有迟疑过，从未表现出试图节制的迹象。他想把天下所有美女都据为己有，被拒绝时甚至不惜杀掉千利休①。他能够做所有骄纵妄为的事情，实际上也确实做尽了这类事情。骄纵妄为者特有的不安分的安定感，与天下人的能力、胸怀结合起来，贯穿在他留下的很多艺术品中，结出了硕果。但是，即使是这般天下人的能力与胸怀，也还是存在日本式狭小的缺憾。如此一来，虽然可以做尽骄纵妄为之事，却不能在一切方面都随心所欲，天下人特有的虚无主义表露无遗。大体而言，极度的华丽总会与奇妙的悲哀纠结在一起，秀吉的成就中也包含这些，还颇具不可捉摸之处。三十三间堂的太阁②墙如今只剩下一小段，这围墙是一个没怎么考虑与三十三间堂的匹配与协调性的作品，一味争着炫耀自己的庞大与沉稳。本来围墙是因其内侧建筑的存在才得以成立的，只有这太阁墙却是独立自存，没把三十三间堂放在眼

① 千利休(1522—1591)，安土桃山时代的茶道大师，千家流开山宗师。
② 太阁是对摄政、太政大臣等的敬称，也专指丰臣秀吉。

里。结果其独立自存式的强悍与沉着反而超过了三十三间堂。太阁墙曲线独特,虽庞大却并未显示出不自然,其壮美远在三十三间堂之上。

我去龟冈的时候,把王仁三郎想象成在现代具体执行秀吉式骄纵妄为精神的人,尽管他执行的方式非常离奇。我对王仁三郎旧日的城池多少怀有一些期待,但却发现那规模、气度太过卑微,除庸俗之外别无他物。绝对的软弱、寒酸!不要说什么豪华至极带出的哀愁了,完全没有。

有诗云:若有酒樽在手,帝王于我有何哉。又有歌曰:我愿化作鞋子,让那姑娘踩在脚下。不管是万叶诗人,还是阿那克里翁[①]之辈,不管是在中国还是在波斯,只要是有文化的地方就必定会出现这样的诗人和思想。但是,这思想很是无聊,“帝王有何哉”的说法本无意义。这些家伙生来就没有帝王的天分,不必说做帝王了,任何一件像样的事情都做不成。

庸俗之人过着庸俗的生活,卑微之人过着卑微的生活,他们各自怀着相应的或庸俗或卑微的祈愿,认真过活的样子令人怀念。艺术也是如此,必须踏实、认真。并不是先有寺庙后有和尚,而是先有和尚后有寺庙。即使没有寺庙,良宽也还是会存

① 阿那克里翁(Anakreon,约公元前6世纪—公元前5世纪),古希腊抒情诗人,其歌唱爱情与美酒的诗歌流传很广,“阿那克里翁风”诗体即由他得名。

在。如果说我们需要佛教,那意味着我们需要和尚,而非需要寺庙。即使京都或奈良的古寺全被烧毁,日本的传统也不会发生任何变动,就连日本的建筑都不会有任何变动。如有必要,再重新建筑即可。简易房就足够了。

京都和奈良的寺庙都大同小异,并未给我留下深刻印象。但直到现在,我的手上还留有车折神社里那些小石头的冰冷感,且无法忘记伏见稻荷①那庸俗至极的红色鸟居②绵延而成的一里多长的通道。只是看一下的话会觉得很丑,一点儿也不美,但是当它与人们的祈愿结合起来时,就具备了直击心灵的动人力量。这并不是以无为上精神的产物,即使其存在显得卑微又庸俗,但却是不可或缺之物。我从没想过要在龙安寺的石庭中休憩,但却会时常希冀自己能一边看着岚山剧场拙劣的歌舞一边沉思。人所爱的,只会是人。没有人味儿的艺术根本不会存在。没有人会想要在一棵不会引发乡愁的树下休憩。

我认为《桧垣》③是世界一流的文学,但却并不想在能剧舞台上观赏它。那些表达方式和曲调已经不再和我们直接相关,很是无趣,我无法像等待一粒金砂一般辛苦忍耐,由我自己来想

① 伏见稻荷大社,位于京都市伏见区,日本稻荷神社的总社。
② 鸟居是日本神社参拜道路入口处的牌楼,是神社领域的象征。
③ 《桧垣》,能剧曲目,世阿弥作,被誉为以老妪为主角的三大能剧之一。

象、创造出舞台即可。天才世阿弥亘古弥新，但能剧的舞台、曲调和表达方式是不是也可以一直创新呢？这值得怀疑。旧的、无聊的东西要么走向灭亡，要么完全变革，这是必然。

三 关于家

这十年来，我基本都是一个人生活。在东京时是一个人住在这里或者那里，在京都也是一样，在茨城县一个名为取手的小地方时，还有在小田原时，全部都是一个人住。但是，哪怕只是一个人住，家（或者也可称为房间）也总会与悔恨之情纠缠在一起。

我也会短暂离家，去外面喝酒找女人，有时是结束一段一无所获的旅程归来。一回家就必定会产生悔意。家里没有母亲会斥责我，也没有会发火的妻子和孩子，甚至都不需要和邻居打招呼。即使是这样的生活，在回家时总还是会莫名觉得悲伤和愧疚，无法摆脱。

在回家之前我会顺道去朋友的住处。在那里完全没有悲伤、愧疚这些情绪。我会一如平常地走完四五位朋友的居处，然后再回家。果然，如此还是生出了悲伤和愧疚。

“回家”这事儿有着不可思议的魔力。如果不“回”，就不会感到悔恨和悲伤。只要“回家”，即使家里没有妻子、孩子和母亲,也还是无论如何都无法从悔恨与悲伤之中抽身而出。回家这一行为中必定存在催人反思的魔力。

如果想从这悔恨和悲情中逃离,简单来说不要回来就好,就那样一直前进就好。拿破仑总是在前进,一直到了俄罗斯,从未退却;希特勒也一次都没有退却过。但即使是像他们这样的“大天才”也无法从家中逃离。只要有家,就一定得回去。只要回去,就一定会陷入和我一样不可思议的悔恨和悲伤之中而无法自拔。我如是想。但是,那些所谓的“大天才”是和我不一样的钢铁之身吗?不,如果是与众不同的钢铁身,那就更摆脱不了……我孤独地在房间里思考着脸色苍白的钢铁人的忧愁。

即使没有会训人的母亲,也没有会发火的妻子,但回到家时还是觉得受到了斥责。人是孤独的,即便是过着了无牵挂的日子,也绝对无法自由。我认为,文学就是从这样的地方产生出来的。

我看到了电影《我们要求自由》①的活动宣传照片,好像是在讽刺机械文明,认为如果每天都是星期天,没有老板也没有工人,每天只是钓鱼喝酒游玩度日,那样就能够实现自由和快乐了吧。但是,自由其实并不那么简单。即使无须顾虑任何人,人们

① 《我们要求自由》(À nous la liberté)是创作于1931年的法国电影,导演是法国电影大师雷内·克莱尔(1898—1981)。

还是无法获得自由。首要原因在于,如果每天都只在游玩,那么游玩也就丧失了特殊性,其中再无任何快乐可言。有苦才有乐,如果只剩下快乐,就如同整个世界都只剩下一大片水一般,失去了快乐之所以成为快乐的原因。人必有一死,正因为有死亡,才有各种喜怒哀乐。如果不管到什么时候都不会死,那样就无聊透顶了。因为活着这件事情中本不存在特别意义。《我们要求自由》的活动照片再怎么愚蠢也无甚要紧,暂且不管导演雷内·克莱尔,但那些所谓的社会改良家们对人之自由的认识,和上述看法相比也不过是五十步笑百步而已,极为肤浅。如此一想就不得不更深入地信任文学。我主张:文学万能。这是因为,即使没有会训人的母亲,没有会发火的妻子,文学也会厉声唤人回家,文学就是从这样的地方开始的。故而,也可以说,如果无法相信文学,也就无法相信人类了。

四 关于美

三年前我住在取手。那是一个位于利根川沿岸的小城镇,除了炸猪排店和荞麦面店之外再没有别的餐馆。我每天都吃炸猪排,半年之后就完全吃腻了。于是我养成了这样的习惯,基本上一个月会去两次东京,喝完酒再回来。本来小城里也有酒馆,但却没有能边吃关东煮边喝酒的地方,只有普普通通的小酒馆,客人们坐在门槛上喝按杯卖的大杯酒。当地人管这叫“顶八杯”,意思是一升酒也就能倒个八大杯,一大杯酒很轻松就能超过一合,量很足。村里的农夫们总会说:“去喝顶八杯吧。”我当然是经常去的,一杯酒有时候十五钱,有时候十七钱,还有时候会按当天的进价卖,价格不一。从东京来的朋友总会皱着眉头大口喝酒。

从小城到上野仅需五十六分钟,途中会经过利根川、江户川、荒川三条大河,其中一条河流的岸边是小菅监狱,火车则从这座近代风格的巨大建筑旁边一路奔驰。监狱四周耸立着高高的混凝土墙,牢房威风十足地张着双翼,扩展成十字形状,在十字的中心交叉点上突兀地屹立着凹凸不平的监视塔楼,比大工厂的烟囱还要高。

当然,这所庞大的建筑物中没有一处堪称为美的装饰,从哪里看都是一所监狱,在构造上不允许有监狱以外的任何东西。但是,它却是一处让我着迷的风景,不可思议。

并不是因为它有着监狱之名故而那种震慑力压迫着我的内心,不是这个意思。更准确地说是一种令人怀念的情绪。总之,它某些地方的美吸引了我。利根川的风景和手贺沼都不曾有过这所监狱这般的魅力。真是太美啦,我时常会这样想。

还有一个与这类似的体验,清晰地留在我的心里。

已经是十多年前的旧事了。那时候我还是学生，还不喝酒，刚刚和朋友们开始办同人杂志。因为不喝酒，只能一边溜达着一边聊天，经常会讨论五六个小时之久。因此我们总是信步而行，实际上走过很多地方的路。到了深夜时分，即使没到深夜也是一样，经常会被警察盘问。那是左翼运动风行的时代，盘问总是彻底而琐碎。几个人就那样在深夜里散步，还没有喝酒，这反倒成了引人怀疑的事情。当然我并没有因为这个缘故就改变心意而大肆酗酒。

我们经常从银座走到筑地，然后乘渡船到佃岛去。渡船通宵运营，因此不必担心无法回来。佃岛上不足两米宽的昏暗、狭窄的道路两旁挤满了名为“佃茂”“佃一”等的房屋，应该是咸烹海味的店铺吧，但却让人觉得像是渔村，下了渡船之后突然觉得自己仿佛是远道而来的旅人，完全不会想到河对岸就是银座。我很喜欢这种旅行的感觉，加之有一个杂志同人是在圣路加医院附近的干冰工厂上班，因此经常有机会走到这边来。

说到干冰工厂，这也是一处让我着迷的所在，很是奇妙。

那应该是工厂区里一座平凡无奇的建筑吧。里面有起重机轨道，左右两边都是钢筋混凝土，头顶上很高的地方也有连到仓库去的高架轨道似的设备探出来。这里也完全没有考虑过要追求美，仅仅是由一些必需的设施搭建而成的一座建筑物。从城中房子里望过去,这里显得魁伟又不合群,我却感受到了它那卓然的美。

圣路加医院的庞大建筑很是宏伟,和它相比干冰工厂显得又小又寒酸。即便如此,如果和干冰工厂那紧实的质感比起来,圣路加医院就成了如孩子们做的手工般微不足道之物。这工厂深入我心,它疏朗大气的美勾起了我遥远的乡愁。

小菅监狱和干冰工厂,有时候不经意间我会想一下二者之间的关联。不过,除了它们都有一种能够激起我乡愁的强烈美感以外,我并没有勉强自己一定要想到其他。它们的美与法隆寺①、平等院②这些地方截然不同。法隆寺和平等院的美与古代、历史等关系密切,想到这些就大体会认可它们,但那并不是直击内心、深入肺腑的美。总归有些地方需要补足,否则便不足以服人。小菅监狱和干冰工厂更为有力,其冲击更为直接,没有任何补充物,立刻就把我的心灵带到了乡愁处。原因何在呢,那时候我并未考虑这个问题。

某个早春,我出发去半岛顶端的港口城市旅行。那个小小的海湾里栖息着日本的驱逐舰。军舰很小,感觉很是谦逊,但它

---

① 法隆寺是位于奈良县生驹郡斑鸠町的圣德宗寺院,南都七大寺之一。1993年列入世界文化遗产名录。

② 平等院是位于京都府宇治市的寺院,属天台、净土两宗。1994年列入世界文化遗产名录。

的美却在我看第一眼时就震撼了我的灵魂。我躺在海边，全神贯注地望着那浮在水里的谦逊的黑色铁块。这时候，小菅监狱、干冰工厂和军舰三者合而为一，我想出了这美的真相。

为什么三者都如此美呢？它们并没有为了变美而去做任何加工，它们那里完全没有这样的美。并没有出于美的考虑而多添加一根柱子或一块钢铁，也没有以不美为理由而拿去任何一根柱子或一块钢铁。只是把必需的东西放在了必要的地方。这样，去除掉所有不必要的东西，在“必要性”这唯一要求下以所形成的独立形态呈现出来，此形态仅与其自身相似，除此以外与其他任何事物都不相同。根据需要，柱子可以无所顾忌地东歪西倒，钢材可以圈得长短高低不一，轨道可以突然从头顶上伸出来。所有一切都只是必要而已。这必要不可遏止地生长、壮大，其他任何旧有的观念都无法成为阻止其生成的力量。由此，这三个与众不同的东西得以成形。

作为我的主业的文学，和上面这些完全是一回事儿。不能为了让人看起来觉得美而去写作，一行都不可以。在特地用心去感受美并刻意为之的地方，并不会再产生美。要待无论如何都不得不写时、必须写时才动笔。唯一可做的，是应那不可遏止的必要性之要求，痛快淋漓地写个够。正是“必要”，不拘何种情形，贯彻始终的唯有“必要”二字。如此，回应这“不可遏止的”实质要求所形成的独立自足的形态便产生出了美。如果抛却这实质性要求，即使是从美或诗意的角度出发去打造一根柱子，最终那也会沦为微不足道的小手工。这就是散文的精神，是小说的真谛，同时也是一切艺术的大道所在。

问题在于，你想要写的那些东西是真正必须得写的吗？即使用你的生命作为交换，也还是不得不写，于你自己而言是那般无法舍弃的宝石吗？再有，是否根据上述要求，用你特有的笔去掉了不必要的赘物，真正做到恰切地表达了呢？

百米比赛全速奔跑时欧文斯①的美与二流选手很不一样，前者的所有动作都是有必要的，后者却未完全贯彻必要性原则，显得笨手笨脚。当我还是中学生的时候，要求百米选手必须又瘦又高，腿要长，身体要轻便苗条；又胖又重的男人全都跑到投掷类项目去了，在运动场的角落里推着铅球，或是抡着链球。还有帕多克②和辛普森③，这两位都来过日本，一直到他们所在的时代都还是那样。从梅特卡夫④和托兰⑤崭露头角的时候起出

① 杰西·欧文斯（Jesse Owens，1913—1980），美国黑人田径明星，短跑运动员，被誉为“二十世纪最佳田径运动员”。
② 查尔斯·帕多克（Charles Paddock，1900—1943），美国短跑运动员。
③ 乔治·辛普森（George Simpson，1908—1961），美国短跑运动员。
④ 拉尔夫·梅特卡夫（Ralph Metcalfe，1910—1978），美国短跑运动员。
⑤ 埃迪·托兰（Eddie Tolan，1908—1967），美国短跑运动员。

现了变化,高体重带来的加速度成为短跑运动员必须具备的最后一个条件,身体苗条的人都转去了中长跑。有一次我去羽田机场,在那里见到了俘获的 I-16 型战斗机。刚刚看到它从飞机场的左侧出来,一眨眼就飞到了右边,速度之快令人惊讶。日本的战斗机重点关注战斗性能,对速度重视不够,在这一点上无法与之相提并论。I-16 机身短小,矮胖敦实,沉甸甸的,看着很有分量,完全符合近代以来百米选手的体格条件。虽然一点儿也没有轻便的样子,样式确实很不美观,但它那重量具备的加速度却带来了风驰电掣的速度之美,令那些轻巧的客机无法望其项背。

仅有外观上的轻巧好看并不能成为真正的美物。一切都关乎实质。为了美而美是不自然的,终究并非真正的美,说到底那只是空虚。空虚之物绝不会如真实之物那般动人,归根到底不过是可有可无的赘物而已。即使把法隆寺和平等院全都烧毁,我们也不会感到任何困扰。如有必要,拆了法隆寺改建成停车场也没问题。我们民族光辉灿烂的文化和传统绝不会因此而消亡。没有了武藏野宁静的落日,夕阳还是会落到那层层叠叠的简易房房顶上。因为尘土的关系,即使晴天也很朦胧,月夜的景致模糊不清,代替它的是闪耀的霓虹。我们现实的生活和精神扎根于此,如果这不是美,那还能是什么呢?看,天空中有飞机在飞,大海上有钢铁舰船在跑,电车轰隆轰隆驶过高架线。只要我们的生活是健康的,即使是在为模仿西方建起廉价简易房而扬扬自得,我们的文化也还是健康的。我们的传统也是健康的。有必要的话就把公园翻整成菜园吧。只要那是真正必须要做的,在其中就一定会产生真正的美。因为那就是真正的生活。只要是在认真生活,就无须为东施效颦感到羞耻;只要那是真正的生活,即使是东施效颦也能获得毫不逊于独创行为的优越感。

《现代文学》第五卷第三号　1942 年 2 月 28 日发行

青春论

一　我的青春

我完全不记得自己曾经有过“现在正是我的青春时代”之类的想法，就这样过来了。我的青春什么时候过完的呢？完全找不到分界线在哪里。如果说不成熟的人大行蠢事就是青春的标记，那我认为自己到现在也还正青春呢，恐怕等到七十岁也还很青春吧，这样的反省绝不是什么值得高兴的事情。我还想嘴硬，虚张声势地说：“文学之精神就是要永葆青春。”但即便我像念经一般不停嘟囔文学、文学，也依然无法抵消自己的愚蠢。生来已有三十七年,就这样虚度光阴找不到人生的分界线,实在是悲哀。如果到七十岁时还是没有发现界线在何处,那又该变得何等无助啊！是不是自己划上一道分界线呢？有时候我会这样想。那么问题来了——“怎么划好呢”,想到这里我再次举手投降。我还会先行考虑“结婚”这一分界线,估计大家也都是这样想的吧。对于结婚,我绝没有任何特别的想法,也没什么坚持,我打算顺其自然,如果水到渠成出现了需要结婚的情形,那我任何时候都可以结婚。① 但是,这样一来是不是我人生的分界线就能形成了呢？我觉得十有八九还是无法形成,假设说真的形成了,我也绝不认为这分界线会使我的生活变得真实且伟大起来。我确实愚蠢,但这愚蠢的成因却和结婚这事儿沾不上边。结婚,然后孩子长大,我年届七十,如此一来,果然青春——哪里都不见人生的分界线,这真是一个无可救药的话题,想到这里,我深感惶恐。

“青春一去不复返”,这话说得极为漂亮,而“青春永不逝去”这话就说得太可悲了。首要的一点,那样太没意思。那种累法儿与别的疲累不同,是一种无法治愈、走到穷途末路的感觉。

① 作者于1953年8月24日与梶三千代正式登记结婚,但从1947年9月开始两人便已同居。

世阿弥在流放佐渡①期间创作的谣曲②中有一部题为《桧垣》的作品。细节我都忘记了，故事大意如下：好像是有一座寺庙名为桧垣寺（如果您非常了解谣曲，还请略过此处，我极有可能会胡说八道），有一个老妪每天早晨都来寺中，在佛前供上阏伽水。这老妪总是一个人来，她带来的水清亮柔美，不同寻常。于是寺庙住持就问她说：您是哪里人？姓甚名谁？老妪吟出一首和歌，问住持是否知道此歌（很抱歉我把这首和歌给忘了，只记得是以类似于“汲水”这类的枕词③起句），住持并不理解这个枕词的意义。当然这首和歌也颇具重要意义，不过却并非故事的最关键之处，故还请谅解为盼。住持心内不解，就问说：这组枕词听起来很是陌生，究竟是何意思？老妪回答说：如果想知道意思，就请劳驾去一趟某某河边（河的名字我也忘了）。我自己就住在那里，到时候讲给住持听。说完就回去了。第二天（也有可能不是第二天。总之在传说故事里面明天也好十年后也罢都不打紧），住持去那条什么河边拜访老妪。到那里一看，果然有一间荒废的草屋，但却不见人影，而且那破屋荒废已久，根本不像人

① 佐渡是日本旧国名之一，相当于现在的新潟县佐渡岛。1434年，71岁高龄的世阿弥被室町幕府第6代将军足利义教流放佐渡。

② 谣曲是日本传统艺术形式能剧的唱词和剧本。

③ 枕词：日本古时常用于和歌等的修辞手法之一，指那些加在固定词句前面起到修饰和调整语调作用的词。多为五个假名。

住的地方。这时,不见人影的半空中忽然传来老妪可怕的声音:来,聊一下我的过去吧。很久以前,我在京城供职,青春时代过得非常快活,昨天那首和歌即是本人的作品,被收入到《新古今》①一类的和歌集中。随着年龄增长,年轻时候的美貌日渐衰败,越来越丑,这痛苦简直不堪忍受。我备受折磨,万分苦恼后最终死去,却因此不得往生,至今仍因执念被困于人世间,兀自迷茫。请大师前来唯有一事相求,万望大师能为我超度,助我早日往生。听到这里,和尚高声喝道:我自会为你超度,你先现出身来!老妪犹豫片刻后说:既是如此,我也顾不得容貌丑陋骇人,且来见过大师。一个执迷不悟的女鬼出现在和尚眼前。和尚开始诵经超度,这期间老妪追逐着昔日的青春梦想和旧时容颜,恍恍惚惚尽情起舞,最终往生。故事大意就是这样。

以流放北海孤岛之身创作出如此优美的故事来,世阿弥这个人确实是天才,令人折服。我每每和朋友们讲起这个故事,虽然每次讲的都不太一样(我对所有朋友都讲过这个故事),听完之后最受感动的人是宇野千代女士②。自那以后宇野女士就迷上了谣曲,经常去欣赏能剧。而我虽一直把谣曲当成文学在读,

① 《新古今和歌集》是镰仓时代的敕撰和歌集,共20卷,收歌约1980首。1205年编成。

② 宇野千代(1897—1996),日本小说家。

却几乎没去剧院看过，于是遭到了她的嘲笑。虽说所有的女人都担心人老色衰，这一点和男人绝对无法相比，但宇野女士听完故事之后深受震动的样子尤为真切地印在我的脑海里，盘桓不去。宇野女士本人也已是这般年纪，她对女鬼的苦恼应能感同身受，故反应激烈，有这层意义在。而对于逝去的青春竟会表现得如此明显，或者说竟然会有如此执着的爱恋之情，这反倒让我羡慕起女人来。这份羡慕中丝毫没有身为男人狂妄自大的成分。

女人总是有很多秘密。男人和女人身处同样的生活之中，男人意识不到任何秘密，女人却总能发现各种微妙的秘密。特别值得一提的是宇野女士的小说。她的私小说自不必说，不管是男孩的故事、女选手的故事还是音乐老妇人的故事，她讲述的大部分故事都带有这类微妙的褶皱。这些带有秘密色彩的心情一个个微妙又琐细，如同一颗颗被准确挖掘出的宝石一般精美，我很是爱读。话虽如此，那是不是我也写写这类作品试试看呢，还真是不行。就是把我的脑袋倒过来踢几脚，我也写不出这种东西。如果真能像宇野这样写故事，那就会不可否认地发现我自身其实也会有类似的心情，但在生活中我却不会围着这些转。当然，现在我的主要任务并不是要讨论文学。

女人一一感受着这种微妙的内心、秘密的气息来过活。我想,对于她们来说每一个小时肯定都至关重要,每一个小时都想紧紧抓在手中。女人能够从自己身体的每一个部分感受到生命的存在,不管这个部分何等微小,哪怕是一根头发或是一根眉毛。我们男人就完全不懂这些,更何况是容颜老去的悲哀这类,即使男人的生活中也有同样的感情,男女之间依然存在天壤之别。宇野女士某篇小说中的一封信里好像有这么一句:"女人一个人睡觉时的凄凉,您大概不会明白吧",大致是这么个意思。女人紧紧抓住这宝贵的每一个小时,她们对孤身一人的状态抱有何等痛切的诅咒之情,我差不多能猜得出来。

和这样的女人相比,我每天的生活完全称得上是空洞无物,每一分每一秒都缺乏实感,且邋遢散漫,感受不到任何生命气息。别说一根头发这样的傻话了,就是掉了一根手指一条胳膊,顶多也就觉得很不方便,还可能会担心外表不雅观,对微小生命的逝去应当不会产生任何感觉。

所以,对于女人来说,逝去的时间也已经深深地扎根于女人的生理之中,其绚烂的青春盛时与趋老凋谢之间存在可怕的差距,女人们已经本能地养成了以此时间差为核心的特殊思考方式。事实上,同样身处老年时,女人的老年往往比男人的老年表现出更多无可挽救之痛苦。女人以肉体来思考,这宝贵的肉体凋落之日无疑就是万事皆休之时。女人的青春很美,如同花儿盛开般惊艳。女人的一生全部都已变成秘密封印在青春之中。所以，如果仅从这点来看，女人比人类更具动物性，这样说也无甚不妥。实际上，女人拥有一种独特的本领，在面对人生丛林以及丛林中的歧路、敌人或涌出的泉水时，能够形成男人绝对无法想象的各种美好意象。假如去掉女人的理智，把她们限定在基于肉体做出的思考之中，那么女人的世界就会沦陷、只能亡国。女人失去贞操之时，她的祖国也随之沦陷。由是，她的肉体是绝对的，她的青春也是绝对的。

一说到女人一般如何如何男人一般如何如何这些时，我的舌头就打不过转来，讲得前言不搭后语，还是就此打住，来说说我自己个人层面上的那些事儿吧。不过，我想对刚才的内容稍加总结，即女人对与自己有关的生活有着清醒认识，非常努力地过好每一个小时，这一点远非男人可及。她们具有非常明显的自我中心的思考方式，仅从这一观点来看，不得不说女人是远胜男人的“生活者”。刚刚谈到的《桧垣》那个故事也是一样，换成是男人，即便是以光源氏①为主人公，因过于忧虑容颜老去而变成幽灵这样的故事也无法成立。并不是说不能把光源氏写成幽灵，最起码的，以男人写年老这事儿就行不通。试想一下，有一

① 光源氏是日本平安中期作品《源氏物语》的主人公。

位老爷爷总是哀叹人老色衰，以至于魂魄一直在人世间游离而无法往生，这样一个故事带给读者的阅读效果必大有不同，不如说更像一个喜剧故事。女人的生活圈子非常狭窄，但她们却活得很是热烈。

三好达治①在评论我的时候好像说过，坂口给人的感觉就像是一座恢宏气派的建筑物，但进到里面却发现没铺榻榻米。这据说是近来有名的辣评，我也不由得一笑，确如其言，在我寺庙正殿那般宽敞的伽蓝堂中却连一片镶边草席都找不到，只是百无聊赖地把这宝贵的时间迎来又送走。空虚的一天，空虚的一生。即使别人不脱鞋贸然进来，然后又一下子兀自出去，我也说不得半句怨言。因为我这里没有任何的分界线，连一块"请把木屐脱在这里"这样的公告牌也都没有。

我有可能到了七十岁也还很青春，可是却从未体验过因哀叹衰老而变成幽灵这样充实的生活。对于这样一个我来说，青春绝称不上美好，也谈不上特别。那么，青春是什么呢？青春就是让我活下去的力量，是诸多虽然愚蠢但却一直支撑着我生命燃烧的事物，支撑我生命的所有这一切事情都是我青春的对象，都是我的青春。

---

① 三好达治(1900—1964)，诗人。

要说愚蠢，那我经常是蠢不可言，如果要从愚蠢如我的生存方式里举出一条正常的人生信条来，那就是“不可后悔”。并不是说我做得很好所以无须后悔，自己固然愚蠢，但即使后悔也终究不会有任何改观，所以不可后悔。说起来不过是类似于祈祷一般的蠢人的激情罢了。牧野信一住在鱼篮坂①上那会儿，在书房里贴有一张诗笺，上面写着“于我事皆无悔”，是菊池宽先生②所书。后来听说那原本是宫本武藏③的一句名言。看这冠冕堂皇大肆宣扬的架势就知道，宫本武藏的不可后悔和我的不可后悔大不相同。《叶隐论语》④里似有训诫云：不管是什么坏事，一旦自己做下了，则必须以美名掩饰之。我却从未想过如此明目张胆地把自我主义贯彻到底，我总不免会更多地考虑他人，还会经常反思自己的弱点，忍不住要唉声叹气。如果见到上述《叶隐论语》级的高手，我会第一个站出来大打出手。

可以说，我所说的“不后悔”其实意味着一种达观，不管作恶的后果是抛尸荒野还是下地狱都不会后悔，总之我已竭尽全力去做。宫本武藏毅然决然地说“于我事皆无悔”，他总是会清

① 鱼篮坂位于东京都港区三田四丁目和高轮一丁目之间。

② 菊池宽(1888—1948)，小说家、剧作家。

③ 宫本武藏(1584—1645)，江户初期的剑术家、兵法家，著有兵书《五轮书》。

④ 《叶隐论语》，即《叶隐》一书的别称。由山本常朝口述、田代阵基笔录的武士道德书录。共11卷，1716年成书。

晰地认识到“事”的存在，这和我的达观不是一回事儿。想来宫本武藏应是一个时常会后悔的家伙，不然他为何硬要编出“于我事皆无悔”这样一句名言呢？从这句话里足可听出武藏的悔意，入耳如同诅咒一般。

我绝非是要炫耀自己的愚蠢，不过既然我的生命燃烧于此，既然我凭此得以生存至今，那就必须在有生之年对它多加珍惜。尽管我的青春里没有“逝去的美”，有的只是“永远不会失去的愚蠢”，我还是必须要讲一讲我的青春。话说我的青春论同时也是沦落论，这一点诸位一读便知。

二 关于沦落

日本的小官吏劣根性非常严重，一旦给他点官儿似的权力，立马就会飞扬跋扈不可一世起来。之所以说这个，是因为最近刚刚有人在菜店或鱼店经历过，那里本应是对众生一视同仁的地方。我素来和菜店、鱼店这些都没什么关系，但却在别的地方沉痛地感受到了这一点。

有老爸或是老妈带着孩子走进电车，或者是有青年人带着老太太进来，总会有人给孩子或老太太让座。不一会儿旁边的座位空出来时，尽管刚才把座位让给孩子或老太太的人还站在那里，却还是会自己一屁股坐下，或是让自己的同伴坐。这种事儿经常碰到，却从未见过有孩子老爸或老妈请刚刚让座的人来坐座位。

也就是说，这是一群利用别人对孩子和老太太的同情心来为自己谋取不正当利益的家伙。如果这群人当上了官儿，必然会发挥出官吏的劣根性，滥用权力，后果不堪设想。

我有一个极坏的毛病，当看到老太太等人摇摇晃晃走进电车里来时，心里就会觉得不让座不行。可是，一旦糊里糊涂让了座，对方马上就会把讨厌的小官吏劣根性展示给我看，让我非常不悦；但是如果不让座，心情也会很不爽。于是，为尽量避免和这类带有小官吏劣根性的家伙扯上关系，我决定除非电车里空荡荡的，否则就不落座。虽然多少有些累，但还是不和这些讨厌的家伙扯上关系来得更加幸福。

去年快过年的时候，我在涩谷换车，从国营电车上下来，换乘巴士。巴士严重超载，那情形就连我都觉得要喘不上气来。在我旁边站着一个十岁左右的小男孩，穿着学习院[①]的小学生制服。我面前的座位空出来了，于是我示意旁边的少年过去坐。少年只是行了个礼，并没有坐上去。不一会儿座位又空出来，但少年仍旧站着被满员的人群挤来挤去，连看都不看一眼我前面

① 学习院是1877年在东京为教育日本皇族和华族子弟设立的学校。二战前由日本官内省管辖，1947年成为私立学校，从幼儿园、小学直到大学，学制齐全。

的座位。

我钦佩这少年的良好教养。少年严守信念的坚定态度堪称完美,即使和宫本武藏相比也毫不逊色。当然学习院的孩子们也不都是这样,但至少让我深切感受到了家教的重要性。

像这样的良好教养未必都和原生家庭的荣耀或财富有关,但是我认为,家族的荣耀或对财富的自豪这些非常重要,当具备无后顾之忧的家庭背景时,即使是一个普通人也可自行轻松保持这样的坚定态度。

不过,虽然名门子弟往往与生俱来就会拥有这样良好的教养,但那些名流所属的成人世界和孩童世界却并不能一概而论,很多时候并非如此。更有甚者,成人世界里的所谓贵族品格仅仅指从容不迫的态度或坚定的外表,而那外表与精神并无关联,真正的贵族精神又自存在于别处。有着良好教养的人们不过是在与他人简单接触时表现得很懂礼貌,而当涉及实际的利害关系时,能否做到自我牺牲呢?能否心甘情愿地把座位让给别人呢?毋宁说伤害他人以保证自己不留遗恨这一深层性格其实更容易形成。

再者,在成人世界中,当牺牲、互让、体恤照顾这些并非出于礼貌,而是作为生活本身得以训练形成时,是为沦落的世界。在沦落的世界里,人们深知伤害他人的罪恶,对别人的困窘寄予怜悯和同情，不是说说而已，而是知道实际的救助方法并会身体力行。而且他们不会辜负别人的信任，总是以仁义来约束自己的行为。

尽管如此，他们的重仁义主要还是仅限于他们自己同志者的世界中。只要踏出他们那个世界一步，即当接触到不属于沦落世界的人们时，他们未必会信守仁义。这是因为沦落的那些人基本上都具有性格破产者的特征，而且又多恶徒无赖，他们保护同僚、守护他们的秩序，目的是为了保护自己，但他们并不认为在对外时仍需遵守秩序。总的来说，他们的秩序与普通家庭的秩序很不一样，即使没有特别的恶意，也还是会招致诸多矛盾和发生龃龉。

都说只要过上三天悠闲的讨饭生活就会乐不思蜀，沦落世界里也是一样，如果能够扼杀掉独立不羁的灵魂，那就再没有比沦落世界更宜居、更易沉沦之所了。那里不需要华服美宅，也不缺天然野生的食物，真如南海仙岛一般。因此我强烈诅咒、憎恨沦落世界。一旦失去独立不羁的灵魂，我不过就是一具肉体垃圾而已。所以我的灵魂坚决不愿在此停驻，既然如此，那为什么我的灵魂又在这个世界里感受到了休憩的闲适，为什么会觉得这就是故乡呢？

今年夏天我回到新潟，时隔二十年之后再次赶上了白山神社①的祭典。虽不如从前热闹，却还是有个松下杂技团正在表演。在马戏团里我最喜欢从一个秋千到另一个秋千飞来飞去的那种空中杂技。但这个松下杂技团里像样的艺人有可能被征入伍了吧，只有团长一个成年人，他们的表演非常拙劣，有一半左右的演员都掉到了地上，没有飞好。后来我看过一次柴田杂技团的表演，人家那次除了小丑以外没有一个人掉下来。乍看上去好像正中间的秋千最重要，其实不然，两侧的秋千上需要安排最熟练的指挥，由他们来控制中间那个人出发时的节奏。柴田杂技团那次中间秋千上是一位女艺人，两边的秋千上是两位老练的艺人，所以一点儿都没乱。松下杂技团表演时老艺人搭的是中间的秋千，两边都是孩子，根本没有指挥。

掉下来，又掉下来，然后再攀上去。他们上场时不过是一群少年少女，掉下去再上来，这回一定做好！看到他们下定决心瞪大眼睛上秋千的气势，我不禁流下泪来。一副拼尽全力的架势。除老艺人外，第二老练的是一个才二十岁左右的青年。这个青年总给人猥琐之感，我不愿意看他。就是这个青年，在最后的高难度动作那里失败落地之后，咬紧牙关瞪大眼睛，很带劲地用手

① 白山神社位于新潟县新潟市，历史悠久，主祭神是菊理媛大神（亦称白山大神）。

重新系好耳边的绳子，再次抓紧绳索飞身攀上秋千。那时候猥琐之感已经完全消失，有的只是庄严神圣、全力拼搏的气概。那种美打动了我。

有一次真杉静枝[①]女士邀我一起去帝剧[②]欣赏轻歌舞剧。和轻歌舞剧中的女演员比起来，和她们一起跳舞表演的那些男的看起来简直傻极了。他们表现得实在是太过低能、太傻，身为同性的我觉得有些郁闷，这时候真杉女士低声对我说："为什么歌舞剧里的男的看上去这么傻呢？"本来我以为男观众觉得傻的，女观众或许会有不同的观感，听了真杉女士的话之后我才认识到，原来女人们也是那样觉得的。

不过我也曾遇到过一次例外。

那次是在京都。昭和十一年、十二年[③]左右。京都的夏天很热，我就每天拿着十文钱钻到新闻影院里去，一整天都待在休息室里看看书什么的。新闻影院是滑冰场的附属建筑，非常凉快。那段时间我对工作失去了自信心，不知多少次地想过要结束生命。新京极[④]那里有一座歌舞剧院叫京都红磨坊，我经常

---

① 真杉静枝(1901—1955)，昭和时代的小说家。

② 帝国剧场简称帝剧，位于东京都千代田区丸之内。1911年启用，是日本第一座纯西式的剧院。

③ 昭和十一年是1936年，昭和十二年是1937年。

④ 新京极是日本京都市中京区的一片繁华街区。

动身过去。动的真的只是身体而已，演出很是无趣。所以，我遇到的唯一一次例外当然不会发生在京都红磨坊。

我走进比京都红磨坊演得更好的工作棚里去，发现那里正在搞特别演出，演的是一幕轻歌舞剧。因为是狭窄工作棚里的特演，剧组非常简陋。只有七八个女人加一个男人而已。但是，这唯一的一名男演员颠覆了我迄今为止的所有观剧体验，他走上舞台，女演员们顿时黯然失色。回想起来，他当时是手敲木鱼，嘴里念着讽刺俚谣类的台词。他器宇轩昂的男子气概充满了整个舞台，形象显得非常高大。不仅如此，女演员们如同飞舞的蝴蝶一般，绕着男子悠然自得地飞来飞去，看上去很是安心。那景象真是赏心悦目。没想到歌舞剧的男演员竟表现得如此有威望、如此值得信赖，我本来对此是不抱期望的。

日积月累之后这一印象变得极端起来。男子的形象逐渐变得超常的伟岸高大，其他歌舞剧男演员们看上去愈加愚笨不堪。我心想，那种水平的演员没有理由不被请到浅草①去，希望能再见上一次，但遗憾的是我没有记住他的名字。不过如果见到自然就会认出来，于是每次去浅草、新宿等地看戏时我都很是留心，但却未能有机会再见。

---

① 浅草位于日本东京都台东区东部，二战前曾是东京数一数二的繁华地区。

然后今年春天的时候，我和淀桥太郎[1]先生在浅草一家名为染太郎的店里聊天。这染太郎是一家什锦铁板烧店，但它和花柳街上那些卖给雏妓的铁板烧不一样，不太烤牛肉菜饼或是虾菜煎饼这些，这家的顾客都是些爱喝酒的人，不管是西式蛋卷、牛排还是鱼和蔬菜，什么都可以烤。最近我们《现代文学》[2]这些人一聚会就往这家店跑，对这家店实在是青睐有加，除我们之外，歌舞剧圈儿的那些人也是每晚都来这里喝酒。于是经常碰到淀桥太郎先生，会和他聊上几句。某天谈到了京都红磨坊的事儿。当时我想那些不着交际的旧事他应该不会知道吧，但索性还是问了问，看他是否知道同一时期在工作棚特别演出中出场的那位男艺人的姓名。让我目瞪口呆的是，太郎君稍微想了一会儿之后就非常明确地回答说：那是森信。当时只有森信在京都工作棚中搞过特演，再没有别人。工作棚的地点还有人数都完全一致，因此毫无疑问就是他。几位在场的演艺界人士也纷纷给太郎做证。森信是绰号，他的艺名好像是森川信[3]这三个字，是这样一个人。这些人行踪漂泊不定，几年前在京都狭

---

① 淀桥太郎（1907—1991），轻歌舞剧剧作家、导演，主要活跃于浅草地区。本名臼井一男。

② 《现代文学》：文艺同人杂志。1940年1月创刊，1944年1月终刊，共46册。由大观堂发行。主要参与者有大井广介、杉山英树、小熊秀雄、菊冈久利等。

③ 森川信（1912—1972），演员，本名森川义信。

窄的工作棚里发生的事情竟然还能记得如此清晰。我很是吃惊，一时语塞。

比起梅若万三郎的能剧和菊五郎[①]的歌舞伎来，我更喜欢看杂技和轻歌舞剧。与此相同，和品尝第一流的美食相比，我更喜欢喝酒。但我并不喜欢酒的味道，在喝到酩酊大醉闻不出酒味儿之前，我都是屏息凝气强忍着喝下去。

可能大家都会说艺术是魔法，对此我多少有些异议。那个年轻人，如果坐我对面的话我会觉得他猥琐到无法直视，甚至想要揍他。但当他攀上秋千之后却陡然神圣起来，那拼命的气势非常动人，仿佛换了个人似的，创造出奇迹。这是魔法般的现实，是奇迹，但这奇迹经常与我们的现实和生活同在，是极为普通的自然状态，绝不是超现实的存在。当看到歌舞剧舞台上那些软弱无能的男演员时我只好举手投降，但森川信却是一派威风凛凛的男子气概，女演员们绝对信任地围着他，看到这舞台上的游玩胜景，即使女演员们的舞蹈非常蹩脚，又或者她们长得不好看，也会觉得根本没有关系。美妙的游玩场景让我们精神愉悦。这也是一个奇迹，而且这奇迹常常发生在与现实紧密相连的地方，离不开现实。并不是艺术的奇迹，而是现实的奇迹，是

---

① 尾上菊五郎是日本的歌舞伎演员世家，堂号为音羽屋。其中，第6代菊五郎(1885—1949)在昭和初期成立日本演员学校，1949年去世后获颁文化勋章。

肉体的奇迹。另外,酒对我来说也是一个奇迹。

我爱好围棋,但很不喜欢赌钱,应该说我很厌恶、蔑视那些赌徒。整体而言,赌博就是听天由命,其最终的意义就在于撞大运。掷骰子和轮盘赌这些是真正的赌博。而围棋是理智的,胜负本身就是兴趣所在,其性质决定了不该用它来赌钱。假如听天由命就能从天上掉下金钱来那自是乐不可支,但是下围棋却需要在漫长的时间里倾尽所有理智,如果用围棋来赌钱,那么人们最不想见到的那些人类丑态都将暴露殆尽,卑鄙无耻,互相滋事,特别讨厌,根本分不出胜负,也享受不到胜利的喜悦。我敢断言,用那种理智的游戏来赌钱的家伙都是品性最为低劣的恶徒。

但是,赌场的轮盘赌这类却不需要任何理智,却也不会存在任何欺骗。这样的事物也是现实中的奇迹之一。人们在那里赌的并不是钱。是会落败还是会幸福,是绝望还是重生,赌的就是这些,实际上也真有人听天由命,把生和死都拿去赌。那里有的只是自我审判,没有任何人是牺牲者或被害者。理智的风暴死去之后,如果想要自裁,再没有比这更为理想的战场了。

我说过,我的青春就是沦落。而这沦落的含义如上所述,即沦落是在现实中追求奇迹。这个世界永远和家庭势不两立。毁灭吗?如其不然——啊,可是,除毁灭以外又能有何收获呢!即使有所收获,恐怕也根本不会令人满足。

今年春天,爱老婆的模范丈夫平野谦[1]盯着我这个单身汉干笑着说:听说敢死队那些人都必须是单身汉,已经结婚的人肯定去不了,大家都这样说。我认为平野谦这是走嘴失言了。如果要在稿纸上写下来,那他在下如此轻浮的论断之前肯定得先做诸多考虑。按他的说法,妻子很像某类特殊的魔女,能为男人大开方便之门。那换作普通的女人或是恋人又将如何呢?妻子如何暂且不论,试问有情的男人离了女人岂能活得下去?

话虽如此,我还有些别的想法。以上其实并非平野君走嘴失言。这种简单怪异的真理是真实存在的。并不是说妻子或家庭本身具有这种魔力,而是世人对妻子或家庭持有此类想法在先,反过来赋予了这类想法以现实力量,让人觉得它也是真理。因为有这样的想法,因为人们这样认为,所以就被这样限制住了。真理确实存在这样一个侧面。

实际上,在日本,已婚者和独身者被明显地区别对待。我认为,这并不是自战争爆发以来鼓吹多生多繁衍[2]的后果,而是一种更为民族性的、极其独特的观点。这种观点认为独身者总还

① 平野谦(1907—1978),评论家。日本战后文学评论界的代表人物。

② 1937年日本发动全面侵华战争之后,亟需增加兵士人数。1941年1月日本内阁决议通过了《人口政策确立要纲》,号召国民“多生、多繁衍”,堪称军国主义人口政策的典型。

是算不上健全、合格的人，如果从现实中男女共存这一人类本来的生活形态来看，或许确实可以说尚不具备健全人的形式，但是平野谦这样的人却借题发挥到思想、人生观的层面，认为这两者性质完全不同。这不仅仅是社会上的庸俗看法，就连平野君这样的思想者都认为该论调是理所应当，一副不以为怪的样子。

我绝无彻底否定此类想法之意。毋宁说，我认为，这种想法体现出了极其独特的国民性。

请切实地想想看。这种关乎整个民族的肉体的想法和它是不是真理无关，不是那个层面上的问题。实际上，我周围的人们都在那样想，都是那样生活着。或者说是在一边生活一边想。他们实际上就是那样想的，于是现实也就变成了他们所想的那样。这一点已无须争执。甚至连我都是一样，如果将来自己能够在家庭的港湾里安然入睡，该是多么享福啊。芥川龙之介在《河童》或是别的某作品中曾说：邻居太太做的炸肉排看着很干净。对此我深有同感。

不过，当想到人性的孤独这个问题时，无论妻子的炸肉排多么干净，也无法治愈灵魂的孤独。世间再没有像孤独这般让人憎恨的恶魔了，但也极少有如孤独这般绝对、这般庄严的存在。我倾注全部身心去诅咒孤独，因倾注全部身心之故，孤独又给了我最多的救赎和安慰。这孤独岂是单身汉的专利？在灵魂栖居之所，经常与之相伴的，唯有孤独。

懂得灵魂孤独的人是幸福的？圣经上就是这样写的吧？有可能是。但是在我看来，不懂灵魂孤独的人才是幸福的。心满意足地吃掉妻子做的肉排、安心入睡、最后死去，这样的人才是幸福的。今年夏天我回到新潟，和很多可爱的侄女们做朋友，她们百般央求让我给她们读自己的小说时，我很是为难。说到底，我一直写小说的目的是多少给人以助益。但那只是给有心病的人开的催眠药，对于心里没病的人来说，那不过是毒药罢了。我希望我的侄女们无须借助我开出的催眠药也能满意地安心入睡，希望她们能够拥有这样平凡的小幸福。

几年以前，我一个侄女在二十岁时去世了。这姑娘从八岁起就得了结核性关节炎，冬天的时候还好，到了夏天就会恶化，所以天一暖和她就来东京，在我家里卧床，一个月跑一趟医院去拆换石膏。到要换石膏的时候，整个家里都是脓味儿，真受不了。从下腹部到大腿周围都是伤口，好像是开了十一个窟窿。

她从八岁那年开始就一直卧床，影响了正常发育，到十九岁的时候身体和精神都还是十三四岁的样子。她的感情完全处于死亡状态。不管吃什么都不会说好吃或是难吃，绝不会生气，也绝不会高兴。想念的人前来探望时笑都不笑一下，人家离开时也不会说再见。就只是稍微抬起头来看一下对方的脸,算作久别重逢和离别时的问候。没有心情去说那些空泛的寒暄之词。同样地,即使她想念的人很长时间不来玩,她也不会表现出任何不满。因为有小孩子需要照顾,她的母亲无法经常来东京。即便是这样,当母亲来的时候她还是不会笑,连“您来了”这句都不说。母亲走的时候也不说再见,看起来也并无悲伤,甚至连使小性子发发脾气的心情都没有。但是有一次,她的母亲早晨起程回老家去,到傍晚吃饭的时候,她突然说:已经到家了吧。于是我才意识到,她果然还是在想着呢。她每天都在看《少女之友》《少女俱乐部》这类的杂志,要不就是呆呆地望着空中。

偶尔当身体情况相当好的时候,会让我带她去东宝剧院看少女歌剧①。没有伴儿的话估计还不会有这样的想法,当时刚好另一个侄女也来借住,这姑娘是胸部疾病刚刚治愈,学校生活比较轻松,整天看少女歌剧看得欢天喜地。她把少女歌剧的杂志啊演员照片什么的拿给卧病的侄女看,对方也就非常想去了。不过,看完后侄女还是既没说有趣也没说无聊,依然面无表情、一语不发。这时胸部有病的姑娘蹲下来说:喂,笑一笑吧,哪怕只是一下也好,高兴一点儿怎么样?啊,我来挠你痒痒吧。一顿

① 少女歌剧是日本独有的、仅由女性演员演出的歌剧。以轻歌舞剧、音乐剧、轻歌剧、舞蹈为主,舞台华美,深受女性观众欢迎。

胡闹之后，患关节炎的这姑娘只是不耐烦地转了转脖子，然后很罕见地有些脸红了，两个人说起话来。但也就说了个三言两语，之后复又沉默，不想再理对方。胸部有病的这姑娘非常开朗、无忧无虑的，没想到她在二十一岁那年竟然自杀了，原因不明。她跳到故乡雪国的沼泽里死了。自杀的消息传来时，关节炎的姑娘还是一点都不惊讶，也不说话，什么都没有问。

后来我读子规的《仰卧漫录》①，发现子规和我侄女得的好像是同一种病。位置也一样，都是在腹部。子规那时候看来还没有石膏，他每天都要拆换绷带。文中写道，每当拆换绷带的时候，都要"号哭又号哭"。我侄女有时候的确也会表示自己全身都很痛苦，但却一次都没有哭过。

子规在明治三十五年②三月十日的日记中写道，上午十点的时候，"今日方才看到腹部的窟窿，大吃一惊。本以为是个小窟窿，看了之后头脑一片空白，心情恶极而泣"。接着写道，那天下午一点的时候"始终觉得难受，哭泣"。子规是成年人，却忍不住总要哭泣，而我家姑娘看到整整十一个窟窿的时候仍是面无表情，压根儿就没哭过。子规独以进食为乐，每天的日记里都

① 正冈子规（1867—1902），诗人，日本近代俳句和短歌革新运动的领导者，《仰卧漫录》（1901—1902）是他的病中日记。

② 即 1902 年。

会记下这天的食物是什么、是否美味。我家姑娘不管吃什么都一语不发。在这两个人的世界里，大人和小孩好像完全错位了一般。读《仰卧漫录》时我有好几次笑到无法继续读下去。(写下这些事情时，仿佛看到有人会像指责涩川骁[1]君那样批评我说：极其不谨慎，惹人不快。既然如此，那我索性再加上一句极其多余的“真是久违的大笑”如何？实在是不好办。)

不过，这件事情就写到这里为止，并未得出什么结论。没有结论的事情为什么还要写呢？这是因为，在我意气用事要写什么青春论(或者说是沦落论)的时候，就好像是在嘲讽我似的，侄女的脸突然浮现出来。的确，对这个侄女来说青春和沦落都是耳旁风，在我稍感挫败、灰心丧气之余，忽然又想姑且写来看看。立时觉得必须要写，不写不行。仅此而已。

我渐渐无法再追随诗歌的世界，我的生活和文学都只剩下了散文。只是原原本本按照事实在写，抓住的问题也仅限于事实，文章修辞上的诗歌让我觉得再也无法忍受。

在京都那会儿，我在围棋会所认识了一些特高[2]刑警，其中

① 涩川骁(1905—1993)，小说家、评论家。

② 特别高等警察：明治末期到二战结束期间，专事打击政治和社会运动的日本警察组织。1911年初设，1945年解体。简称“特高”。

有一个人爱好俳句。一天晚上我在四条车站碰到了他，回去的路上两个人在电车里聊起俳句。那人说他喜欢虚子①，讨厌子规，因为子规"太过激情"。

而在《仰卧漫录》里，写下号哭又号哭、第一次看到窟窿哭个不停的子规，在同一部日记里也记了些空泛的俳论："'梅雨收集遍，奔流最上川'②（芭蕉）在还不知俳句为何物时就觉得这句很是大气磅礴，深信这是迄今为止古今为数不多的名句之一。今日突然记起此句，细细想来，'收集'一词匠气十足，很是无趣。由此来看，'梅雨不停下，面对大河两户人家'③（芜村④）这句已有长足进步。"子规这里讲的只是与细微的措辞相关的诗意问题，而对应该歌咏何物、应以何种事项作为诗歌题材这最重要的散文精神却未做思考。号哭又号哭的子规固然激情，但写俳句的子规却很平凡，激情不再。菱山修三⑤说他讨厌和歌《白描》⑥，因为作者写得太过激烈。这部歌集确实过激，菱山认为

---

① 高滨虚子（1874—1959），俳句诗人、小说家。师从正冈子规。

② 该句中文译文引自松尾芭蕉等著、林林译《日本古典俳句选》（湖南人民出版社，1983，第39页）。日文原文为"五月雨ヲアツメテ早シ最上川"。

③ 中文译文出处同上，第94页。日文原文为"五月雨ヤ大河ヲ前二家二軒"。

④ 与谢芜村（1716—1783），江户中期的俳句诗人、画家，俳号芜村。

⑤ 菱山修三（1909—1967），诗人、法国文学研究者。

⑥ 歌人、画家明石海人（1901—1939），在25岁时被诊断出患有麻风病，1936年失明，深受病痛折磨，却一直坚持写作。《白描》是他在1939年临终前出版的和歌集。

讨厌的说法倒也无可厚非,但我却不由自主地被这种激情所吸引。

很久以前我也看过菊五郎的歌舞表演,并以之为乐,但现在却已提不起兴趣。杂技团啊、轻歌舞剧啊、酒啊、轮盘赌啊,只有这些现实与奇迹的融合、对肉体奇迹的追求才是我生活的价值所在。

子规囿于单纯的词义在吟作俳句,他的日常却是号哭又号哭,无法放纵自己,享受不到在现实中追求奇迹的快感。而我不一样,我对内心不为一切语言的诗情所动这一顽固的不快深有体会,同时我也无法忘记在现实中追求奇迹这一愚蠢的快感。不仅是无法忘记,我以之为生存的信念。

大井广介①曾说自己绝不会死在榻榻米上。要么被汽车撞死,要么走在街上突发脑溢血倒地而亡,要么在打仗时中弹而死,他说自己只会是这类死法。死在哪里、如何死去其实都无甚差别,但不知为何总觉得这种见弃于家庭的感觉实在令人不悦。我自来无法被家庭中那份不自然、互相束缚的虚伪所同化,即使如此,有时候我也会祈祷,希望自己能受缚于那份虚伪并心甘情愿地安睡。

① 大井广介(1912—1976),评论家。

我这一生都将不停地横冲直撞,没有目的地可供抵达,在某个地方猝然倒地即勉强算作结束。说什么永不逝去的青春、年届七十仍会追逐着现实的奇迹流浪,我也会觉得这些说法很是恶毒、讨厌。因为看似并不轻松之时,其实却是最轻松的,看似深刻之处,其实也是最浅薄的。

司汤达①在年轻时邂逅了玛蒂尔德这位妇人,据回忆二人可能只见过一次,分开之后便无缘再见,但司汤达却说这是我永远的恋人。他还说不时想起玛蒂尔德时总是非常幸福,还说即使这个世界不允许他们在一起,那么在上帝面前应该就能获准了吧。实在是大话连篇。虽然不知道他是否出于真心,但这种若无其事地说着甜言蜜语、厚颜无耻的劲头儿就很有趣。

和司汤达关系时好时坏的作家梅里美②也是一个怪人,终其一生都只是在写一个女人。这女人在现实中并不存在,只存在于他的文字之中。她是高龙巴,是卡门,就这样在他的作品中不断生长,变成维纳斯像,杀死了追求她的男人。

并不是只有梅里美或司汤达才会如此。所有人都拥有只属于自己一个人的、在现实中并不存在的恋人。这种人类精神的

① 司汤达(Stendhal,1783—1842),法国小说家。

② 普罗斯佩·梅里美(Prosper Merimee,1803—1870),法国作家、历史学家。下文提到的女性人物分别出自梅里美的小说《高龙巴》(*Colomba*,1840)、《卡门》(*Carmen*,1845)、《伊勒的维纳斯像》(*La Vénus d' ille*,1837)。

非现实性可悲可叹，与现实的家庭生活、恋爱生活之间存在差距。总有人努力想使这种差距合理化，但从理论上来看这是不可能的。只能选择其中的一方，别无他途。

在很久以前，我也曾喜欢过一个女人。不见面的时候，如果收不到她的任何书信，晚上就睡不着觉。但那个女人在我之外还有别的恋人，而且我认为她更喜欢那位而不是我，因此我未能表明心迹。渐渐地不再和女人会面，而我很快又发现了一个沦落的新世界。我已经彻底改变。我实在无法像司汤达那样说些厚颜无耻的情话，老实说，这个女人已不再住在我的心里。然而，不再见面大约三年以后（那期间我也曾和别的女人一起生活过），女人突然找到我责问说：那时候你为什么都不说一句喜欢我？这样问时，女人应该也是心慌意乱的吧，但外表看上去却万分冷静，不动声色。我已经完全乱了；已经遗忘的激情重又喷涌而出，我产生了和这个女人结婚的想法。随后大概持续了有一个月吧，我们两个人每隔三天左右见一次面。然而陷入沦落世界里的我已经不是以前的我，虽然当时突然之间心慌意乱沉迷于激情，但其实这位已经不能占据我的内心，我对她再无那种强烈的感情。

女人觉察到之后先行收手，我认为这确属明智之举。她在信里说：不要再见面了，见面只会徒增痛苦。收到她的信，我也很有同感。于是就回信说:我也深有同感,那就不再相见了吧。就这样,一件无聊的事情明确地告一段落,我甚至感受到了幸福。明明白白杀掉了此前一直视为偶像的东西,是这样一种喜悦。这个偶像灭亡,又会有不会灭亡的偶像出现,这是没有办法的事情。但我没有胆量像司汤达那样厚着脸皮大写那些玛蒂尔德式的托词,且过去都已成过眼云烟。不过,我切实地感到,司汤达的墓志铭“活过、写过、爱过”说的就是我的生活,但爱过这句稍嫌多余,本就是活着的同义词;或者也可以说,活着就是爱着的同义词。

三 宫本武藏

突然一下子出现了宫本武藏的剑法,可能有人会吃惊并生起气来,可我并非要虚张声势吓唬人,更丝毫没有要糊弄读者的想法。我这个人就是这样,和我的性格一起养成了一种思考方式,如果无法顺着那种特别的思考方式来,无论如何都难以把我的观点说清楚。在我的青春论里,如果宫本武藏不现身那就无论如何都收不了尾,所以只好请大家多多谅解。

太平洋战争以来,“割我皮以取你肉,斩我肉以断你骨”这种所谓背水一战、舍身杀敌的古语被广泛使用,以增强日本人的自信。前些日子读到的评书里说这是柳生流[1]的秘诀，但其可信度却无法保证。总之这肯定是某个剑道流派的秘诀，我下面要讲的宫本武藏比武时的情形完全就是按照这个秘诀来的。

但是，“斩我肉以断你骨”的剑术秘诀与武士道之间却存在不一致的地方。武士道认为趁敌不备发动进攻是卑鄙的，在战场上须得一一通报姓名之后再开战，这些所谓的武士道的形式与剑术秘诀根本对不上。要说“剑术”和“武士道”是两回事，的确如此，武士道未必就是剑道。这是因为，武士道是从臣下对君主的组织结构中产生出来的一整套伦理性生存方式，很难用区区一两句剑术秘诀来加以制约。反过来看，假如想以武士道来约束剑道，说什么“用剑之本在于防身”，或是村正之剑[2]是杀人的邪剑、正宗之剑[3]是防身的正剑，从这些说法中即可明确看出两者的矛盾之处。

据说剑术中本无防身的手段或方法。也就是说，根本无法靠抵挡敌人砍下来的剑以获胜。如果像大人和孩子那样实力悬殊则另当别论，而练武之人在交手之时总是先命中对方的人获

---

① 柳生流是日本剑道派别之一，创始人为剑术家柳生宗严(1527—1606)。

② 村正是日本室町时代的刀剑名匠，生卒年不详，其刀剑以锋利著称。德川家康的祖父、父亲皆被村正刀所杀，在歌舞伎等的故事传说中视之为妖刀。

③ 正宗是日本镰仓末期的刀剑名匠，生卒年不详。“正宗”一词在近世以后成为日本刀匠和名刀的代名词。

胜，哪怕只是快了一点点。“斩我肉以断你骨”确实是剑术的秘诀所在，并不限于某一流派，是剑术界的普遍真理。

武士一般都会在腰里别着大刀和小刀，为一丁点侮辱也必得拔刀相争。而且因为某些偶发事件就会招来别人的愤恨，不一定什么时候、什么情况下就必须得钻到刀丛剑林中去，完全不可预测。如此一来，一旦拔刀相向时，如果不把对手打倒，被杀死的就一定是自己。如果死了可是大煞风景，所以无论如何必须取胜。身为武士必须时刻做好听天由命的思想准备，在我看来，剑术就是用来应对天命的万全之策。

虽然剑术的本来面目是“无论如何都要打倒对手”，但这种精神太过杀气腾腾，如果直接当成处世信条则难免有扰乱安宁之忧，在和平时期这种精神状态有诸多不宜之处。由于这个原因，剑术隐匿锋芒，转向背离其本来的第一精神的方向，武术家们在步入老年锐气衰退之后也想退隐家中韬光养晦，于是剑的用法也逐渐滑向形式主义，本来充满杀机、置人于死地的剑发生了变化，看起来像是要追求某种类似于悟道的圆融。想来剑本身的那种致命第一主义太过粗暴疯狂，练武者本人在精神上也难以抵抗，因此必然会适当做出妥协。

如果不干掉对手，自己就要赔上性命。这绝对是最后的生死关头，所以如果能够做好随时可以去死的精神准备，那自然最好不过，但这种决心虽然嘴上说说容易，实际上如果不是高手还真做不到。

前些日子我读了胜海舟[1]的传记。结果发现，海舟的父亲胜梦醉[2]这位老先生实乃一大怪人，从不良少年、不良青年一直到不良老年，一辈子把不良进行到底，从御家人[3]落魄成一名武术家。但是梦醉又说不上是正经八百的武术家，他自称剑术家。步入老年之后回顾自己的一生，认为这一辈子过得实在没有意义，为了让子子孙孙引以为戒，就动了自己写一本自传的念头，留下了这本弥足珍贵的《梦醉独言》。

梦醉老先生是一位终生放荡不羁的剑术家，对文章之道几乎一无所知。要说他是怎么学会写字的，还得追溯到他二十一二岁的时候，那年他因为生活太过浪荡被关进了禁闭室。当天晚上他很快就卸掉窗棂，随时都能逃出去，但他忽地有了一个想法：俺也是恶事做尽才被关到这禁闭室里来的，算了，姑且在这里待一阵儿试试看吧。结果这一待就是两年，这段时间里学会

---

① 胜海舟（1823—1899），幕末、明治时代的政治家。与山冈铁舟、高桥泥舟合称“幕末三舟”。

② 胜惟寅（1802—1850），江户时代后期武士、下级幕臣。胜海舟之父。俗称小吉、左卫门太郎，号梦醉。《梦醉独言》（1843）是其自传作品。

③ 江户时期，将军直属家臣中无权谒见将军者称为御家人。

了写字。

他只学了那点有限的书文,除实际应用以外,一点儿不懂文章的修饰技巧。《梦醉独言》是一部名副其实言文一致的自传,“像俺这样干坏事可不行啊”,写的全是些这样的大白话。

我只读过《胜海舟传》中引用的那段《梦醉独言》,没有看过原书。我想尽各种办法,一一写信咨询那些了解幕府末期情况的朋友,结果没有一个人读过《梦醉独言》。不过仅从读过的《胜海舟传》中所引的那一部分也能看出,这确实是一本让人称奇的文献。

这部自传字里行间散发着一股不可思议的妖气,有一种精神不停地流动其间,那就是“随时可以去死”这一坚定不移的大无畏精神。本来想多少引上几段让诸位读者一饱眼福,不巧不知道把《胜海舟传》丢到哪里去了,没有找到,实属遗憾。只需引上一页,诸位立刻就能感受到这是一本多么奇特的好书。在书中,作者以平淡的笔调记录下自己一生放荡不羁的生活。

作为儿子,海舟的身上也流淌着无赖恶徒的血,不,是相当大程度上继承了“随时可以去死”这类的东西。不过,老父亲那种悠然自在的不良之状却呈现出某种奇特的精彩,带给人一种艺术性的稳定感。“随时可以去死”这话说起来很简单,但现实中在一百年里充其量也就区区几个人能够具备这种精神觉悟,极其难得。

那些勤于练功的习武之人经常要与对手白刃相见，按理说他们应该会有这种精神准备，但实际上绝非如此。从结果来看，这种精神觉悟其实与白刃相见之类并无直接关系，它建立在更为宏远的人格和更为宽广的胸怀之上，是一国的君主才有的品格，是志于革新的大实业家该有的品格。而胜梦醉坐拥这罕见的宏大精神，镇定自若地过完放荡不羁的一生，不得不说他实在是一位不可思议的老先生，是一个例外。他是一个伟大的父亲，伟大到创造出了胜海舟这个作品。

和梦醉的精神相比，宫本武藏很是平凡，是一个糊涂蛋。把武藏六十岁上写下的《五轮书》与《梦醉独言》做个比较，意境高低立现。《五轮书》中有道学者的高尚，《梦醉独言》中有通俗小说家的低微。但从文章本身的个性化精神的深度来看，二者根本不具可比性。《梦醉独言》中的精神之高、个性之深，只有最顶级艺术家的文笔才可勉强达成。

但是，晚年了悟后的武藏姑且不论，青年时期血气方刚的武藏已然是一名罕见的高手，我想先讲一下这事儿。

晚年宫本武藏住在细川家[1]时，主公曾问武藏：我这些家臣里面，有没有您能看上眼的已经领悟到剑术秘诀的人？武藏说确有一人，就推荐了都甲太兵卫。但都甲太兵卫这个人剑术水平是出了名的低，除此之外也不见有什么可取之处，是一个极其普通的人。主公也甚为惊讶，就问说：他有什么了不起的地方呢？武藏答道：您问问他本人平日有何精神觉悟，自然就会明白。于是主公就把都甲太兵卫叫来，问起他素日的精神觉悟。

太兵卫沉默了一会儿之后说：且容在下回复。我并不认为自己有什么值得宫本先生赏识的过人之处，不过既然承您问起平日的精神觉悟，我确实有一个觉悟，说出来也许会贻笑大方。本来我的剑术就极其拙劣，而且生来又胆小怯懦，一想到不知何时就会有刀架在脖子上让我人头落地，就十分担心以致夜不能寐。即便如此，但自己又没有剑术才能，无法靠剑的力量来安身立命，因此我最终想到一点，我深信，如果自己能够修成“无论何时被杀都无所谓”的觉悟，那就得救了。我用尽各种方法，比如夜里睡觉时把利刃悬在脸的上方，尽量让自己不再害怕利剑钢刀。结果最近总算有了何时被杀都无所谓这样一个觉悟，晚上也能睡得着觉了。如果说自己有什么精神觉悟，大概也就是这

① 宫本武藏晚年曾一度效命于熊本藩主细川忠利（1586—1641）。

个吧。听到这里,在旁边待命的武藏补充道:这正是武道的奥秘所在。

后来都甲太兵卫获得重用,做到细川家在江户城中的藩邸的家臣总领,那时他还立下一件出人意料的功劳。当时正赶上新建藩邸,房屋已经盖好,但园林还没有完工。而主公来到江户和其他藩的主公闲聊时,一时逞强说走了嘴,说区区园林一个晚上即可建成。其他主公也是些不知人间劳苦的主儿,一旦抓住别人的短处就不肯放过。“既然如此,那请您今晚用一个晚上的时间建成庭园给我们看看。”“啊,没问题。”“那就一言为定喽。”事已至此,主公脸色苍白地回到藩邸,马上召见都甲太兵卫,让他在今晚无论如何都要修好园林。“请您放心,没问题。”太兵卫毫不犹豫地答应下来。当天晚上数千名劳工进出藩邸。到了第二天早上,短短一夜时间一片苍翠茂密的树林出现在眼前。其实这片树林只能挺过三天时间,所有的树都没有根。宫本武藏的高足的确具备这种才能。据传都甲家繁衍生息,直到现在都还生活在熊本。

宫本武藏有一本书名为《十智》,其中讲的好像是“变”的重要性。他论述说,有智慧的人能够从一变化到二。但没有智慧的人却固执地认为一只能是一,说智者从一变到二是在骗人,是不守约定,于是没有智慧的人就会怒不可遏。但其实根据情形改变自己的身体和意识是兵法要义。

宫本武藏生于剑也死于剑。他只在考虑一件事情:如何才能胜过别人?尤其是在面对那些比自己更有经验、剑术比自己更高的对手时,该如何取胜呢?

虽然武藏说都甲太兵卫"无论何时被杀都无所谓"的觉悟正是剑法的秘诀所在,但他本人却完全没有走这条路。武藏身上有更多凡人的弱点,是一个愚笨到无可救药的人。他无论如何都修炼不出"随时可以去死"这样的精神觉悟,于是就想出了一套独特的剑法。换言之,他的剑法是凡夫俗子的剑法。无法笃定心志的凡夫俗子该如何战胜敌人呢?这就是他的剑法。

松平出云守①本人属于柳生流一派,他的家臣中也颇多武林高手,武藏曾当着出云守的面和他家中数一数二的高手比试过。

被选中的那位好汉用的是棍,持一条八尺有余的八角棍在院子里等候。武藏手提木刀从大厅走下来时,那位对手正在大厅出口的台阶旁边干站着,等着武藏出来。当然,他尚未做好过招的准备。

武藏见对手毫无防备,在还没完全走下台阶时就突然刺向

① 松平直政(1601—1666),江户前期诸侯之一,德川家康之孙,1638年成为出云松江藩主。

对手的面部。比武时还没来得及打招呼就出刀,实在是无法无天,于是对方很是震怒,待要重新拿起长棍出击时,武藏早已手持双刀啪啪地打在敌人的双臂上,然后从头顶砍将下来,把对手打倒在地。

据称,在武藏看来,身处比武场上万不可丧失警惕心。可以不择手段。剑术就是要抓住敌人的空子;剑术就是要制敌取胜。为求制胜,必须利用一切可利用之物,并非只有刀剑才是武器。心理、疏忽或者是其他什么弱点,必须利用一切可利用之物来赢取胜利,这就是武藏发明的剑术。

前些日子我读吉田精显写的《宫本武藏的战法》一书,觉得煞是有趣。据说吉田是武德会①的教师,他本人还是二刀流②的高手。经由武术专家之手写出来的武藏比武的情形甚为独特,其表现力直在小说家之上,显示出光怪陆离的个性来。以下是我从吉田那里现买现卖的,借来略谈一下武藏的战法。不过肯定会因为我的叙述风格出现一些偏差,不过我本人的想法就是

① 武德会的全称是"大日本武德会",日本武术团体。成立于1895年。二战期间,于1942年被收编为政府的外围机构,在战争中助纣为虐。二战之后于1946年解散。

② 剑术流派之一,作战时双手各执一刀。宫本武藏始创的流派二天一流最为有名。

如此,实在没有办法。

武藏和吉冈清十郎比武是在二十一岁那年的秋天。武藏的父亲无二斋[①]打败了吉冈宪法[②],而武藏对于自己父亲的武功并不满意,为了检验自己的剑法,他首先必须亲自战胜此前曾败在父亲手下的吉冈。

武藏特地晚出门,前往约定地点。清十郎已等得不耐烦了,一看见武藏就立刻拔长刀出鞘。但武藏的右手里只提着一把木刀,虽然看到敌人已拔出刀来,却丝毫没有止步,也没有调整架势,就那样提着木刀,以和之前相同的速度和身形走上前来。他完全没有要比武的样子,只是一步步靠近。清十郎看他如此不设防,不由得愣住了,待要再定睛看时,武藏的速度却出乎意料地快起来,眨眼间已经来到刀锋可攻击范围之内。彼时已不容犹豫,清十郎立刻准备出手,不想武藏早已抢先一步把木刀向上刺出。清十郎以为必定要刺过来了,正要闪身躲过时,却见武藏并未真刺,而是双手将刀抡过头顶从上面砍下来,一击之下即把敌人打倒在地。清十郎并没有死,却落了个残废。

---

① 新免无二斋,江户时代初期的剑客。有说法认为他是宫本武藏之父。俗称太郎左卫门。

② 吉冈宪法,室町末期的剑术家,生卒年不详。剑派吉冈流的始祖。后来吉冈流的历代掌门都袭用此名。吉冈清十郎是第四代吉本宪法,曾任足利将军家的剑术教头。吉冈传七郎是吉冈清十郎之弟。

清十郎的弟弟传七郎递来战书,要求比武以报仇雪恨。人说传七郎力大无双,功夫更在其兄长之上。武藏前去赴约,又比约定的时间晚到。武藏心想此次比试是复仇战,应真刀真枪一决胜负吧,于是没有带木刀过去,结果到那里一看就惊住了。传七郎手持一把五尺多长的木刀,远远地看到武藏的身影之后就摆好了架势。武藏犹豫了一瞬后马上打定主意,空着手没有拔刀,以和之前同样的步伐走上前去。传七郎端住架势不敢大意,在心里盘算着不知武藏什么时候会拔出真刀来。说时迟那时快,等他回过神来的时候,武藏已经靠近身前,他那五尺木刀太长,一时竟无法施展。那时候武藏如果自行拔刀有可能就要被砍,却见他突然猛扑过去,夺下了传七郎的木刀,继而一击之下杀死了对手。

吉冈门下一百多名弟子簇拥着清十郎之子又七郎,要求与武藏决一死战。敌方人多势众,此次武藏在约定时间之前就早早动身,躲在树荫里。吉冈军赶了过来,纷纷议论着武藏这次是不是又会迟到。武藏听在耳中,拔出大小两把刀握在手里,径直飞奔过去斩下又七郎的头颅,而后一路砍杀逃将出去。待全歼敌人之后,武藏才注意到箭头扎进了衣袖,本人却完全没有受伤。

武藏曾与一位叫宍户梅轩的锁镰高手比试过。锁镰这种武器的镰刀刀锋部分大致长一尺三寸左右，刀柄有一尺两寸左右。刀柄后面连着锁链，锁链另一头是铁砣。使用的时候，左手拿着镰刀，右手握住锁链的中间位置，然后用右手转动铁砣。评书中说可以用砣和镰刀交替发动攻击，但其实这是不可能的。交战双方隔着一段距离时，不一定知道砣什么时候飞过来，但镰刀却只有靠近时才能发挥作用。所以双方隔开的时候只需注意砣的动作就可以。再者，切不可忘记，锁镰的一大特色在于锁链的用法，把锁链拉直就是铁棍，可以用来格挡长刀，还能把刀剑撞飞出去。评书中说如果用锁链缠住大刀就能把对手锁住，这样一来使锁镰的一方可以从容不迫一点点地把敌人拖过来。话虽如此，使锁镰的人应该不会呆傻到那种地步，用砣缠住对方之后估计立刻就会出镰斩杀。

宍户梅轩一见到武藏就开始转动铁砣。武藏在离他五六十步远的地方站住，右手拔出大刀握定，仔细观察旋转的铁砣，一会儿之后把右手的大刀换到左手，随后用右手拔出了小刀。武藏并不是左撇子(这从他的肖像即可看出)，本来应是右手持大刀、左手握小刀，这时却正好反过来，请大家注意。只见武藏把左右双手都举过头顶，而后开始转起右手里的小刀来，转速与对方铁砣的速度相同。就这样控制小刀的旋转，一步一步走上前去。

梅轩惊呆了。如果用砣去打武藏的脸,就会被以同样速度转动的小刀挡住。如果用砣去缠住碍事的小刀,那左手的大刀必会砍来。不得已他只好步步后退,武藏步步紧追。忽然,在锁链向下转去的一个瞬间,武藏的小刀离手,飞向梅轩胸口。张皇之间梅轩的转砣已乱,武藏抓住时机展开长刀刺向梅轩胸口。危急关头梅轩闪身躲过,但下一刻大刀又从头顶砍下来,一刀毙命。这次比武梅轩的弟子也在场,正当他们嚷嚷着师傅让人杀了开始乱起来时,武藏已重提双刀杀入众弟子中。

剑法中本无固定的套路,这就是武藏的观点。他主张应根据对手不同随时调整变化,并谴责柳生流太过拘泥于形式。柳生流中大刀小刀共计六十二种,要求预先学习所有刀法以应变。武藏否定了这一点,他认为变化是无限的,无论记住多少种套路都不管用,能够应对一切变化的原则才是最重要的,对柳生流的形式主义加以谴责。

上述柳生流与武藏见解上的差别,同样存在于佐佐木小次郎①和武藏之间。

小次郎原本是富田势源②的得意门生,势源门下无人能敌,还打败了势源的弟弟次郎左卫门,于是很是自信,另立门户开创

---

① 佐佐木严流(?—1612),江户初期的剑客,俗称小次郎。
② 富田势源,生卒年不详,日本战国时代的剑术家。

出“严流”这个派别。本来富田流一派就极为尊崇快剑，所以小次郎的剑法也是独爱快技。据说他通过斩杀钻过桥底的燕子习得独门快剑。简单来说，小次郎认为，如想杀燕子，在燕子躲过第一刀转身飞行时，以快于它转身的速度出刀斩杀即可。这是一种基于相对速度的剑术观点。

而在武藏看来，相对速度本身存在局限。换言之，这与为应对变化预先制订出各种套路一样，即使预先定出了某种应对燕子速度的速度，在遇到比燕子更快的速度时也根本发挥不了作用。所以武藏认为，面对敌人的速度时己方的观察力最为重要，练出能够应对一切速度的眼力才是关键。

小次郎将斩燕习得的快剑命名为“虎切剑”，到各诸侯国巡回比武并大获全胜，被聘请到小仓①的细川家，剑名大震。当时武藏身在京都，听到小次郎响亮的大名之后很想去会一会他的快剑。他认为快剑本身并非剑法的本义所在，当然会有此试剑的想法。

他远赴小仓，向细川家提出比武请求。细川家答应下来，定于船岛②比武。他们安排武藏住在第一家臣长冈佐渡家中，只

① 小仓藩是江户时代位于丰前国的一个藩，藩厅设在小仓城（福冈县北九州市小仓北区）。

② 船岛位于山口县下关市，又称严流岛。

待第二天早晨派船前往船岛。但武藏自己另有想法，悄悄地隐匿行踪，住到了下关运输船行的小林太郎左卫门家里。

第二天，有人来报称小次郎已经抵达船岛，武藏这才从被窝里爬起来。吃罢早饭，他从主人那里要来一根橹，又借来木工工具，开始制作木刀。使者多次来催他启程，武藏却充耳不闻，专心刻他的木刀。他做出一把四尺一寸八分长的木刀。

说起来，小次郎使一把三尺三寸的长剑，人称“晾衣竿”，很是有名。武藏这次也带着一把不同寻常的大刀，长达三尺八分，但还是不如晾衣竿长。不仅如此，小次郎练的是快剑，在用这把长剑砍下的同时又会返身再打。返身时用的就是小次郎的独门虎切剑。因此，在身处虎切剑的攻击范围之外时武藏就要单手持刀快速出击，这就是武藏制订的作战方案。他做那把特殊的木刀也是出于这个目的。

武藏比约定时间晚了三个小时才到达船岛。岸边是平滩，于是武藏从船上下到水里。小次郎早就等得不耐烦了，看到武藏下船便愤然向着浅滩跑来。

“来得这么晚却是为何？不是怕了吧？”

小次郎高声怒吼，武藏并不应声，只是默默地盯着小次郎的脸。果如武藏所料，小次郎越发愤怒起来，拔出长剑之后即把剑鞘扔到海里，亮好架势。

“小次郎已败。”武藏平静地说。

“怎么我就败了？”

“若有胜算，又岂会把剑鞘扔到水中？”

我认为这段问答堪称武藏一生中最精彩的部分。我必须承认，武藏的确是一个天才。不过他属于那种努力型的天才，一路勇往直前创造出独特的剑法，正是因为他的个性如此，剑法才得以创成。他的剑法精髓在于总是随敌人而“变”，到了这生死关头，他之所以能够条件反射般抓住敌人扔剑鞘入海这一行为并加以利用，或许也是因为他的冷静和修炼，但我认为，根本原因在于他本来就是那样的人，并非是格外冷静所致，而是因为他这种人即使身处绝境也会抓住救命稻草拼死挣扎，他充分发挥这种个性成就了自己的剑法。快被淹死的时候也要抓住稻草拼命求生，要彻底利用每时每地能够抓到的所有条件，向着最后的生路划行。这就是他的本性，同时也是他的剑法。充分利用个性，在个性的基础上建构起来的，就是他的剑法，也可以说就和他的艺术品一样。他很擅长绘画、雕刻等，都说画道同于剑道，我更是深以为然。

我认为，这段船岛问答是武藏这个男人创作出的一件艺术品，一件非常冒险却也因此非常优秀的艺术品。

比武本就凶险，都是在对手失之毫厘之处取胜。

小次郎怒气冲天地举起了长刀。长刀抡过头顶,其中饱含着小次郎对武藏之回答的震怒。武藏心知机不可失,时不再来。一旦给小次郎留下时间,这位剑术纯熟的高手必会从那高举过头的姿势之中清醒过来,恢复冷静。

武藏快步赶上前来,大胆地钻到小次郎身前的空处。小次郎向下砍来。不过,和这第一刀相比,小次郎快剑剑法里返身时的第二刀更为骇人。当然武藏并未忘记止住前进的脚步。千钧一发之际他避过小次郎的刀尖,把在前进中就已经举起的木刀单手送出。小次郎倒在地上,同时武藏的头巾也裂成两半飘落下来。

小次郎虽已倒地但气息尚存。武藏被吸引着走上前去,小次郎果又挺起长刀砍将过来,但武藏早有防备,轻巧地向后退去,只是和服的裙角被砍掉了三寸左右。与此同时武藏挥起木刀,往小次郎的胸口处补上一击。小次郎的嘴里和鼻子里流出血来,当场毙命。

虽然武藏称都甲太兵卫"无论何时被杀都无所谓"的觉悟是剑法的秘诀所在,但他自己的剑法却并非建构于上述悟道的基础之上。他晚年所著的《五轮书》之所以无趣,也是因为存在这样的差异。他的剑法成立的基础在于其自身个性,而非悟道,但他却在书中以看似悟道般的统一精神去讲剑法。

要说武藏的剑法,不仅要利用敌人的怯懦,甚至也要利用自己的怯懦,反过来把它当作武器使用。溺水者必须拼命抓住救命稻草,这一卑鄙的弱点反而被提升为武器,利用这一点来取胜。武藏的剑法就是如此。

我认为,这才是真正的剑术。为什么这么说呢?因为如果失败,自己只有死路一条。无论如何只能获胜。没有任何妥协的余地。在这最后的生死关头,取得胜利活下来的人才能拥有一切,就连正义都是属于胜者一方。无论如何必须获胜,所有的战斗都是一样,不成功便成仁。

不过,甚为可悲的是,武藏的剑法并未为当时的社会所认可。当时形式主义的柳生流盛极一时,武藏这样的胜负第一主义太过激进,根本行不通。

我认为,武藏的剑法也可以说是一个沦落的世界。并不是因为它不为社会所认可就称它为沦落的世界,但可以说,不为社会认可的原因之一确实在于其沦落的性质。

虽说是听天由命,但其实并非全是那样,而是要在超常发挥之处定胜负,争取最后的生路。和传七郎的那场比武,当他看到对手带着硕大的木刀时一时愣住了,但反过来就利用这一点想出了空手上前的方法;和小次郎比武时,他并没有放过对手扔掉剑鞘这一点;而在松平出云守跟前的那场比试中,当看到对手麻痹大意时,未打招呼就把对手打翻在地。

武藏在比武之前总是小心谨慎地做好准备。故意晚到让对手着急,或者反过来提前行动,比武时从不忘占尽心理上的先机以把握主动权,比如他自己的木刀要自己来削制,注重保持踏实稳健的精神状态,而在面对锁镰时即高举双刀应战,在做这类特殊准备时也毫不懈怠。在比武前虽然已经周密、详尽地考虑和计算过,但是,最终到了比武的时候,仍需更进一步于超越先前的计算之处谋求最后的生路。不管这种临场发挥具有何等深意,终不能成为正统的真谛,这是在每一场比武时赌命去换每一个奇迹。把自己掷于远离自己的理念的地方,在那里殊死一搏。或许为那场赌博已做好万全的准备,且又充满自信,但它的性质就是赌博,一点儿都没变。

“小次郎已败。”

武藏抓住顷刻之间的变化说出这句话,但是当时难道尚有任何余地吗?武藏只能拼尽全力,全力以赴之念化为溺水者的疯狂,创造出救命稻草般的奇迹。我认为,这是无任何后路可退时无意识中产生的白热化策略,美到骇人。在万般考虑、拼尽一生的修为之后,仍需超越这些考虑和修为才可成功,因为全力以赴,所以美。他无论如何都不想死,不管怎样都要活下去。这执着一念凝聚起无穷的丑恶之相汇于他的剑上，抓住能够抓住的一切去拼出一条血路来。当置身于最后的生死关头时，武藏不经意间就要出了这套计策。那无可救赎的极为贪婪的性格反而被当成武器驱用，这就是武藏。

但是，武藏身上并没有通常所说的那种可怕的匪气。他在松平出云守面前趁对手不备时，没打招呼就出手攻击，要说卑鄙确也卑鄙，但那并非可怕的匪气，毋宁说更像是愚蠢的乡下土包子那样的鬼迷心窍死心眼儿。他老实巴交地一心只想求胜，执迷不悟。说到底不过是一介剑术高手，和一国的主君该有的那种匪气没有半点关系。

他并不具备“随时可以去死”这种大丈夫般的觉悟。因为无此觉悟，所以才得以创造出举世无双的剑法，但也是这个原因，导致他在放弃剑术之后再无可以另辟他径的技能，生活缺少可能性。都甲太兵卫做了家臣首领，上演了一夜之间建成园林的惊人绝技。而武藏在二十八岁时就金盆洗手不再比武，拉上华美的青春大幕之后，终其一生都不过是一名碌碌无为的剑术高手，只是在兀自空恨自己发明的剑法不容于世而已。他虽然在六十岁时写了《五轮书》，但当年于个性之上创出坚忍不拔之谋略的天才剑士的光辉已不再，他没有自信也没有力量坦诚地宣讲自己的剑术，只是一味装腔作势徒劳无功地玩弄一些秘籍风格的言辞，煞有介事分成《地》《水》《火》《风》《空》五卷，故弄玄虚俗不可耐，不过是暴露出了蠢笨的本性而已。

剑术说到底就是“青春”，尤其是武藏的剑术，代表的就是青春本身。他的剑术是在听天由命这一绝对意义层面上的赌博，是沦落之术，是奇迹之术。但武藏自己并未意识到这一点，而是奉正统为真谛，这是他错误的根源，他的这种性格本就无法为世人接受。

武藏在二十八岁时金盆洗手不再比武。在此之前他一共与人比试过六十多次，一次都没有败过。如果一生都能保持这种高强度，那只能说他是一个让人惊叹的超人。但那样要求武藏未免太过残酷，虽然他满怀激情、炽热地追逐名誉，但每一场比试时也都是如履薄冰，在万般细心、周到之上还必须心怀全力以赴、拼死一搏的信念，想想我都不禁毛骨悚然，难以止住同情的泪水。不过，既然都已经走到这一步了，如果一辈子坚持走到底该有多好，其间即使被人打败或是被人杀死也是没办法的事。如此一来他即可得救，除此以外武藏这个人再无药可救。锐气尽失之后去写什么《五轮书》，实在是下下之举。

其实武藏的剑术本就成立于剑术最本真面目的基础之上，但是他把剑术本来的精神发挥得太过，这反而使他不为社会所容，而他自己又未能认清这真相，终生愤懑不平。武藏的人生是一个悲剧，同时也予人以漫画般的滑稽之感。他输给了社会上的大人们，输给了柳生派的那些大人，也输给了武艺方面更加微不足道的所有那些大人。假如他自己不想去做大人，那应该就不会输。

据说武藏曾在柳生兵库①那里盘桓了许久。兵库好像是柳生派一等一的高手，他很欣赏武藏，武藏也很欣赏他。二人每日喝酒下棋，相谈甚欢，结果没有比试，武藏就告辞而去。他们互相都认为彼此于心法上不相上下，所以无须再行比试。我承认也有可能真是这么回事儿，但是为武藏着想我非常不愿意接受这一说法。不比武就相当于武藏败了，武藏的剑只在比武时才有意义，在比武之外武藏这个男人也就失去了存在的意义。对于武藏来说，比武是他创作的艺术品，如果没有比武，他自身也将不复存在。说什么谈笑间见对手与自己不相上下于是就含笑离去，真要学会了这些成年人的处世方式，武藏这个作品也就已经死了。

总是活在输赢之中，凡事都要讲究输赢，这实在是一件残酷的事情。我有时会去观摩日本棋院的段位赛。比赛结束后，他

① 柳生利严（1579—1650），江户初期的剑术家，俗称兵库助。

们肯定会重新摆出这次的棋局，这里如何如何，那里如何如何，一起讨论交流感想。不过，每次都是获胜的人谈笑风生地在那里摆弄棋子讲自己的想法，一副乐不可支的样子，而失败的一方就像棋子一般消沉，仿佛已经结下永久的仇恨，根本无法释然。我下棋下输了的时候也会悔恨不已，但这和该领域的专家们那愤恨至极的样子存在质的不同。他们是用生命在拼输赢，所以必然如此，而失败的人那副永远无法释怀的表情，看上去绝不惹人讨厌。因为他完全没有敷衍，并未讪讪笑着来遮羞。

将棋界的木村名人①被称为稀世名家，还活在世上就已获得如此高的评价，大概在所有艺能领域都是极其罕见的。他把全部心力都倾注于小小的棋盘之上，拥有让人惊叹的雄雄斗志。在将棋棋士中没有一个人的斗志能赶得上他的一鳞半爪。相扑力士中也根本没人能望其项背。

即使如此，木村名人也已经输过不知多少回了。和他相比，武藏这行更为凄惨，如果失败就会命丧黄泉。佐佐木小次郎一生只败过一次就命丧黄泉，武藏总算是从未败过因此得以善终，死在了榻榻米上。然而，即使是围棋或将棋棋士这类与生死完

① 名人：日本江户时代授予围棋、将棋领域最高段位（九段）的棋士的称号。现在用来称呼名人赛的优胜者。木村义雄（1905—1986），日本将棋名家，第十四代名人。

全无关的行业,到了五十岁左右的年纪也会觉得无法继续承受比赛的巨大压力,由此来看,让武藏把剑术贯彻到底这一要求实在是非比寻常。我提出的这个期望无疑是不合理的,但是,停止比赛的时刻就是武藏的死期,武藏的剑就已经败了。

说什么完全不会因为取胜而兴高采烈,即使胜了也不会有任何反应,说什么对活着已不抱任何兴趣,其实并非如此,武藏并不是因为认识到这些魔鬼缠身般的空虚才停止比赛的,只要读一读《五轮书》这本平庸之作即可明白这一点。武藏拖拖拉拉地活下来写出了《五轮书》,因为这本书,时至今日依然盛名广传,但是这样的盛名究竟有何意义呢?

四　再论我的青春

我一直在说沦落的青春,各位或许会觉得我的青春就是意味着自暴自弃、颓废这些东西,但我并无此意,我要说的根本不是这类意思。

话虽如此,但如我刚才所交代的,我自己的生活中确实未曾有过清晰的青春记忆或是青春颂歌,我这个人好像一生都在暗夜里徘徊。不过,在这迷茫和徘徊之中,我自有属于自己的一道灯光作为指引,在一片渺茫之中亦有需要探索追寻之物。

有一句老生常谈说:如果没有信念,即使活着也没有什么意义。但是信念并非轻而易举即可拥有之物。如果有人问“你的信念是什么”，那我第一个就回答不上来。又有人会说：即使没有信念，人生在世也不会有任何的不自由，也是很幸福的。如此想来，那信念或许就只是蠢人的玩物而已吧。

其实，就如先死才能后生一样，信念也总是与死亡连接在一起，贯穿成一条直线，可以说，这也是一种沦落，正是青春本身。

但是，如果是盲目的信念，无论它是何等强烈地连接起生死并贯彻到底，都没有任何伟大可言，那歇斯底里般过剩的激情反而会让人觉得庸俗，很不舒服。

我非常喜欢天草四郎①这个横空出世的日本少年选手。这三年多来我一直在努力，想把这个少年的巨大野心和出色谋略写成小说。为此就必须大量阅读天主教相关文献，我读到日本有无数的殉教者带着狂热的信仰前仆后继、大义凛然地赴死，但我时时感受到的却只是无益的歇斯底里般的饶舌，很是不快。

天主教有不准自杀的戒律，当时这一戒律执行得特别严格，

---

① 天草四郎(1621—1638)，江户初期的天主教信徒，本名益田时贞。年仅16岁即被推选为岛原武装起义的领袖，在岛原的原城(现南岛原市南有马町)兵败身亡。

像 Don Agostinho 小西行长[1]就未能自杀，而是被拉到刑场，选择了最不像武士的死法。再者，天主教还有一项规定，如果拿起武器来抗敌就无法被认定为殉教。于是岛原之乱[2]中的三万七千名战死者都未被认定为殉教者。因为有这条戒律，为了在被捕时做得像一个天主教徒，竟有思虑周全的武士特地把腰里的刀连鞘一起拔出来扔到远处去，自己束手就擒。无独有偶，还有天主教徒会对着执行斩刑的官员献上感谢的话并为他祈祷，感谢他让自己得以为主殉教、光荣赴死。据说当时大量发放印有殉教心得体会的册子，信徒们都在学习天主教徒该有的死法等内容。由此来看，当时那些所谓的教会首领简直是在鼓励教众选择死刑，他们已经陷入到令人发指的癔症中无法自拔。无数教众被蒙蔽了双眼，血流成河，惨不忍睹。而教会首领们却只是一味地唆使人们尽快去死，这种歇斯底里的性格有时让我极为愤怒，那愚蠢气得我不禁咬牙切齿。

即便是生命，其中应该也存在交易。在上面的故事中，生命

① 小西行长（？—1600），安土桃山时代的武将，肥后国诸侯之一，基督教徒，洗礼名为唐·奥古斯汀荷（Don Agostinho）。关原之战中属西军阵营，兵败后与石田三成等在京都六条河原被处以斩刑。

② 1637 年到 1638 年，日本九州地区的岛原和天草地区爆发农民武装起义。起义的农民多为基督信徒，目的在于反抗幕府的禁教政策和领主的苛政。以天草四郎为首的约四万名农民和下级武士被困原城，顽强抵抗，后被幕府军打败。

的代价低得无以复加，为了信念，即便死了也是活该，没有任何意义。人们会为售价十钱的茄子讨价还价，且并不会导致歇斯底里，但唯独在生命的交易中却会歇斯底里、不明就里地争相赶着破产，这绝不是什么光荣的事。

在和吉冈一门百余名对手血战的那个早上，宫本武藏抢先一步赶往决战地一乘寺下松①。狂奔途中碰巧从八幡神②的神社前经过，于是他突然想到须得拜一拜祈祷必胜才好。待要俯身在神前行礼时复又打消了这个念头，激起他必须依靠自己的力量赢取最后胜利的勇猛意志。

我觉得这个武藏非常让人同情，但仅限于那时那地而已，我认为没有必要把这件事情和他的一生结合起来并赋予其重要意义。不仅仅是武藏，不管是哪位尊神，当人站在神的面前时，又有谁能做到平静安然不为所动呢？因为神社和寺庙的院内很是幽静，我经常去那些地方散步。虽然我并无任何信仰，但当路过正殿或是正堂前时，心里总是一阵慌乱，觉得不祈祷不行，这个可悲的念头总是会蹦出来。但是内心又没有真正结成必须顶礼膜拜的虔诚意念，可就这样犹豫不定也是不像话，所以我打定主

① 一乘寺下松位于现在的京都市左京区，是古时候的交通要道。
② 八幡神是八幡宫的祭神，古时候是日本皇室的祖神，后成为日本武士的守护神。

意从下次起一定坚决敬拜。在某一天下定决心去参拜土地神，结果到最后也就鞠了个躬了事，可是在那个瞬间我突然惊讶地发现自己的身体竟如此笨拙，果然像我这样的家伙，不管心中生出了何等悲悯想要祈祷的想法，那也不过是内心的波纹而已，终究不能实际去鞠躬行礼。于是我就此死心。

自杀而死的牧野信一是个时髦之人，他很担心会在人前暴露自己的土气，总是小心谨慎，但经过神社寺庙门前时却无论如何都要进去。只有那个时候他不惧怕任何人的目光，一定会奉上香火钱并恭恭敬敬地叩拜。我非常羡慕那份自然和虔诚，但却总没有勇气和他站到一起参拜，只好离得远远的，踢踢那些喂鸽子的豆子什么的。

几年以前，菱山修三在启程出国的一周之前从台阶上摔下来，肺部咳血，一度对能否活下去感到绝望。当时我也总觉得菱山马上就要死了，但是没想到他用了一年半左右的时间竟然恢复了。据菱山说，肺结核这种病，只要病人能够坚定地把治病当成人生目标就肯定能治好，扔掉其他所有的人生目标，仅以治病为唯一目标。此外还需要保持绝对的安静。

那之后我搬到小田原①的松林中居住，附近的邻居都是些

---

① 小田原位于神奈川县西南部，周边有箱根、伊豆等旅游、疗养胜地。

肺病患者，真是悲哀，很快我就看出来，他们大多数人都不具备放弃其他一切、专以治病为人生目标的精神觉悟，他们无法完全超越普通人的生活，没有全心全意彻底地与疾病斗争。那些看上去病情比菱山轻很多的人，正在沉迷于读书的时候，或是在出门散步的时候，忽然就一个接一个地死掉了。由此我不得不承认，把治病当成人生目标也很了不起，也是一份大事业，治疗肺结核绝对需要病人具备相当高的教养。

死是一件简单的事情，活着却很难。即便是像我这样过着空虚的生活，即使每一个小时都过得空洞不实，我还是切身感受到了这一点，多么痛彻的感悟。虽然生活如此空虚不实，但身处其中的我却一直都在竭尽全力投入地活着，我要祈愿，我要醉酒，我要忘却，我要呐喊，我还要狂奔。我这里毫无从容可言。活着，就是全部。

对于这样一个我来说，青春说到底就是活着的同义词，好像既无关年龄，也不会有尽头。

我之所以写小说，也是因为我必须要超越自我创造某些奇迹，除此以外再无其他值得一提的动机。说出来或许会被人嘲笑，但事实如此，也是无可奈何。可以说，我的小说本身就是我沦落的象征，将自己的现实原原本本与奇迹合二为一，这是我今生唯一的激情所在，除此以外其他的生存方式我一概不知。

这话听起来像是自信满满，其实不然，再没有比这更无自信的生存方式了。总是在追求奇迹，每每想来便会沮丧不已，这两种状态互为表里，清清楚楚地知道自己究竟有多少能力实在是最可悲伤难过的事情。

但是，人的能力与生俱来，事到如今即使后悔也是于事无补，所以我所能做到的，唯有奋力向前而已。

我的朋友里面有一个人叫长岛萃①，八年前精神错乱死掉了。长岛萃的父亲名叫长岛隆二，是一个曾经很有名的阴谋政治家。据说这个政治家平日里经常教导他的孩子说：不要做那些正儿八经的工作，做一个投机的淘金者吧，炒炒股或是做小说家都可以。

我把这事儿告诉了那会儿我喜欢的一个女人，结果她严肃地仰起脸来说："小说家是投机的淘金者吗？"

当时问得我哑口无言，"不，小说家并不是一份投机的工作"，可能我是这么回答的（记不清楚了），但现在细细想来，那阴谋政治家的话说得还真是漂亮。也有可能他所说的淘金者的意思和我所想的并不相同，但我认为小说的确和淘金很像，就是一份投机的工作。能挖到金子，挖到镍矿，还是只有山石而已？

① 长岛萃（1909—1934），作家。其父长岛隆二（1878—1940）是日本前首相桂太郎的女婿，曾任财政高官，众议院议员。

如果不挖挖看根本无法判断，总之必须拼上十二分的力量，这一点是千真万确的。我认为，即使是从更普通的意义上来看，小说家也是淘金者。如果不是，那就是专业赌徒。至少我自己就是这样。

对于这样的我来说，这一生都是令人憎恶的青春，也是迫不得已。我必须坦言，对此我也并非没有半点自卑，我甚至缺乏自信，但有时候又觉得很是自豪。而且我还有一个恶毒的想法，"殉于沦落"，以后就在我的墓碑上刻这行字以作告别。

总而言之，活着就是全部，我只能这样说。

《文学界》第九卷第十一号、第十二号，1942 年 11 月 1 日、12 月 1 日发行

堕落论

短短半年时间世道就变了。战时高唱“为君干盾，义无反顾”①“死惟君侧，义无迟回”②的这些年轻人中很多已经阵亡。

① 本首和歌出自《万叶集》卷20(4373)，中文译文引自钱稻孙译《万叶集精选》(上海书店出版社，2012，第358页)。整首短歌为：今日よりはかへりみなくて大君の醜の御楯と出で立つ我は(自今而往，言登于路，为君干盾，义无反顾)。这是一首日本古代戍边士兵吟诵的“防人歌”，在二战时被日本军国主义利用，选入《爱国百人一首》(1942年11月21日日本情报局刊发)，作为“忠君爱国”和歌的代表加以宣扬，鼓动日本民众上战场赴死。

② 本首和歌出自《万叶集》卷18(4094)，作者为大伴家持。中文译文引自钱稻孙译《万叶集精选》(同上，第330页)。日文原文为：大君のへにこそ死なめかへりみはせじ。1937年NHK制作了军歌《将赴于海》(“海ゆかば”)，歌词即是在大伴家持和歌的基础上写成。日本战时在送士兵出征和广播战报时，多播放《将赴于海》，堪称愚民军歌的代表。

同样是他们,幸存下来的干起了黑市买卖。“不求长命百岁,今誓与夫相约,且为君王干盾去”,当初这些女人怀着大无畏精神把男人送走,这才半年光景,听说对她们而言连祭拜夫君的牌位这事儿都仅仅是程序性的仪式了,不久的将来肯定会有新面孔住到她们心里去。不是人变了。人自来就是如此,变的仅仅是世道的表象而已。

很久以前,日本幕府之所以力排众议,坚决地对四十七士①执行死刑,理由之一据说是出于一片为他们着想的恳切之心,如果他们继续活下来,其中一旦有人受辱之后玷污到这来之不易的名声可就不好了。现代法律中已不会再讲这类人情,但是人们的感情上恐怕仍然存在这样的倾向,希望美好的东西以美好收场,这仍然是一种非常普遍的情感。记得是十几年前吧,有一个大学生和一个姑娘在大矶②的某个地方自杀殉情,原因是他们要以童男处女之身来结束相爱的一生。世人对这两人很是同情,我自己也有这种感触。几年之前一个和我关系极好的侄女在二十一岁时自杀,当时我暗自庆幸,觉得她能在美丽的时候死

① 赤穗四十七士:1702年12月14日夜,大石良雄等47名武士以为主公浅野长矩报仇为名,杀死了吉良义央。幕府下令于1703年2月4日对他们执行死刑。死后四十七士被世人视作义士的典型,以该事件为题材的《假名手本忠臣藏》等文艺作品广为流传。

② 大矶:神奈川县中南部的地名,临相模湾。

去真是太好了。这姑娘乍看上去面容清秀,但同时又会给人一种不安,仿佛她正面临着崩溃的危机,会一头径直扎到地狱里去,我总觉得无法正视她的一生。

这场战争期间,文人被严令禁止写寡妇恋爱类的东西。由此可见军人政治家们的险恶用心,禁止挑拨战争遗孀们,不能引导她们堕落,这是要求她们以圣徒的姿态度过余生吧。军人们对于伤风败德的理解力实在是敏感的,女人心善变,这一点他们并不是不懂,而是太懂了,由此才会想出这一禁止性条款。

据说日本的武人自古以来就不了解女子的感情,其实这说法很是肤浅。他们编出了武士道这套无比粗鄙庸俗的法则,最大的意义就是用以抵御人性的弱点。

人说武士为了报仇不惜一切,即使去做乞丐也要对仇敌的踪迹穷追不舍,但是试问一句,当真有过满怀复仇激情追逐仇人行踪的忠臣孝子吗?他们所知道的就只是复仇的法则以及由这些法则规定以攫取名誉,日本人本来就是一群憎恨心最少且最不持久的国民,昨日之敌就是今日之友,这种乐观性的感情是现实的,如假包换。和昨日之敌妥协甚至是肝胆相照都是家常便饭,正因为是仇敌,所以更要肝胆相照,转瞬之间就想转事二君,也想仕于昨日之敌。据说军人不可活着忍受被俘之耻辱,假如没有这项规定就根本不可能逼迫日本人去战斗。我们顺从于规章，但我们真实的内心却与规章完全相反。日本战史与其说是武士道的战史，其实更是权谋术数的战史，与其坐等历史证明，不如让我们审视自我的本心来识破历史的阴谋吧。就跟现在的军人政治家禁止文人写寡妇恋爱一样，古时候的武人必须依靠武士道去压制他自己和部下们的弱点。

小林秀雄[1]称政治家这类人种并不具独创性，只是管理、统治而已，但其实未必如他所说。大多数政治家通常会是那样，但少数天才却在管理和统治的方法上富有独创性，这成为那些平庸政治家的规范，串联起一个个的时代、一场场的政治，以历史的形式表现为生存者的巨大意志。从政治方面来看，历史并不是一个个的个体组合，历史是吞没个体之后降生的另一个巨大生物；而在历史的演进形态方面，政治也一直在发挥着巨大的独创性。发动这场战争的究竟是谁？是东条[2]和军部吗？当然是他们，同时也是贯穿日本的这个巨大生物，是进退两难的历史意志。当时的日本人在历史面前只是顺从于命运的孩子。即使政治家不具独创性，政治也会努力试图改造历史的样态，如同大海的浪涛一般，以不可遏制的脚步走下去。是什么人创出了武士

---

① 小林秀雄（1902—1983），日本评论家。
② 东条英机（1884—1948），日本甲级战犯，日本军国主义代表人物，被远东国际军事法庭判处绞刑。

道呢？那也是历史的独创，或者说是历史的嗅觉吧。历史总是能嗅出人的气息。而且，因为武士道是针对人性和人类本能的禁止性条款，所以是非人道、反人性的，另一方面，它是洞察人性和人类本能的结果，就这一点来看，它又完全是关乎人的。

我在天皇制那里也看到了一件非常日本式的（因此或可说是独创的）政治性作品。天皇制并不是天皇自己创立的。虽然天皇偶尔也会自己发起一些阴谋，但大体看来一事无成，他们的阴谋无一得逞，天皇要么被流放荒岛，要么逃往深山，到头来往往是因为政治方面的种种缘由才被保留下来，得以继续存在。即使是在天皇本人不问世事的时候，出于政治需要也经常要把他们抬出来。说起来那些政治家的嗅觉就是天皇存续的政治原因，他们深谙日本人的癖性，从那癖性之中发现了天皇制。本来并非仅限于天皇一族。如果可以的话，替换成孔子或是释迦牟尼都无所谓，只不过终究没有换成罢了。

至少可以说日本的政治家们（贵族或武士）都是这样，为保自身长盛不衰（其实根本不存在长盛，只是他们幻想长盛而已），必须要以君主制为制衡手段，他们嗅出了这一点。平安时代的藤原氏①随意操纵天皇的废立，但对于自己身处天皇之下

① 藤原氏是日本古代的一大氏族。平安中期，藤原氏通过与皇室联姻，以外戚身份干政，独揽大权，是为“摄关政治”。

一事却从不忌讳,也未觉出任何不便。利用天皇的存在可以解决各种内部斗争,弟弟可以干掉哥哥,哥哥可以打倒父亲。他们是本能上的实用主义者,只要自己一生过得痛快即可。他们反过来大搞朝廷礼仪,非常喜欢且满足于贺拜天皇这种奇妙的形式。朝拜天皇可以显示出他们自身的威严,同时也是他们感受自身威严的手段。

有些事情在我们看来实在是愚蠢荒唐。当电车拐过靖国神社后面时就一定要低头行礼,这等愚蠢让我们很受不了,但是对某些人来说,只有这样做他们才能感受到自我的存在。在靖国神社这事儿上我们会嘲笑别人的愚蠢,但是在别的方面,我们自己也在做着同样愚蠢的事情,只是没有发现自己的愚蠢罢了。据说宫本武藏赶往一乘寺下松的决战地时,中途从八幡神社前面经过。他忽然想要进去叩拜,转而却又打消了念头。“吾不仰赖神佛”,他的这句训诫发自他自己的这一癖性,又在他自己身上得到印证,实在是一句包含着无比悔恨的话语。我们自发地对着这些相当愚蠢的东西叩拜,只是没有意识到而已。道学先生在讲台上总是把书本奉若神明,这是因为他从中能够感受到自己的威严乃至自身的存在吧。我们在很多方面也在做着类似的事情。

对像日本人这般热衷于权谋术数的国民来说,出于权谋术数或大义名分的考虑,天皇都是必要的。虽然并不是每一个政治家都能认识到这种必要,但就历史性的嗅觉来看,即使没有觉察到这一必要性也没关系,因为他们从来都不会怀疑自己所处的社会现实。承蒙天皇行幸聚乐第[①]时,丰臣秀吉本人却在那隆重的仪典上痛哭流涕。他据此感受到了自己的威严,同时也看到了宇宙中神明在上。这是秀吉的情况,其他政治家可能并不会如此。但是假如把权谋术数看作恶魔所用的手段,那么恶魔也会如孩童般叩拜神明,这绝非不可想象之事。无论何种矛盾皆有可能存在。

说到底,天皇制也和武士道属于同种类型。因为女人心善变就明令"节妇不更二夫",这一禁令本身是非人道、反人性的,而在洞察真理这层意义上来看又完全是关乎人的。与此相同,天皇制本身也并非真理,且还是反自然的,但走到这一步亦有历史性的发现和洞察在其中,含义深刻,很难轻易加以否定,仅靠表面化的真理和自然法则并不能解释清楚。

其实,让美好的东西即以美好收场的希求是一个小小的人之常情,假设以我侄女的情况为例来看,或许我应该希望她不要自杀,希望她坚决地活下来,而后坠入地狱,在黑暗的旷野中徘

① 聚乐第是丰臣秀吉在京都建造的宅邸。1587年落成。1588年丰臣秀吉邀请后阳成天皇行幸聚乐第,向诸侯展示自己的威严与实力。

徊。现在我自己给自己安排的这条文学道路就是这样在旷野中徘徊，但即使如此，仍没有理由刻意抹去让美好的东西即以美好收场这个小小的愿望。未完成的美并不是美。或许当她必然地坠入地狱、经过历练之后，在沦落本身即已成为美的时候，才能真正称得上美，但是否一定要刻意地以审视六十岁之老丑容颜的眼光去看一个二十岁的处女呢？对此我并无答案。我是喜欢二十岁的美女。

都说人死之后是一了百了，但死亡究竟是怎样一回事儿呢？日本战败之后，很多人认为最悲惨的总归是那些阵亡的“英灵”，对此观点我亦无法坦率地予以肯定。且看，那些已年过六十的将军仍对现世依依不舍，被扭送到法庭上。想到这一幕时我不禁自问，人生的魅力究竟是什么呢？对此我一无所知。但是，假如我是一个六十岁的将军，我自己恐怕也还是会迷恋于生并被扭送到法庭上去吧，只能做此想象。可见在面对生存这一奇怪的力量时，我唯有四顾茫然而已。我是喜欢二十岁的美女的，难道老将军也喜欢二十岁的美女吗？再然后，认为阵亡的“英灵”最为悲惨，也是从喜欢二十岁的美女这个角度得出的结论吗？如果情形真能如此明确，那我也可安心，从此以后也能坚定我一心一意追求二十岁美女的信念，可是，活着这事儿并不那么简单，要弄清楚并不容易。

我非常讨厌看到血。有一次汽车在我眼前相撞,我一下子转过身去逃之夭夭。但我却喜欢伟大的破坏。炮弹和燃烧弹落下时,我一边吓得浑身发抖,一边为这凶暴的破坏而异常亢奋。尽管如此,我还是不由觉得,那实在是我最爱人类、最留恋这个世界的时候了。

当时有几位朋友劝我疏散到乡下去,还主动为我提供住宅,我推掉了他们的好意,坚持留在东京。我打算把大井广介家那被烧成一片废墟的防空洞当作最后据点,于是在和要疏散到九州①去的大井广介告别后,那也是所有东京的朋友离我而去的时候,我想象着美军不久之后即会登陆,在周围重型炮弹炸得最猛烈的时候,我屏住呼吸躲在那个防空洞中。我想象着这样一个自己,觉得自己甘愿承受这样的命运,在此严阵以待。我也想过自己有可能会死,但无疑又更加确信自己能够活下来。但如果要说从废墟中生还之后有何抱负,没有。我就只是要活下来,除此以外再无任何计划。向着一个无法预想的新世界,不可思议地重生。对此我有着一生之中最新鲜的好奇心,为了获得这奇怪的新鲜度,作为代价,我也必须冒险赌命留在东京。只能说当时我是被这奇妙的咒语给定住了。但是我又特别胆怯,昭和

① 九州,日本西南部岛屿,也是日本第三大岛,仅次于本州和北海道。近代时期为日本重工业的重要基地之一。

二十年[1]四月四日这天,我第一次体验到长达两小时的轰炸,就在自己周围。头顶上的照明弹亮如白昼,其时我二哥刚好来到了东京,他躲在防空洞里问我是不是燃烧弹,我想要回答"不,是照明弹要落下来了",却发现如果不往肚子上运力根本发不出声来。还有一次,当时我是日本映画社[2]的临时雇员,银座被轰炸过后,我马上就在位于银座的日映屋顶平台上迎来了飞机编队的袭击。那个五层高的大楼上面有一个塔台,上面装有三台摄像机。空袭警报一响,街上、窗边、屋顶平台还有银座里所有的人都销声匿迹,就连屋顶平台上的高射炮阵地都隐蔽到了掩体中,人影全无。只剩下日映屋顶平台上这一群十个人左右,暴露于整个天地之间。燃烧弹雨先是落到了石川岛[3]地区,之后下一列编队向我们正上方飞来。我意识到自己已经双腿发软,动弹不得,而摄影师们却正叼着烟卷把镜头对准来袭的编队,那异常沉着冷静的样子着实让人惊叹。

但当时我很爱那伟大的破坏。人类服从于命运时的样子出奇地美。麹町[4]的所有大宅邸都难以置信地消失了,余烬燃起,

① 即1945年。
② 日本映画社是日本昭和前期的一家电影公司,简称"日映"。1939年成立,1951年解体。
③ 石川岛位于东京都中央区佃地区。
④ 麹町位于东京都千代田区,高级住宅区。

一对优雅的父女坐在防空洞口的绿草地上，中间只隔着一个红色手提箱。如果不是另一边那茫茫废墟正燃着余烬，这景象绝对与和平时期的郊游并无二致。道玄坂①这里也同样被夷为平地，只剩下茫茫余烬升起，有尸体倒在坡道中间，看上去不像被炸死的，倒像是被汽车轧死的，上面盖着一页白铁皮。士兵持械站在旁边。离开的人，回来的人，难民们形成了蜿蜒的人流，宛如无心的流水一般绕过尸体来来往往。人们甚至都没有注意到街上的鲜血，即使偶尔注意到了，就像看见别人扔掉的废纸一样，并不关心。美国人曾说刚刚战败后的日本人茫然自失、精神恍惚，但这轰炸过后的难民队伍表现出的无心却与茫然自失或精神恍惚无缘，而是具有让人惊讶的充实和重量，是坦率顺从命运的孩子。满脸笑容的大多是十五六七岁的姑娘们，她们爽朗地笑着，在废墟中翻翻找找，把挖出来的瓷器放进被火烧过的水桶里，或者是守着仅有的一点行李，在街边晒晒太阳。这个年纪的姑娘们，是因为对未来充满梦想所以不以现实为苦吗？抑或是因为她们虚荣心太强？在战火烧过的废墟中寻找姑娘们的笑脸成了我的一大乐趣。

在那伟大的破坏之下，有命运，却没有堕落。是无心，却又

① 道玄坂位于东京都涩谷区，是涩谷的中心商业区。

非常充盈。人们穿过熊熊烈火得以死里逃生,而后重又聚到燃烧着的房子旁边取暖驱寒,他们和那些正拼命对着同样的火势灭火的人只隔了一尺左右,却仿佛身处一个完全不同的世界中。伟大的破坏,那令人震惊的爱。伟大的命运,那令人震惊的爱。和这些相比,战败时的表情不过是堕落而已。

但是,我总觉得,堕落才是平凡的,且平凡得理所当然,如果和堕落这令人惊讶的平凡及其理所当然比起来,顺从那可怕、伟大的破坏之爱或是顺从命运的人们所拥有的美,不过是泡沫般空虚的幻影罢了。

德川幕府①的意图是杀死四十七士以使其成为永恒的义士,但是即使他们成功挡住了这四十七人的堕落,却终究无法挡住人类自身从义士到平凡,再到地狱不断地跌落。即使制定出"节妇不更二夫、忠臣不事二君"这样的规定,还是无法挡住人类的堕落,纵使杀死处女成功地保住她的纯洁,但当人们注意到堕落那平凡的脚步声时,当注意到那必定会如波涛般滚滚而来的脚步声时,人们就一定会认识到人力的卑微,认识到靠人力得以保全的处女的纯洁是多么卑微,那些都不过是泡沫般空虚的幻想而已。

---

① 即江户幕府,1603 年德川家康在江户建立的武士政权,至 1867 年结束。

特攻队的所谓勇士只不过是幻影而已，人类的历史正是从他们进行黑市交易时才开始的，不是吗？让寡妇甘做圣徒也不过是幻影而已，人类的历史是在她们的心中住进新面孔时才开始的，不是吗？天皇或也只是幻影，可能只有当他成为一个普通人的时候，真实的天皇的历史才能开始展开。

历史这个生物是巨大的，与此相同，人类本身也是惊人的巨大。其实活着才是唯一一件不可思议的事情。那些六七十岁的老将军并没有剖腹自杀，而是肩并肩地被推到法庭上去，这幕壮观的人间图景只有在战争结束之后才能见到，日本失败了，武士道也已灭亡，正是靠着堕落这一真实的母胎，人类才得以降生。活下去吧，堕落吧，这才是合理的程序，除此以外再没有真正能够拯救人类的捷径了吧。我不喜欢剖腹这一行为。以前有个老奸巨猾、诡计多端的阴谋家名叫松永弹正①，他被信长追得走投无路，只好困守城池最后战死。在临死之前他还按照每天的习惯做了据说能延长寿命的针灸，做完之后就用枪抵住面颊，打碎脑袋死掉了。那时候他已年过七十，但还是在人前满不在乎地和女人调情，实在是个贪婪且令人讨厌的男人。我对他的死法

① 松永久秀(1510—1577)，战国时代武将，俗称松永弹正。最初追随三好长庆，1568年臣服于织田信长，后又背叛，1577年被织田信长困于信贵山城，兵败自杀。

表示赞同,但却很不喜欢剖腹自杀。

那时候我吓得浑身颤抖,同时却又对那种美非常着迷。我没有必要思考。因为那里有的只是美,没有人类。实际上连小偷都没有。大家都说最近的东京一片黑暗,其实战争期间才是真正的黑暗,但那时候不管身处什么样的深夜之中都不必担心会遇到劫匪,可以放心地在暗夜中行路,夜不闭户即可安眠。战争中的日本是一个令人难以置信的桃源,那里开满了空虚的美。那并不是属于人类的真实的美。如果我们忘记了思考,那么这就是最令人放松且最壮观的曲艺杂耍。即使爆炸的恐怖不离左右,只要不去思考,人就可以一直快活地过,只是着迷神往就好。我是一个傻子,极其天真地和战争玩耍嬉戏。

战争结束后,我们被赋予了一切自由。但是当拥有了一切自由之后,人们反而会认识到源自自身的那不可理喻的限制及其不自由之处。人类不可能永远处于自由状态。这是因为人类活着,然后又不得不死去,而且人类还在思考。政治上的改革可以在短短一天之内实施,但人类的变化却不能如此。早在久远的希腊,人性被发现并向前迈出一步得以确立。然而时至今日,人性可曾显示出多少变化吗?

人类。无论战争给人类带来了多么可怕的破坏和厄运,却终不能改变人类自身。战争结束,特攻队的勇士们不是已经变身为黑市交易商了吗？遗孀们不是已经因为新面孔而心潮澎湃了吗？人类没有发生任何变化，只不过是重新做回人类而已。人类要堕落，义士和圣女也都要堕落，这是不可阻挡的，也无法靠防止堕落来拯救人类。人们活着，人们堕落着。除此以外再无其他可以拯救人类的捷径。

人并不是因为战败才堕落的。因为是人，所以堕落；因为活着，所以堕落。可是人们其实无法永远地彻底堕落吧。因为人的心灵在面对苦难时无法做到硬如钢铁。人可怜、脆弱，因此又是愚蠢的，根本无法做到彻底堕落。最终人们不得不杀死处女，编造出武士道，搬出天皇来。但是如果要做到不是杀死别人的处女，而是杀死自身的处女，发明出自身的武士道、自身的天皇，那么人就必须正直地把堕落之道一直走到底。不仅人是如此，日本这个国家也是一样，也必须堕落，必须通过把堕落之道贯彻到底去发现自我，实现自我拯救。靠政治去拯救之类的说法实属浮于表面，无聊透顶。

《新潮》第四十三卷第四号，1946 年 4 月 1 日

天皇小论

世人都说是天皇把日本从战争结束的混乱中拯救出来的，这实在是骗人的谎言。即便是很讨厌的事情，日本人也硬要给它编排个合乎大义名分的说法，否则便会愤愤不平。这种心理总在作祟，他们自己却不愿承认。说起来大义名分的说法一直都在这样为人所利用，到这场战争这里也是如此，靠了天皇之名才得以结束战争云云不过是老奸巨猾的表面文章罢了，所有人都在私下想着如何才能顺理成章地终止战争，政治家利用了这一说法，随后人民也顺势利用了这一说法，仅此而已。

封建性欺骗残留在日本人的生活中，根深蒂固。怀疑和否定一切旧有的权威极为重要，本来这次战败是一个绝好的机会，但不知不觉间此种简单的欺骗不仅得以存续下来，甚至到了有社会派政党以之作为选举策略去支持天皇制的地步，真可堪称日本的悲剧和文化荒芜之最。

要把封建性欺骗从日本人的心智中剔除，首先无论如何都必须让天皇变身为普通的天皇家族，把历代皇陵和三大神器①等作为科学研究的客观对象看待，去除掉其神格，必须如此。让天皇成为一个在科学面前客观平等的普通人，这对于日本历史的发展来说有着不可或缺的必要性。在科学面前脱下所有外衣、变身为普通人之后，如果日本人的生活依然需要天皇制，那到时候再根据需要确立天皇制即可。把天皇这个人看作机构来讨论其存废确有一定的道理，但不应仅仅简单地从政治角度去探讨，首先得让天皇在科学面前脱下外衣成为一名自然人，然后才能回到宗教等深层次上去考察，我认为必须这样做。

人类无法把神清除出去。如果连这一人性立场都要否定，那么政治必死无疑。把日本与天皇之间的关系和神的问题扯到一起是否恰当，这一问题有待今后探讨。首先应还天皇以普通

① 三大神器是草薙剑、八咫镜和八坂琼勾玉，被视为日本皇室统治地位的象征，由天皇历代相传。

人之身,这是当下的日本必须要做的事。

《文学时标》第九号,1946年6月1日发行

颓废文学论

本来以为像秘籍、绝技、真传等这些是茶道、花道、忍术、剑术等搞的名堂，没承想就连关孝和[①]的算术也搞这一套，先要斋戒沐浴，然后摁下血指印，只传授给自己的孩子和两个弟子。据说在古代西方也有类似的例子，视最高的数理为秘技，概不外传。日本更是变本加厉，无论什么动不动就说是秘籍，还要斋戒沐浴，曰：难言也。香烟定量配给之后，我有生以来第一次吸了旱烟。以前的人们肯定是三袋四袋吸个不停，因此就发明了烟

---

① 关孝和(1642—1708)，日本数学家。

袋锅大大的烟斗,这是理所当然的事情。但这种方便、进步的实质性发明设计并未受到重视,反而认为吸完一袋烟后啪啪敲打烟袋锅的声音是极好的。这种瞎胡闹的假内行成长壮大起来,现实中的进化就此停步不前,正是靠着专事玩弄这类停滞不前的东西,一些沽名钓誉的通识、秘诀或秘籍进而产生出来,而实质性的进步,像把烟袋锅改大这种现实的欲求却被视为低级俗物,难登大雅之堂。日语中称中南半岛老挝产的竹子为罗宇竹,基于这点日本人把烟管的烟杆叫作"罗宇",但那些假内行却宣称烟杆只能用罗宇竹,愈加偏离了实质,滑往细枝末节。把餐叉反着拿,非常勉强、艰难地叉起米饭,手法离奇地送到嘴里,日本人却认为这是彬彬有礼,是优雅的,对此毫不怀疑。真是古怪至极的日本。这种视实质性的便利欲求为低俗的看法,以各种各样的形式潜藏在各个领域。

家庭感情是处于上述歪曲、离奇的日本式思考方法节点上的伏魔殿。关于家庭感情,且不说在日本式建筑或生活方式等方面有各种杂七杂八的扭曲规定,甚至连平野谦这样擅长思考的批评家,在面对"敢死队不能娶老婆"这类的谬论时,也是盲信不疑。老婆和女人有什么不同吗?老婆与爱人又有什么不同吗?不可能有一无所爱的人吧。"咚"——钟声响过,就说余音中蕴含着万千感慨,说只要侧耳倾听那钟声二十秒,就能一洗浮世尘污;还说海苔分正面呀反面什么的,总烤一面的话就不会油腻。净是对着这些无聊的事情纠缠不休,加了几百几千句的注释,最终写成了秘籍,这就是日本式思考的现状。近来倒是不会让已婚妇女剃掉眉毛或是染黑牙齿了,这些风俗都很野蛮,和文身相差无几。假如说这些残存到现在仍是现有风俗,那么比起质疑它们来,更有人会写些相关的秘籍,强行找出其中的美,并指责质疑者是土里土气的鄙俗之人。这就是日本。妇女染黑齿的现象虽然已经消失,但是染黑齿般的诅咒却依然健在,笼罩住了妇女的整个身体、心灵,直至灵魂深处,堪称日本幽灵中的老大。像平野谦这样的人,思考的时间比起我等来应该长得多吧。即便是他,还是忘记了应该把人的存在与诸多幽灵完全隔开这一重要的态度,很多时候都在思考细枝末节上花费了过多的时间。他读了太多别人的小说,几乎都读腻了。一部长篇大论在手,我读三行就会扔下,他却硬是读到最后,然后硬是捏造出幽灵来,却唯独忘记了要真正与自己的本心斗争,即便豁上性命也要与自己的幽灵斗争,忘记了这唯一的根本要义。

日本式家庭感情这一怪异的歪理,在世俗社会中变成人情义理这样的怪物,在脱俗的世界里就隐藏到清寂、幽玄或是物哀等等神秘的大门之后,讳莫如深,曰:难言也。啪的一下双手拍响之后,是右手响了还是左手响了呢?净说些这个。认为人生的大道理就遍布在那些地方，做不了大将军、大政治家、大富豪的人都必须要如此大彻大悟才行。如上这类瞎闹腾的事儿在日本文化的第一线冠冕堂皇地大行其道。如果是西式的治学之人，了解实证精神的模式之后，一眼就能发现这些都是瞎折腾，但是他们却又装腔作势地拾人牙慧，不仅没有从根本上抵制日本的幽灵，反而随着年岁渐长，自己也化身为保守、反动的大幽灵，倾心于清寂、幽玄，执念日深。对治学模式的研习仅仅浮于表面，未能充分理解“人生于世，必须与自己的正面交锋、彻底认清自我”这个唯一要义。

总是举平野谦为例，甚感惶恐。最近读了他的一部两百多页的劳心力作《论岛崎藤村的〈新生〉》①。其他批评家老师们写的都是些无聊之作，就连我这种蠢笨的闲人都无法读下去。

《新生》里面，主人公仔细端详着自己的手，心想“就是这手啊”，陷入沉思，充分反省自身的深重罪孽。平野谦认为，此处触及了深刻的人生，满是阴森森的气息。平野君，快别开玩笑了。人生的深刻难道就遍布、堆积于那种方形罩灯的灯影般朦胧之处吗？那种描写是催人宽恕藤村的障眼法，是小说中最坏的部分，应该说是最需蔑视的部分。你肯定是以为写成那样会让读

① 岛崎藤村(1872—1943)，诗人、小说家。1918 年他发表小说《新生》，故事原型是作家本人与自己的侄女驹子之间的乱伦事件。

者感动才写的。平野君你且试想一下,仔仔细细端详着自己的手,想着自身的罪孽之深重,从具体事实的角度来考虑的话,那究竟是怎么一回事儿呢?

说到反思自己的罪孽,放到文学中来其真正的意义在于:以具体的行为去表现,并使之发展得符合伦理性。翻来覆去看着自己的手觉得阴森森的这类描写,和"咚"的钟声中蕴含着万千感慨是一路货色,和把海苔翻过来烤的话味道会变得如何那些类似,不过是这类日本幽灵中的一只罢了。

都说岛崎藤村是一名诚实的作家,但其实他作为作家是非常不诚实的,这从藤村自己与他的文章(小说)之间的距离这一点上就能够看出来。藤村和小说之间存在隔阂,他的那些晦涩难懂的文章,是为了掩饰这一距离所进行的耍小聪明式的苦战,而非与灵魂的艰苦战斗。

还有一个人也在进行着完全相同意义上的空虚的苦战,那就是横光利一[①]。他的文学式苦恼、知性是掩盖距离的苦恼,或者是距离的空虚所描绘出的幻影般的自我苦恼。在他那里并不存在与小说互相重合的自我,因此也就不存在包蕴着真实自我之血肉的苦恼。

---

① 横光利一(1898—1947),小说家。

如上,作家与作品之间的距离意味着:无论作家在处世方面多么地老实巴交、严谨诚实,在最根本的灵魂方面却是不诚实的。作家和作品之间夹杂着内容意义上的空白的杂物,这空白的杂物在思考,操纵着作品,甚至也操纵着作家本人和人们。平野谦完全没有认识到这距离的存在。不仅如此,还对这种距离思考后做出极其浅薄的心机安排,从外表来看仿佛是深刻和真挚的,平野谦把它想成了文学的深刻、人类的复杂、藤村文学的贵族性或是悲痛的脆弱性等。

藤村在世俗意义的为人处世上是一个极其认真、老实巴交的人,但在文学上却是不诚实的。因此,他那诚实严谨的生活本身也是不健康、不道德、虚伪的冒牌货。

他对社会怀有畏惧之心,但却轻视文学,把文学看得过于简单。由是,他凭着处世的那股认真劲儿,想把真实的文学苦恼和人的苦恼处理成文章,并目空一切地认为自己肯定处理得来。因此,在面对真实的人生烦恼时,他没能做到真正地为之苦恼,并未彻底追究下去,仅仅凭着处世的权宜之计去处理,终其一生都没能做到以自己的肉体逻辑去探求真实,没有做出任何真正的自我破坏。

所谓距离,指的就是人与作品之间的这段空白,意味着无法以肉体的逻辑去深究并诉说血肉之真实。作家想:如果我这样写,那么批评家应该会这样解读并为之感动吧?如此来看,最受轻视的就是批评家先生了。再没有比糊弄批评家更为轻而易举的事了。批评家不了解作家与作品之间的距离,明明作家本人写的东西里充斥着这种距离,批评家却把掩饰距离的那些设计当作文学的晦涩之处去理解。即使是藤村这样笨拙的人,其笔力之高超也是批评家无法望其项背的,糊弄起批评家来简直是不费吹灰之力。但真正的问题在于究竟如何生存,且如何真实地生存,文章终究掩盖不住距离,由此,作家必会暴露出那隐秘的真相。

★

在外人看来,岛崎藤村和横光利一都在诚实地生活着,在生活态度方面没有半点游戏人生的样子。他们在世俗意义上或者说在态度上没有玩世不恭,但在文学上的表现却很荒唐。

说他们在文学上游戏人生,是因为对他们来说,伦理并未自行发挥作用,而只不过是在逻辑上被摆弄过来、摆弄过去而已。简言之,他们是在通过某种模式、类型进行思考,而并未从切身感受的逻辑出发去思考。他们逻辑的要点在于其自身的合理性,理论自身不会做出自我破坏的行为,也不可能盲目地拓展自我。

这种逻辑定式构成了一般意义上所称的世俗道德、正确的生活等说法的基础,是一种虚假的生命力。这世界上一切严谨的道德家、健全的思想家之流,全部都是伪君子,概莫能外。真正的伦理本来就是不健全的。在其中必然会发生伦理本身的自我破坏,反抗现实才是精神的主流。

来看岛崎藤村《新生》中的问题。叔叔和侄女之间的关系这一问题本身是不健全的,但是小说本身却很健全,真是荒谬。这里的健全是合理之意,没有自我破坏,也没有基于切身感受的逻辑思考,代替这些的,是类型化的逻辑在机巧、健康地发挥着思考作用。

小说并未描写出藤村真正恐惧和苦恼的样子。换言之,他真正恐惧和烦恼的,绝不是源自文学本身的自我探求的烦恼,而只是简单的世俗之物罢了,是对社会、对名誉所持的健康的烦恼。打个比方,他的情况完全像是一个不得不死在全军之前的将军(这样的将军其实非常怕死,日本在二战战败之后这类实例我们看得太多了),岛崎藤村也奋不顾身在报纸上公布了自己和侄女的关系。只不过,如同将军的遗书是用尽忠报国等虚假的华丽辞藻堆砌起来的一般,他的小说是在用类型化的逻辑填补距离的空白,仅此而已。

他为什么要写《新生》呢？要说是为了发现、探求新的生活，那实在是差太远了。也有可能他没有意识到这一点，或者说他的本意真的是打算尽力一搏以发现、追求新生。无奈，他的态度欺骗了他自己，他的极力相争并非出于对文学的渴求，他是在争夺名誉。他利用了文学，以达到在欺骗世人的同时也实现自我欺骗的目的。这些话并非是我说的，是《新生》文中的那些“距离”自行讲述了这一切。他以为通过告白能减轻苦恼，为写出减轻苦恼、实现自我救赎的文章而煞费苦心。作品中折磨自己的那些场景，也只不过是解救自己的手段而已。他并没有真正探究自己的生存方式是什么，仅仅是在世俗道德的模式中，面对社会玩弄一些似乎讲得通的空论，写出了一部看上去像是伟大小说的东西，仅此而已。这一点也是由他文章中的“距离”自行言明的。

他为什么会和自己的侄女这样一个有血缘关系的小姑娘发生色情关系，为什么会走到这一步呢？这是因为，像他这样违心地端着架子、一副道貌岸然的样子，根本找不到什么理由去勾引不认识的女人。如果他假正经的话，女人那方会更为一本正经地应对，如此一来，自己总端着架子的话就可能会失败，他甚至连争辩的勇气都没有。而当女人是骨肉血亲时就不会存在那样的障碍，藤村不必担心自己的架子会散掉，极其自由且自然地从道貌岸然过渡到色情上,这事儿容易实现。

对他来说,比起和侄女发生关系并为处理此事而痛苦,让他扔掉高姿态去勾引不认识的女人是更加做不来的。他就像被高姿态附体了似的,从外表来看好像是在极力探寻、追求新道德,但那就如同不把艺伎叫艺伎,而是采用某种极为怪异的称呼一般,完全是徒有其表,实际上在很多时候都是被前面所讲的"健全的"道德给捆绑住了,完全感受不到透过姿态去追问自我本性的欲望。为什么不去追求自己真正爱的女人呢?和侄女发生关系后,世俗的苦恼临头,被逼无奈只好拼死拼活处理应对,这样一个坚韧的男人,虽然能够扛得住苦恼并顽强抵抗,但却没有看清楚自己的本心,不知道自己真正想要的是什么,未能投身于苦恼之中去执着地追求自我,更无法拥有实施自我破坏的健全灵魂。

他为现世所束缚,为通用的伦理所束缚,未能做到现世意义上的堕落。文学的根本之道是自我破坏,是反抗通用的伦理,对他来说就是要堕落。当然我并非是要指责他不去追求自己真正想要的女人却走到与侄女发生关系这一步。每个人的个性皆不相同,什么样的生活方式都有可能存在,因此无法追求自己的真爱也是没有办法的事。我真正要发难的是,为什么藤村没能认识到自己那真实的小秘密,没能写出其中的悲剧来,却写了那样一部空虚的长篇小说呢？芥川龙之介评价他时用了“老奸巨猾”一词，非常到位。他的道德性，严谨诚实的生存方式，放到文学的世界里来看，都不过是欺骗而已。

有人说藤村是与人生扭打在了一起，或者说是在与最严重的问题交手。在我看来，充满欺骗的灵魂不管和何人何物扭成一团，都终不过是冒牌货罢了。那种称巴尔扎克的文学为大文学，称莫泊桑的为小文学，这种大小作品论纯属胡扯。藤村把文学想得过于简单，于是能一边喝粥一边写出这样一部空虚浅薄、徒有其表的长篇大论，可见在冒牌货那里毫无乐天精神可言。他们通常都会摆出一副比真神还要深刻、还要认真的面孔。某一天在银座深处的酒馆里，冒牌的坂口安吾成功地勾引到了女人。后来当那个无用的真人现身时，女人们都面带疑惑盯着我说：你是真的坂口吗？假冒的那个才是更正经、更深刻的人哟。

★

我很讨厌世人所说的健全的美德、清贫节俭的精神、忍受贫穷困苦的美德或是谦让的美德这些，我认为这些都不是美德，而是不道德的恶行。

忍受贫穷困苦的日本军队败给了受不了贫穷困苦的美国军

队，这是必然的，是所谓忍受困苦的美德这种日本精神本身的失败。某些人认为：人有腿有脚的，所以连上个五六层楼都要坐电梯，那就是不健全，是堕落。又说：依靠机械劳作，忘记了肉体劳动的美德，也是堕落。这种瞎胡扯的退化精神是导致日本今天完全失败的原因之一。此前日本把这种愚蠢的精神视为美德，不加质疑，这样的日本必须失败，必须灭亡。

当然，劳动始终是美德。只是必须要尽量轻松、方便、高效率地去劳动。但日本精神却并不认为发明烟袋锅巨大的烟斗是一种方便、实质性的进化，反而说吸完一袋烟后啪啪敲打烟袋锅时感受到了清寂的心境呀美呀什么的，还把这些无聊事写成秘籍。这样的日本精神无论如何都得毁灭。

爱美丽的东西和快乐的事情，这是人之自然；喜欢豪华和奢侈，比如暴发户挥金如土盖起大豪宅，极力散播暴发户的趣味，这些都是众人的本性，没有丝毫可蔑视的地方。而且，就像爱一切美好、快乐和豪奢一样，人类同时也爱正确的事情。人类爱正确、爱正义，在这同时也爱美好、快乐和豪奢，就像男人爱美女、女人爱帅哥一样，同时并存才有意义；同样地，这些和想要干坏事的心理亦并行存在着，也因此才具有意义。我认为，人类伦理的根源即在于此。

人们想要得到喜欢的东西，男人追求喜欢的女人，不都是非常自然的吗？对于这些欲求，或是或否，只要自己内心有着清晰的认识就足够了。某些教育孩子的方式很不健全，无法确立起这种自我认识，孩子连自己的好恶、是赞成还是反对都说不清楚，真是荒谬绝伦。

处女的贞操，其实是没有任何实际用处的东西。都说失败乃成功之母，失败是进步的阶梯，那么对失去贞洁之类的事情也就没有必要苛责了吧。强调失去了贞操云云，会让本人以为那仿佛是非常严重的堕落，因此产生强烈的罪恶感，真正走上堕落的道路。与此相对，如果能够让她把这看作进步的阶梯，当作为追求更美好事物所做出的宝贵牺牲，赋予她这样的思考方式和生存方式，这才是真正该做的。对更美好事物的欲求能够带给人们高度与品位，单单说处女怎样怎样其实没有任何意义，当然也没有必要强行舍弃之。关键在于，唯有灵魂的纯洁才是必需的。

没经历过失败的灵魂、没有苦恼的灵魂以及不渴求更好事物的灵魂都缺少真实的魅力。日本的家庭是让灵魂迷醉的温床，挂着贞操、永不变心等常人想象不到的大招牌做幌子，男人和女人都跌落到了无法再跌的最低处，认为可以以此证明自己并非外人。这样的家庭必定会被娼妇的世界给轻易破坏掉。娼妇的世界是健康的，家庭是不健康的，我认为，在探究人性时必须向着这个方向去深入展开，这也是文学的永恒课题之一。娼妇的世界里有着单纯明确的真理,有男人和女人真实的生活,他们互相欺骗,让自己看起来更美更可爱,都是为了让对方切实地生活在自己的魅力之中。

也有可能某个时候会移情别恋,转到别的女人或男人那里,这其中也包含着人自身的成长,这类关系本来就是健康的。然而,希望尽量维持永恒的做法也同样是健康的。而且,就男女的价值来看,从肉体到精神,或者是从精神到肉体,价值会发生变化或进化,还会发现新的价值。生活本身就是不断地在发现。

问题并不是只存在于“家庭”这里。在人的自我认识方面,就本质而言日本的家庭里人性是缺席的,家庭的基础只是生殖生活和筑巢本能而已。然后,为了赋予这种家庭生活的压抑沉闷以正当性,日本对诸多基本生活感情加以限制,制造出无数的禁忌,而这些又转而成为思维和思想的根本。清寂啦幽玄啦这些,让民众去爱风景、庭院和花草,而不是爱人。但是,这类思想说到底不过是赝品而已,他们自己就经常做出辜负美景的行为。嘴里喊着日本三景①之类的,我也到过天桥立和宫岛,发现游客们主要关注的其实是那里的冶游场。那些成群结队去参拜伊势大神宫的人也是奔着冶游场去的,伊势的冶游场可以说是日本

---

① “日本三景”指日本的三处代表性名胜,即京都的天桥立、宫城的松岛、广岛的宫岛。

最为淫靡的地方了。前面说日本的家庭是低级愚昧的,与之相同,这些冶游场里也只是充斥着女人低级的肉体而已。

夏目漱石[①]这个人,可以说倾其所有理智在努力使这种家庭的沉郁合理化,甚至到了不可思议的地步。但他忘了最重要的一点,他没有去质疑其本来的不合理性。换言之,他忘记了人的存在。夏目漱石的理智简直是无微不至,他把与家庭的封建习俗有关的所有细枝末节都想了个遍。嘿,连这他都能发现,让人忍不住感叹。但是,他对本应存在于习俗之中的肉体却未加一顾,对人之自由本真状态这一最为本原的问题不闻不问。他的文学自始至终都不关注人类本来的欲求。他作品中的人物因为学生时代的无聊经历而自责,在二三十年后自杀身亡。真是异想天开、不切实际的做法。由此,他小说中的大多数人物都被家庭习俗逼到了绝境,即便如此,却没有人动过离婚的念头,完全不想使生活获得实质性的成长。他的理智痴迷于在奇妙的习俗之中寻求合理化这一游戏,并未探求过真实的人、真实的自我。以自杀作为悔恨的手段,这极为荒谬,毫无价值。脱离现实的习俗道德以求更好地活下去,这种做法比起自杀要诚实得多。但他偏偏把自杀这一不诚实的行为误以为是真诚的,把离婚这

---

① 夏目漱石(1867—1916),小说家、英国文学研究者。

一真诚的行为理解成不诚实，而他自己却从未怀疑过这种荒唐的错觉。他苦恼着敲响了禅门，心里却毫无所悟，无奈之下只好断念。他未能对事物本身的实质做出穷追不舍的探究，转向宗教那里，仍然没有悟道，于是乎就把物本身也放弃了。他把这种愚蠢的行事方式当成有烦恼之人的诚实态度，从不质疑。日本人普遍的生活态度其实都是这样瞎胡闹，漱石不过是其中之一，动用了迂腐、学究式的徒有其表的理智隔靴搔痒而已，并没有诚实地追求自我。

人类本来就无法随心所欲地生活。我爱的人却不爱我，想要的东西却得不到，最宝贵的东西会溜走，很多希望都是徒然的幻想，人类的现实大致就是如此，极其卑微。但是，无论如何，只要在为实现希望而努力，人类的生活就依然存在。即使梦想会破灭，那灰心和恸哭也是在梦想破灭这一事实基础上才得以发生的，并不是孤立存在的意识。人必须要生活下去，这比什么都重要。因此，当开始思考生活本身的时候，肉体才会寄托于思想之中。思考生活自身时往往会带来新的发现，也会拓展生活本身。这种诚实的苦恼和拓展或许会被世人看作邪恶和堕落，真若如此，也无须在意。

我并非是要把颓废本身视为文学的目的。我所探求的只是人与人性的必然生存方式，希望能够毫不自欺地生活，唯此而已。我憎恶那些“健全”现实中的假道德，为此必须不惮于脱离假道德并诚实地堕落，必须回归到人自身不加伪饰的欲求上去。人类有着诸多欲望，同时也渴望正义。我只是相信这一点，却完全不能预测那欲望必将走向何处、如何展开。

日本文学对风景之美情有独钟。但是，对于人来说，人自身才是最美的。对于人来说，人就是一切。人的美是肉体之美，而非和服等装饰品之美。人的肉体中蕴含着精神，蕴含着本能。该肉体和精神共同织就的独特锦纹，往往依托于各人各自的发现，永远都是一个独立的世界，并非通过一般性的解说即能理解的。我们可以称之为个性，而生活即源自个性，本来就是独立自足的。相同的生活本就无法成立。各人分别追求属于自己的、独特的、诚实的生活，这就是人生的目的之所在。

我只想过属于我自己的生活，仅此而已。

我不想在风景中安息。我不是能够安息的人。我只是爱人，爱我自己，爱我所爱的人，完完全全、彻头彻尾地爱。还有，就像我必须发现我自己一样，我也必须去发现我所爱的人，因此我会不断堕落，还会不断写作。神啊，愿我这热爱青春的心灵至死不渝！

《新潮》第四十三卷第十号，1946 年 10 月 1 日发行

续堕落论

都说战败后日本国民的道德败坏了，那么是不是回到战前那种所谓“健全”的道德状态去就是最好的、最值得期待的呢？对此我实在无法苟同。

我在新潟市出生并长大成人，那里是石油产地，因此也盛产石油暴发户。上小学的时候，我曾在校长大人的训话中无数次听到这样一个故事。有一个名为中野贯一的暴发户，在发家致富之后仍旧特别节俭。因为从停车场直接坐人力车要贵一些，于是他总是先步行到一座叫万代桥的桥边，在那里再搭便宜的车子。前些日子老家来人,听他们说这个故事现在被安在一个名为新津某某的新晋石油暴发户身上,成了这位新津某某的逸闻,直到现在仍是新潟市民们的日常训诫和生活规范。

一个百万富翁要把人力车费从五十钱压到三十钱,这就是美德吗?日常生活中我等就该以此为榜样吗?问题并不在于这个故事本身,穿透这类故事底层的精神才是问题,是应有的生活状态的问题。

战时我曾在一家名为日本映画社的电影公司做临时雇员。当时还有一个O先生,也是临时雇员,好像是做报纸联盟的理事还是啥的,看起来干劲十足,谈笑风生,说吉川英治①和佐藤红绿②都是日本伟大的文学家。就是这样一位大人物,却在开会的时候提出来说如果拍一部这样的电影该有多好。他说的电影,是要把老年农夫粗糙、青筋暴起的双手,打满补丁的衣服这些拍下来放给人们看,以之为父亲传给儿子、儿子再传给孙子的吃苦耐劳精神的象征。他说:之所以要这样拍,是因为日本文化必须是农村文化,在从农村文化转向城市文化的过程中日本堕落了,酿成了今日的悲剧。

---

① 吉川英治(1892—1962),小说家,以《宫本武藏》等作品开拓了日本大众文学的新领域。

② 佐藤红绿(1874—1949),小说家、俳句诗人。起初创作自然主义风格的作品,后逐渐转向大众小说。

这一席话在会上引起很大反响，专务董事（事实上的董事长）等人极为钦佩，回过头来对我说：喂，你来把这写成剧本如何？我很费了一番周折才推掉这差事。这事儿怎么看都不是只有在战时才会发生的一场噩梦。战时总是叫嚣着要回到农村文化中去，要回到农村之魂中去，那既是一定时期内的流行思想，同时也是日本大众的精神。

虽然众口一词都在说农村文化，但在农村真的有文化存在吗？或许会有盂兰盆节的歌舞①、祭祀礼俗以及吃苦耐劳的精神、本能般的储蓄这些精神，但文化的本质在于进步，从这点来看，农村和进步完全不沾边儿。农村所有的就只是排他精神、对他人的不信任和多疑，只是在顽固地计较着各自的利害得失而已。当论及农村时，大家一直都在毫无反省地使用“淳朴”这个奇怪的词儿，但其实农村自其成立之初起就根本不具备淳朴这一特征。

自大化改新②以来，农村精神就是千方百计、不屈不挠去钻研如何逃税避税的精神。为逃税不惜抛家舍业、去国离乡去做

---

① 盂兰盆节的时间是农历七月十五日前后，各地都会举办法事以祭祀祖先。

② 大化改新指645年中大兄皇子（后来的天智天皇）和中臣镰足等人联手打倒苏我氏、建立天皇中央集权国家的系列政治变革。646年颁布诏书，废除私有土地和部民、建立地方行政组织、确立户籍制和班田收授法、施行租庸调制，模仿中国的政治经济制度进行改革。

“浮浪人”，即使隐瞒户籍也要避税，这些渺小的农民各自为营，进行着艰苦卓绝的抗税斗争。他们的逃税行为其实正是日本经济的症结所在，导致日本的庄园①起、庄园盛、庄园落，贵族因此灭亡，武士兴起。农民们与税制的战争，他们那不屈不挠的逃税行为使日本政治发生变动，日本历史由此改变。所谓“防人之心不可无”，这就是王朝时代②的农村精神。事实上当时群盗横行，管理庄园的“地头”们都是些雁过拔毛的厉害人物，对他人的不信任、排他精神就是当时农村的精魂。他们总是处于被动状态，他们并不会说自己想要如何如何做，也没有说的权利。与此相反，他们以自身特有的伎俩处理着那些强压过来的事项，正是这种被动的狡黠在孜孜不倦地推动着日本历史一路向前。

时至今日，日本的农村依然还是奈良朝③的农村。当今各处农村依然存在很多类似的民事纠纷。他们背叛自己的地邻，每次五寸、三寸一点点儿挪动土地界垄；他们背叛自己的挚友，在租借土地时不立字据且过期不还。可以说他们一直在执着地

---

① 日本的庄园存在于奈良时代到战国时代，是由中央贵族和寺庙神社大规模占有土地的经济形态。

② 王朝时代在日本指天皇亲政的时代，包括奈良时代和平安时代，特指平安时代。其对立词是武家时代。

③ 奈良朝也称为奈良时代，指日本历史上以平城京(位于今奈良市)为都城的时代，从 710 年到 784 年共 74 年，是日本律令国家的完成期。

背叛自己的友人和邻居。计较利害得失是他们生活的根本，在农村精神中完全看不到对更高精神的渴望，也看不到自我内省和对他人的发现。在不重视他人的地方根本不会存在真实的文化，在没有自我省察的地方根本不会存在文化。

都说农村的美德在于吃苦耐劳的精神。为什么忍受困苦的精神就成美德了呢？正所谓需要乃发明之母。不甘忍受贫乏和不便、追求必需之物时，文明由此产生，文化自此出发，进步亦由此逐渐发生。日本的军队惯于忍受贫乏，不渴望拥有便利的器械，总是残酷地过度损耗肉体并对此大唱赞歌，因此他们的兵器很是落后，从根本上缺乏作战基础，所以到如今一败涂地。这绝非仅限于军队。日本精神本身就是忍受困苦的精神，不寻求变化，不追求进步，只会面对过去表达憧憬和赞美。即便偶尔有进步的精神出现，却又会被这吃苦耐劳的反动精神迎头一击，再次退回到过去。

人说需要乃发明之母。这种追求所需的精神在日本却被认为是懒惰，认为吃苦耐劳才是值得称赞的美德。日本人觉得一里地两里地走着就好啦，五层楼六层楼的就要坐电梯，实在是天生懒惰。还说如果依靠机械、忘记勤劳精神乃是亡国之本。这完全是颠倒黑白。但真理不会说谎，来不得半点虚假。日本遭到了真理的复仇，正因为一味依靠肉体劳作和吃苦精神才招致了今日亡国的悲惨命运,难道不是这样吗?

只需按一下按钮、转一下手柄就能解决的事,却偏要嗨哟嗨哟、辛辛苦苦干上一整天,还总说什么汗水的结晶、勤劳的喜悦,真是愚蠢。然而整个日本都是如此愚蠢,日本的根基本身就是这么愚蠢至极。

关于天皇制,诸位议员直至今日还在嚷嚷皇室尊严这类荒唐至极的事儿,闹个不停。天皇制的确是贯穿整部日本历史的一种制度,但是所谓天皇的尊严只不过是利用天皇制的人捏造的道具而已,从来没有真正地存在过。

对于藤原氏或将军等统治者来说,天皇制存在的必要性何在呢?为什么他们不把最高权力握在自己手中呢?那是因为和他们自己手握权力相比,利用天皇制来得更为便利。与其自己亲自号令天下,不如指使天皇发号施令,然后他们自己最先站出来服从命令给天下人看,以达到更好地普及、执行号令的目的。这些统治者皆深谙此道。那些所谓天皇的号令代表的并不是天皇本人的意志,实际上是藤原氏和将军这些人的号令,他们以天皇之名大行己之所欲,自己首先服从号令以示众人,把自己立为服从天皇的模范,并把这种示范作用强行施加给人民,以此来推行号令。

他们无法自己称自己是神,无法以此名义要求人民予其绝对的威严。但是,他们自己对天皇的膜拜却能让天皇成为神,并把这一权威强加给人民。于是他们一边自行随意操纵着天皇的废立,一边又对天皇顶礼膜拜,通过自己的跪拜迫使人们接受天皇的威严,再利用天皇的威严发号施令。

这并不是只属于久远历史中的藤原氏或武士政权的故事。诸位请看!这场战争不也是如此吗?实际上天皇并不知情,并没有发布命令。一切都只是军人的意志。说是在满洲一隅燃起了事变战火。又说在华北一隅揭开了战幕。实在是不得了,就连总理大臣都无从获知事实真相。军部竟专断横行到如此地步。这些军人一方面如此飞扬跋扈不把天皇放在眼里,从根本上说是在亵渎天皇,另一方面却又在盲目地崇拜天皇。荒谬!啊,实在是荒谬至极!但这的确就是纵贯日本历史的天皇制的真相,是日本史上不折不扣的事实。

从很久之前藤原氏那时候起就是这样,最亵渎天皇的人也最崇拜天皇。他们的盲目崇拜发自骨髓,非常真实,但同时他们又在摆弄天皇,以之为谋求己身之利的道具,极尽亵渎之能事。直到现代,而且现在也还是一样,诸位议员都在大谈特谈天皇的尊严,而国民也大多支持他们的行径。

人们都说 1945 年的 8 月 15 日,是靠天皇之名才得以结束战争,是靠天皇才得以获救。但看看日本历史的实证即可明白,所谓天皇其实就是日本历史在应对非常事件时编造出来的一部独创性作品,是一种对策,是一记绝招,军部本能性地熟知这一绝招,而我等国民又在本能性地等着这一绝招,于是军部和国民合作上演了最后一幕,是为8月15日。

天皇说:“你们要耐所难耐、忍所难忍①,排除万难也要服从朕的命令。”于是国民们痛哭流涕地说:“既然是陛下的命令,那么再难忍受也要忍住,还是投降吧。”都是谎言!谎言!谎言!

我等国民都是一心盼着结束战争,不是吗?手持竹枪去和坦克对战,像泥人儿玩偶一样相继死去,这种事实在是讨厌至极,不是吗?我们都在痛切地期盼战争结束。但是,却又无法说出口。于是那些人搬出了大义名分,说是天皇的命令,说要忍所难忍。何等厉害的诡计!实在是悲惨且可耻的历史大骗局。但是我等并未认识到这一欺骗。如果没有天皇的停战命令,日本人就得实打实地以肉体去抵挡坦克,虽属迫不得已,终究得像泥人儿玩偶那样一个接一个悲壮地死去。最亵渎天皇的军人们也最崇拜天皇,与此相同,我们这些国民虽没有那么地崇拜天皇,但在利用天皇方面也是驾轻就熟,并不去琢磨自己的狡猾,不去

① 1945年8月15日正午,日本昭和天皇通过广播宣读《终战诏书》,“堪へ難キヲ堪へ忍ヒ難キヲ忍ヒ”(耐所难耐、忍所难忍)是其中一句,日本民众多俯首倾听。在日本这句已成为战争结束的象征性语句。

揭穿大义名分这类奸诈的幌子，只是一味地讴歌天皇的威严带来的利益。这是何等的计谋、何等的奸诈！我们被这历史性的诡计魇住，失去了做人该有的姿态，失去了人性该有的样子。

做人和人性该有的姿态究竟是什么？坦诚地追求己之所欲，讨厌的东西就直言讨厌，要点不外如是。喜欢的东西、喜欢的女人就说喜欢，脱下大义名分、禁止男女私通、义理人情这些虚伪的衣服并直接扔掉，让心灵回归赤裸裸的本真。探寻并发现这一赤裸裸的状态就是人类复活的首要条件。由此，我们自己以及人性才能真正诞生，才能开启新的征程。

诸位日本国民，我向诸位呼吁，日本人和日本本身都要堕落，日本及日本人都必须堕落。

只要天皇制继续存在，只要这一历史性的诡计继续顽固地残留在日本人的观念中并发挥作用，那么真正的人类和人性就根本没有希望在日本开花结果。人类的真理之光被永世封存，人类本真的幸福、苦恼以及所有人类的真实样态也就永无降临日本之日了吧。我一直在大喊日本必须堕落，但实际的意思却正好相反。现在的日本和日本式的思考正沉沦于巨大的堕落之中，我们必须从这种充斥着封建残余之诡计的所谓“健全的道义”中坠落而出，赤身裸体降落到真实的大地之上并稳稳站住。我们必须从“健全的道义”中堕落而出，以回归到真实的人的状态。

什么天皇制啊、武士道啊、吃苦耐劳的精神啊、讨价还价把五十钱压到三十钱的美德啊，必须把这些形形色色虚伪的外衣全部剥掉，赤身裸体，无论如何都要做回人类重新出发。否则，我们势必会再次退回到旧时那个欺瞒的国度。总之先回到本真，扔掉压在身上的禁忌，找回自己真实的心声吧。战争遗孀们去恋爱并坠入地狱吧。复原军人们去做黑市交易吧。堕落本身肯定是坏事，但不付出本钱就捞不到真货。以徒有其表的花言巧语去谋求真实的代价是行不通的，必须要拼上鲜血、肉体和真实的惨叫。应该堕落的时候就必须认真地一头扎下去，径直坠落。尽情地道德败坏、尽情地混乱就好，只管流血饮鸩去吧。首先必得穿过地狱之门，向着天堂攀登，手脚并用，让二十个指甲全部渗血剥落，一步一步靠近天堂，除此以外别无他途。

堕落本身常显无聊，不过是做坏事罢了，但堕落的特性之一是孤独，孤独这一人类伟大的真实本相庄严地存在于此。换言之，堕落总是孤独的，总会见弃于他人，甚至会被父母抛弃，能够依赖的只有自己，此外再无他法。这是堕落自带的宿命。

好人往往过得比较舒服，他们安睡于父母兄弟这类人所共有的虚妄的情义和约定之上，全力投身于社会制度之中，平静地走向死亡，而堕落者却总是出乎其外，孤身一人在旷野中迈步前行。恶行固然没有意义，但孤独却是一条与神明相通的道路，"善人尚能往生，何况恶人乎"①，说的就是这样的道路。耶稣对着妓女行礼叩拜，拜的也是这旷野中寂然独行的道路，只有这条道路才能通往天堂。数以万计、数以亿计的堕落者总是无法到达天堂，只能徒然地孤身一人在地狱里踯躅，即便如此，此路直通天堂这一论断仍旧成立，并未发生任何改变。

可悲啊，人类的真实即在于此。然也，实在是可悲，人类的真实确在于此。因为社会制度，因为政治，这一真实注定永远得不到拯救。

尾崎咢堂②被称为政治之神，战争结束后开始倡导世界联邦论。他认为，原始时候的人类是部落和部落之间对立存在。而在明治之前的日本尚没有"日本"这个观念，是藩与藩之间对立存在，当时不说日本人，说的是藩人。于是就出现了所谓的"非藩人"，他们打破了藩际的对立意识，日本人由此诞生。现在的日本人指的是日本国的人，是按照国家对立存在。这时候就要像明治时期的"非藩人"那样，应该成为"非国民"，通过打破国家意识变成"国际人"。在尾崎咢堂看来，"非国民"是一个

① 日文原文为"善人なおもて往生をとぐ、いわんや悪人をや"，出自日本镰仓时代记录净土真宗祖师亲鸾言行的佛教著作《叹异抄》，是亲鸾"恶人正机说"的标志性语句。

② 尾崎行雄(1858—1954)，日本政治家，字咢堂。日本人称其为宪政之神。

极为光荣的称呼。这就是他世界联邦论的根本,认为把人区分为日本人、美国人、中国人的做法其实是被残存的原始思想限制住了,而做世界人、去除国民国籍的差别才是正途。初接触时觉得这见解值得洗耳恭听,但当他信口开河讲到日本人的血不足称道、无须极为珍重地守护血脉时,不由得让人产生些许阴森可怕之感。如果我没有记错,他的夫人应该是英国人。如果他娶了日本人做太太,如果他的女儿是日本人的话,估计就不会说得如此坚决了。

在这里,我要斗胆问一问咢堂。咢堂所说的原始时期是部落和部落之间对立,稍微进化之后是藩与藩之间对立、国与国之间对立,归根结底是说对立是由于文化低下的缘故,但事实果真如此吗?咢堂忘记了人这一重要因素。

你说对立情绪是因为文化低下产生的,但即使国与国之间的对立消失了,人们之间、个人与个人的对立却永远不会消失。毋宁说随着文化的发展,这种对立反而一直愈演愈烈了。

在原始人的生活中,家庭尚未确立,是多夫多妻野合的状态,少有嫉妒,个体对立也非常稀少。随着文化的发展,家庭形态明确下来,个体对立呈现出不断激化、尖锐化的态势。

忘掉了人与人的对立这一基本的、最大的深渊而大谈对立情绪,倡导世界联邦论,大谈人类的幸福,难不成这是要变什么魔术吗？忘却家庭的对立和个人的对立而大谈特谈人类的幸福,实属愚蠢至极,然而政治本就是这么一回事儿。

政治以及社会制度好比是一张网眼粗大的渔网,人是永远不会陷入网中的鱼。即使打破天皇制这一诡计并建立起新制度,说到底也不过是诡计的一种进化而已,这是难以摆脱的命运。人总是会从网中甩出来然后堕落,而制度也会遭到人类的报复。

其实在我看来世界联邦也很不错,如咢堂所说,我也认为值得捍卫的日本人的血脉这些并不存在,但这会给人类带来幸福吗？不,人类的幸福并不在这些地方。人的真实生活并不在这些地方。日本人变身为世界人这事儿并非无法实现,其实是出人意料的简单,但是人与人之间个体的对立却本不应丧失,永远都不应丧失。人类的真实生活往往只存在于这种个体对立的生活之中。不管世界联邦论如何不遗余力地使出浑身解数,这种生活都不会为之所动。然而,立足于这种个体的生活之中、吐露其灵魂之声的,是为文学。文学往往是对制度,或是对政治的反叛,是对人类制度的一种复仇,而另一方面,又通过这反叛或复仇在为政治助力。反叛本身就是相助。相爱相杀,这是文学的宿命,是文学与政治之间亘古不变的关系。

人生一世短暂且无常,然而人又是不可理喻的乐天派,自相矛盾、莫名其妙、冒冒失失。在那场战争中，东京居民大多房屋失火，只能住在堑壕里，大雨浇身，想寻个去处却不得，或许有人会抱怨不止，但应该也会有人在那生活中感受到了奇妙的安稳、平静和难以割舍之情，一面是大雨浇身，因为担心轰炸而战战兢兢，一面又开始充分享受起这每一天来，这样的乐天派也不在少数。扎堆儿闲聊的时候，住在我家附近的一位太太不经意间蹦出一句"不轰炸的日子可真无聊啊"，惹得众人哄笑之后她赶紧掩饰，但我想那些笑的人肯定也觉得这其实就是真心话。夜晚站在街头拉客的妓女被认为是社会制度上的缺陷，但或许她们中的很多人会认为这比以前被征用去做苦力时要有趣得多。强迫女人穿上制服、喊着口令让她们劳作，任谁都无法断言说那样的生活是健全的。

人类生生不息，拥有无限、永恒的未来，与之相比，我们这一生不过如朝露般短暂。就这样我们还总在喋喋不休说什么亘古不变的制度、永远的幸福，还要对着未来许下诺言，这实在不过是些狂妄无谓的废话罢了。面对无限且永恒的时间，面对人类的进化，这难道不是可怕的亵渎吗？我们所能做的，也就是尽量一点点儿地变好而已，而人类堕落的极限其实也就仅限于那种程度而已。只有具备牢不可破的顽强精神，才能向着无限一直堕落下去。人类并不具有如此顽强的精神，于是就不得不依靠某种诡计来阻止堕落。谋划出这样的诡计，之后再打破它，其间人类向前发展。堕落是孕育制度的母胎，我们必须以最为严肃的态度面对这一可悲的人类现实，此乃当务之急。

《文学季刊》第二号(冬季号)，1946 年 12 月 1 日发行

吾之申明

前几天朝日评论的O氏过来，一开口就问："听闻那天有三个'黑社会'造访了舟桥圣一[①]家，你这里情况怎么样？"那样的家伙没有来过我这里。他们没有理由会来，不是吗？

东京新闻的Y老师（之所以这样称呼，是因为他是我的围棋老师）也是，见到我就问："世人都管你叫色情作家，对此你作何感想呢？"结果在那之后，西海、东海和东京三大杂志和报纸也都如是说，让我务必申明自己的立场。我从未想过要申明什么，

---

① 舟桥圣一（1904—1976），日本小说家。

即使他们说务必要做,也还是做不来。

朝日评论的O氏也让我发文声明。看他们的样子,就好像我是被抓到了东京法院色情部这样的地方,当下正在接受审问一般,于是我也惶恐起来,真是一桩荒唐事儿。

被人如此横加指责,我只能难为情地笑笑,此外别无他法。我搪塞道:"这样啊,我是色情作家啊。"没承想,昔日被我视为至交的Y老师竟然一本正经地说:"舟桥和织田①也都很讨厌别人叫他们色情作家呢。"我真是孤立无援啊。

有一次新潮社的S青年过来说:"萨特②已经发表声明要承担社会责任了,您这边呢?"此青年性格直爽,甚合我意,于是我打起精神来,正义凛然地说:"必须的,就是进牢房我也不怕。"如同苏格拉底附体一般。"那么,您是不是也写一份声明呢?"他这么一说,我禁不住愤然陈词如下:写那些东西做什么,太庸俗了。作家对自己的话负责任,这不是天经地义的吗?甚至都有男人为此决斗至死呢(不知道是不是真的……)!还有很多先生为此自杀了呢,虽然这不是什么值得称道的事情。我在面对生存一事时总是无所畏惧,又是酒又是肉体的,有时候甚至想

---

① 织田作之助(1913—1947),日本小说家。二战之后,与太宰治、坂口安吾、石川淳等作家一起被称为"无赖派"。

② 让-保罗·萨特(Jean-Paul Sartre,1905—1980),法国哲学家、文学家。

像庄周先生那样变成蝴蝶,把所有的幻术都用上,即使辛苦也要活着,仅此而已。又岂会害怕牢狱和绞刑?不好意思,都扯到绞刑了,顺嘴说大话,情急之下就做了如上回复。说什么因为萨特写了所以让我也写,真是胡来。前些日子我喝醉了,头脑不清醒的时候被读卖新闻的那帮先生给骗了,就萨特说了些胡话。我根本就没读过萨特的作品,真是倒霉。结果随后好像是改造还是青瓷社啊寄过来一部厚得惊人的大部头的萨特作品,看起来像是尚未出版的译本校样或样稿,说:“你先把这读完吧。”那实在是一部难为人的书稿,无聊至极。从那以后,不管是在街上还是在酒店里,碰到的每个人都会问我萨特如何如何。就好像我刚刚和萨特告别,才从法国回来似的。于是我也觉得烦了,索性一编到底:“对的,我和萨特在‘白色家’一边喝香槟一边切着比目鱼的鱼鳍,喝了温过的酒,味道不咋地,但是比起存在主义来却是清爽得多。”然后有人会问:“这样啊。你说的‘白色家’是什么呢?”于是我就吓唬他说:“你不知道‘白色家’吗?那是普鲁斯特先生经常光顾的餐厅,是巴黎一等一的高档餐厅。在那里喝香槟的日本人都是鄙人这种级别的。”“是吗,你竟然去过那里。”他这样说着,表情严肃地环视着我常去的这家低档酒馆的拙劣布局,或是盯着我的劣质西装看个不停。“你竟然去过巴黎呀?”“你是在开玩笑吗?我不常待在日本的,是战争开始之后才迫不得已乘交换船被遣返的。存在主义嘛,八九年前我在蒙马特的阁楼里当作梦话来说的,现在已经全都忘了。顽固不化到现在还记得的,也就是萨特这类家伙了吧。”后面我就没完没了地说着车轱辘话,真是太狼狈。

作家本不该写申明,这不符合作家的本性。笔如其人,人笔合一,我的人生、我的生存方式都奉献给了写作。因此,要说作家最怕什么,最怕的莫过于自我欺骗了。所有文字都是基于严肃的自我责任才写出来的,这本来就毋庸赘言。社会责任云云简直不值一提。单是要谈一下就够俗的了,纠结于这类算不上文学的问题,还非得就此发一番宏论,萨特先生也够可怜的。诸位编辑、诸位老师爱向作家约稿,让写些申明之类的,此事还请务必三思而后行。

诸位在各自的家庭中,日常都在做些什么呢?想来诸位(下面我把女性也纳入进来)应该都是父亲、母亲、孩子、丈夫、妻子、恋人,行男女之道也是自然而然的事情。于情于理来看,这类私事都不应该曝于人前,不管身处何等混乱崩溃的时代之中,这样的表露都不宜上升到礼的层面,这是由其性质决定的。听说贝原益轩①先生曾经以正在行房事为由推掉访客,对这些圣贤之

① 贝原益轩(1630—1714),日本江户前期的儒学家、医学家。

人我却喜欢不起来。这种时候没必要什么都如实交代。说现在自己有事儿就足够了,我很讨厌这种装老实人的样子。

文学不同于上述无趣的假正直。在那种时候就是要撒谎,这样的人生原则才是文学所要追求的真实。

不过诸位,在各种各样的私事上,诸位所做的都是正确的吗？反躬自省,是否坚信自己所行之事都是正确的呢？诸位的答案或许是肯定的。不过,之所以如此想,是因为自省得还不够,是因为缺少自知之明,这一点任谁都无法否认。天主教认为,好人会上天堂,坏人要下地狱,刚出生的婴儿会去炼狱。日本人一般会认为炼狱是比地狱还要糟糕的地方,这样想真是大错特错。炼狱处于天堂和地狱之间,既非善也非恶,是一个无的世界。婴儿无关善恶,就是无,所以要去那里。从我本人信仰的宗教来看,不只是婴儿,所有那些自省后仍不知羞耻的健康人,都要送到炼狱去。因为他们都是披着人皮的人偶。

诸位都有夫有妻,有恋人。诸位对于夫妻之道、恋人之道觉得满意吗？内心有没有不安？无所谓吗？觉得幸福吗？

快乐最易辜负人。为什么这么说呢？因为快乐最会引人胡思乱想。快乐从未让我的灵魂感到满足。我讨厌快乐。但是,我又无法不追求快乐,无法不思考快乐。

诸位都很文雅,循规守礼,不在人前谈论私事。这文雅是否真正丰富了诸位的灵魂呢？诸位的灵魂是否因此真正高贵起来了呢？

这人世间的所有东西都是被创造出来的，并非原本就有，对此我坚信不疑。因此，我虽然对现实感到绝望，但却对活下去这事保有希望。本能是可悲的。无计可施、永恒不变、绝对、背在身上的重担，这些东西都很讨厌。不过，道德和感情这些也都是人工的产物，是被制造出来的。因此，包括本能在内，人的生活都是能创造出来的。

还是童男子那会儿，我读了《爱经》①，读了《爱之驿》②。当时以为其中讲的都是真实、现实的伟大哲理，满怀激情读了好几本。

最近《猎奇》、《十日谈》（*Decameron*）、《红与黑》和《自由主义》（*Liberal*）等一批杂志都被禁止出版了，我并不认为读这些杂志的人比那些自认为健全、优雅的人士更猥琐。换作是我，如果正处在读《爱经》的那个时候，如果是尚未对现实感到绝望的童男子那会儿，我肯定第一个去读这些杂志。不幸的是，现在已经没有想读读看的心情了。我曾是这个方面的资深爱好者。至少现在，我觉得这些颇为无聊。

---

① 《爱经》（KamaSutra），古印度描写性爱的作品，据传成书于公元 4 世纪左右。

② 《爱之驿》（Kalyanamall's Anagaranga），印度讲述性爱的著作，约成书于 15 世纪晚期。

看黄书的青年人并不猥亵，那些判定他们猥亵的人才真正猥亵。这类道理再明显不过，你们自己在那里大行猥亵之事，这你们自己也知道。只是你们觉得那是夫妇生活的常规，于是心安理得。注意，夫妇之间就不是猥亵，只是你们自己那样认为而已！谁允许你们那样做了吗？是上帝吗？是法律吗？真是岂有此理。能够允许的人只有一个！是自己！

有了肉体意识的青年们希望思考、了解肉体，并向往之，这不是自然而然的事情吗？无须遮掩。让年轻人去读就好。人类并不是仅靠肉体活着的。年轻人想要了解肉体，与此相同，也想去了解并探求精神，这再正常不过。

给年轻人读《猎奇》《十日谈》这些才是打消他们此类兴趣的捷径。如果读不到，就会胡思乱想。那样的话到什么时候都不会厌倦。如果读到了，那他们就不会再对纯文学那些隐晦的情欲描写感兴趣，由此，文学得以纯洁化，文学的书写和阅读也都会回到正轨，认为坂口安吾是色情作家这类荒唐的阅读方式也就不会再出现了吧。

舞台上也是一样。如果大尺度的女演员和大尺度的舞蹈泛滥，那么艺术派女演员的艺术性色情表演也会被纯化，由此实现提升。

暴露呀淫书这些，其实一下子就会让人觉得腻烦。对这些施禁，毋宁说是在侮辱人类、侮辱同胞。在这些禁令中成长起来的诸位,其实是残疾人,是猥琐的淫棍,是俗不可耐的圣人。人类本来是更为高尚的,比起肉体来,更富有理性。如果能够自由地读或看那些淫秽的东西,那么过不了多久,像诸位这样的淫棍很快就会在地球上绝迹。

肉体很是无聊,让人生厌,不觉得无聊的就只有原始人而已。知识出现之后,必然会对肉体感到厌烦。人都说快乐是不稳定的,但狗和野蛮人的快乐其实没有什么不稳定的,知识才是不稳定的。

如果要结婚,那还请厌倦了肉体之后再结。不,结婚这类事情,应该反复做上很多次才好。请重新结上个几次,直到厌倦为止。如果觉得再婚太麻烦,那就没有必要重新结了。这又是一种高蹈的心态吧。真的会觉得麻烦吗?把老婆撵出去这事儿太麻烦,去公司上班却不麻烦,这种论调实在是虚伪。果真以之为麻烦的人,应该也是所谓最伟大的人了吧。那样的话,吃饭估计就是最招他厌的事情了。

实在抱歉。我根本做不来这事儿。因为我不是老师,我是学生。所以,我实在没有胆量完成这一整场的说教。

我就只是一个不安定分子而已。我一直都在寻找,女人也好,真理也好,什么都可以。各位尽管去想象。我只是在切实地寻找。

然而,真理其实并不存在。换言之,真理通常都只在人寻找时才会出现。人永远都在寻求真理,真理其实永远都是非现实的存在。有人寻找时它会出现,但却并非本来就在那里客观存在。当真理在人世间显现并大行其道时,人其实已经不再是人了,而是长着人形的猪。真理给人投食,人只是一味在吞食的猪而已。

我批判日本传统精神,否定物哀、清寂、幽玄这些。但是,我发表的这些意见本身并非真理,什么都不是。我的话只在这个时代中才有意义。我在批判,通过批判性的语言得以识破并批判欺骗和虚伪。在我之否定的基础上,物哀自然可以再次成立。关于这一点,没有必要讲什么辩证法。这就是理所当然的事情。人会死亡,东西会毁坏,就像《方丈记》里的先生所言,不会毁坏的东西并不存在。

我会坏掉,本来就是这样。我只是一直在寻找。你为什么要寻找呢?因为我没有那么伟大,无法忍住不去寻找。我没有那么伟大,不会因为觉得费事麻烦就禁食以致与世长辞。

我寻找。然后,总会创造些什么出来。是倾尽我全部心血的东西。当然,肯定并非不会毁坏之物。但是,我自己必会用尽全力,创造出尽量不会坏掉的东西来。除此以外别无他法。

如果要以违反淳风良俗为名来审判我,那么我必会对这淳风良俗的审判不屑一顾。我这个人,只要不受到我自己的审判就好。“人类”应该没有必要审判我吧。

★

都写到这里了，本来打算就此搁笔了事，但是我说不做辩解，却写成了辩白书的样子，所以只好再度愤然持笔疾书。

现在已经是黎明时分。这段时间我正在埋头写一部长篇小说，因此之前和各处商定的约稿全部或推掉或延期。唯有朝日评论的这位O老师，实在是顽固，他实际上是一块岩石。女孩子也没有冷酷至此等程度的。拜他所赐，我喝了菲洛本①，现在奄奄一息。实际上他每两天就派手下的美女使者过来四趟，最后终于他自己也过来施加威胁，我都哭了。这就是今天白天发生的事情，真是一出大悲剧。

我又不是圣德太子②，只有一个脑袋一只手（我说的是握笔的这只手。用两只手的话就不灵了）。昨天也是，东京新闻的头号大人物一副若无其事的样子前来侦查我的工作情况，然后嘿嘿笑着回去了。我终于也有了被“侦探”盯住不放的身份了，最

① 菲洛本（Philopon），一种兴奋剂的商标名称。滥用会引发幻觉等中毒症状。

② 圣德太子（574—622），日本古代政治家，推古朝的摄政。传说中的圣德太子具有超常能力，甚至被视为观音菩萨的化身。

近内心很是不安，因此虽说对被人要求做出辩解一事很不耐烦，但由于环境如此恶劣，也只好放下身段了。

刚刚正好第一趟电车开过去了，那从这会儿开始，我也可以试着发动总攻了吧。我的黎明也会到来，应该是这样的吧。因为我是为希望而生的。

如果阅读小说，从中学到东西会变得伟大起来，不读是不行的。即使当上了陆军大将也谈不上伟大，即使身为总理大臣也说不上伟大。人变得伟大，指的是变成人，而不是人偶或猪。

小说本来就是有毒的。因为小说的母体是苦恼和悲哀。既无苦恼也无悲哀的人读起小说会觉得简直是在遭毒蛇咬噬。这样的人没必要读小说，读了也白搭。

小说是烈性药，是灵魂有病的人的安眠药。虽然无法根治病症，却可以给予人一时的安慰，就像玩具一样。但如果健康的猪喝了的话，就会变成毒药。

那些认为我的小说是猥亵文学的人，千万别再读我的东西了，除非到了你的灵魂自己找到灵魂本身的故乡那一天。

我的小说本来就是玩具而已，但却不是你们的玩具。给我滚一边去！我已经困了。

《朝日评论》第二卷第三号，1947年3月1日发行

恋爱论

恋爱究竟是怎样的,我并不清楚。因为我要在此生的文学生涯里不断去探索恋爱究竟是怎样的这一课题。

恋爱这事儿,所有人都会碰上,又或许也有人未曾恋爱过就结婚了。不过终归都是爱丈夫、爱妻子的,或是爱着自己的孩子,爱家庭本身,爱财,爱物。

我并不是在开玩笑。

日语中“恋”和“爱”是两个词,意思多少有些微妙的差别。有的人或许还会觉得这是两个意义相差很大的词。在国外(在我所知道的两三个欧洲国家），爱和恋是相同的，不管对象是人还是物，都用“爱”这一个动词。而在日本，“爱”和“恋”的对象都是人，一般不会说恋上了某物。非常罕见地这样用的时候，会觉得其意思和“爱”并不相同，好像其中充满着更为强烈、疯狂的力量。

本来，“恋”这个动词中蕴含着渴求此前未曾拥有过的东西的意思，而动词“爱”的状态是更为沉着、安详、宁静的，是对已经拥有的东西的爱惜之情。故而在“恋”这个动词中包含着猛烈的追求和疯狂的祈愿这样的意趣。虽然没有查词典确认，但我估计，关于“恋”和“爱”这两个词，词典中并不会对其应用历史、意义和语感的区分与限定等做出明确规定。

很久以前天主教刚传到日本的时候，据说曾经因为“爱”这个词大伤脑筋。天主教很喜欢“爱”，不管对象是人还是物，一律都用“喜爱”这个平凡的词语来表示。但是在日本的武士道那里，不义是封建领主明令禁止的，一涉及恋情，马上就会被说是不义。恋爱被认定为邪恶的离经叛道之举，纯洁和“爱”这个词是完全沾不上边的。天主教提倡爱。上帝的爱，天主的爱，但是爱的语义却和不义密切相关，实在不知该如何翻译为好。费尽苦心之后找到的是“珍惜”[①]这个词。于是言必称“上帝的珍惜”“天主的珍惜”,“我爱你”翻译成“我很珍惜你”。

其实,我们今天在日常使用时也还是一样,“爱”和“恋”都是令人无法恰当运用的词语之一。“我爱你”,这句话说出来,总像是在舞台上漫不经心地背台词似的,并没有贴近我们的生活,不接地气,矫揉造作。说什么爱,总觉得是装腔作势。于是换个表达,说:“我喜欢你。”这次听起来像真的了,颇有质感,总归是达到了和英语的“Love”一词相同的效果。但是日语中的“喜欢”又稍嫌力度不够,让人觉得是和喜欢巧克力那般喜欢类似而已,不够充分。于是迫不得已只好很用力地说:“非常喜欢。”

明治时期以来,为配合外来文化,日本的语言中出现了很多应景的词汇。或许是这个原因,词语的意义和我们日常惯用的词语的精髓经常无法统一,同义词形意纷纭,各自罩起雾霭,界限不明,这样的词语很多。因此,我们应该自豪地宣称日本是语言的国度吗?我们的文化又能从中受益多少呢?我对此深表怀疑。

如果说是迷恋谁,就会觉得说的人很粗俗;换成说是爱,登

① 日语词是“大切”。

时觉得高雅起来。粗俗的恋爱,高雅的恋爱,也有可能恋爱确实多种多样,因此可以分别使用“迷恋”和“爱”,只用一个动词就简单明了地区分开来,日语貌似确实方便好用,但对此我却感受到了颠覆性的不安。换句话说,仅靠区分使用一个词语就把事物异常鲜明地区别开来,就此解决不再深究,这其实是轻易放过了事物本身的深奥之处,没有抓住其独具个性的诸多表征。过度依赖语言,过分依靠语言,而未结合事物本身去思考正确的表达,没有意识到我们的语言其实是认识事物的工具,忽视了这一观察时该有的本质态度。简言之,日语的多样性太过注重氛围,因此日本人受到的心理训练也被氛围化了。我们使用的各种各样的词汇在掌控氛围方面很是发达,使我们体会到了自在丰饶的情绪的沃野,并认为这语言是极为可靠的。但实际上,拜其所赐,我们面对一切事物时都有似是而非之感,好像明白了,其实不然,所有事物都停留在了氛围层面,似乎到这里就毕业了,就结束了。这样的日本,就好比是拥有着原始诗人那样过度丰富的言论自由,是靠着原始的语言神力祈求幸运的“言灵”之国,不过在此之上只是披上了一件虚假的文化外衣而已。

在恋爱方面,人类格外容易对氛围产生幻想。但恋爱并非语言,并非氛围,完全就只是“喜欢”。“喜欢”这一心理或许千差万别,这些差别中,或许有着“喜欢”和“恋爱”的差别,但差别就是差别，而不应是氛围。

★

恋爱终是一时的幻影，必定会消亡、褪色。深谙这一事实的成年人的内心是何等不幸啊！

年轻人即使知道了同样的事情，他们那激情的现实生命力却不会承认这一点；成年人则不同，激情本身就很清楚恋即是幻这一事实。

年龄自有年龄的名与实，因此对于年轻人来说，恋爱不过是幻影而已这一事实无甚所谓，听听也就罢了。我如是想。

我不喜欢那些真实的事情，因为它太过真实。人说死后会化为白骨，说一旦无常万事休。像这类太过自然的事情，实在是只剩下无聊了。

所谓教训有两种类型。一类是前人因之失败了，后人即不可再做，是这个意义上的教训。第二类是前人因之失败了，后人也肯定会失败，但是即便如此，还是无法禁止后人去做，是这类性质的教训。

恋爱属于后者，虽然知道终归是一场梦，也清楚永恒之恋是弥天大谎，但还是无法说出不要去恋爱之类的话。因为如果不恋爱的话，人生本身也将不复存在。换言之，人会死去，既然终有一死，那么早日去死吧——这样的逻辑无法成立。恋爱与此同理。

有人认为《万叶集》①和《古今集》②中的恋歌朴素、纯粹地吐露着真情，因此就是优秀的文学。我却一直都很讨厌这种朴素的想法，讨厌做如是想的这些人。

说得极端一点儿，那样的恋歌类似于动物本能的吼叫，和猫狗因发情鸣吠不止是一个道理，只不过恋歌通过语言表达出来了而已。

坠入情网时，就连夜晚都难以入睡。分开之后就痛苦得要死，忍不住一定要写信。不管情书写得如何精彩，终归都是和猫叫类似的东西。上述这些恋爱时的表现都是万古不变的真实情况，因为过于真实，反而没有特地去说的必要了，只要坠入情网，任谁都会如此。那些事情都是理所当然的，所以只管尽情去做就好。

以上表现并不仅限于初恋，不管是第几次恋爱都总是那样。两情相悦时也和失恋时一样，睡不着觉，痛苦不安到要死。这些

---

① 《万叶集》是日本现存最古老的歌集，共20卷。
② 《古今集》即《古今和歌集》，是日本第一部天皇下令编纂的敕撰和歌集，共20卷。

并不是纯真,什么都不是。仅仅过一两年的时间,就会对着另一个人故技重演了。

我们思考恋爱,在小说中描写恋爱,并非是要探求这种原始(不变)的心情本来该有的样子,意义并不在此。

人类的生活应该是由每个人各自经营而成的。每个人都需用一生去建构自己的人生,这些努力凝结成历史的足迹,培育出人类的文化。恋爱也完全是一样,从本能的世界导向文化的世界,用每个人的手创造出各不相同的爱情,问题由此开始。

A 小伙和 B 姑娘恋爱了。他们两个各自都睡不着,在短暂分开后都痛苦得要死。他们给对方写信,哭得满脸是泪。对于上述种种,两人的父母还有祖先都经历过,等到他们的孙子和子孙后代那里也依然会如此,因此无须赘述。但是,爱得如此之深的两个人,在两三年之后估计也不能免俗,有时也会彼此扭打、争吵,也会把其他人的影子藏在自己心里。他们会思考:难道就没有什么好的解决方法吗?

但是,大多数人都不会想到那一层。于是 A 小伙和 B 姑娘结婚了,再然后毫无例外会觉得倦怠,产生见异思迁的想法。这时候会想该怎么办才好呢。

即使命令我做出回答,我也答不上来。我无从得知。我自己只能不断探索属于我本人的答案而已。

★

有人说有妇之夫或是有夫之妇都不能谈恋爱，我不这么认为。

人们往往同情被抛弃者，憎恨抛弃者，但有充分理由却没有抛弃时，其实是不得不忍受与被抛弃者等价的痛苦，因此我认为，大体而言，失恋和两情相悦在承受的痛苦方面是等价的。

我从来都不喜欢同情。因为同情而放弃恋情，这种事最是沉重，我讨厌这样。

比起弱者来，我选择强者，选择积极的生存方式。这条道路其实充满苦难。这样说是因为，弱者之路是固定的、显而易见的。虽然此路黯淡无光，但却无灾无难，不需要精神上的重大抉择。

但是，不管什么样的真理都不可能适用于所有人。每个人的个性都不一样，与自身周边环境的关联往往也是自成一体的。

再看我们的小说。自古希腊以来，人类在恋爱方面一直不长记性，兜兜转转不见长进。这也是因为个性问题只能靠个性自身去解决，此外别无他法。如果存在适用于所有人的规则，能够给恋爱下个定论出来，那么也就没有必要写小说了，小说也就没有存在的意义了。

不过,虽然说恋爱没有统一的规则,但其实还是有某种规则存在的。那就是世人说的常识,或者说是惯例。因为这规则的存在,内心觉得不满足,精神上无法完全服从于那些虚伪的谎言,小说即由此诞生,因此小说的精神通常与现世相反,是叛逆的,一直在寻找某种更好的东西。但是,以上是从作家角度做出的辩解,如果从常识一方来看,文学创作往往会被视为伤风败俗的行当。

恋爱是人类永恒的课题。只要人类存在,恋爱估计就是人生中最主要的内容了吧。我如是想。面对人类永恒的未来,我自然无法在此时此刻谈论恋爱的真相为何,而且我们也无法不顾将来兀自断言正确的恋爱是怎样的。

但是,我们每个人都在竭尽全力过好各自的人生,以此悲伤地炫耀着属于自己的真实,并求得安慰,必须如此,也只能如此。

问题只有一个,什么是属于自己的真实,只需思考这个最基本的问题即可。

对于这个问题,我仍然不知该如何回答是好。我唯一可以确定的是,所谓的常识或淳风良俗等既非真理亦非正义,被淳风良俗判为败俗的恶行其实未必真是恶行,比起害怕受到淳风良俗的惩罚来,其实更应担心自己对自己的审判与惩罚。

★

但是，人生本来就没有那么多的幸福美满。我爱的人却不爱我，我想要的东西却得不到，如此种种。但这种程度的事情还只能算是开头，“灵魂的孤独”——这个恶魔的国度正张着大嘴等着人来。越是强者，遇到的恶魔就越强大，越得奋力抗争。

任何东西都满足不了人的灵魂。尤其需要注意，知识是联结人与恶魔的丝线，人生无法实现永恒，无法得到不被辜负的幸福。人的一生是有限的，对着有限的人生谈永恒，注定是在扯谎；抑或做诗人状咏叹永恒之恋，也只不过是在堆砌华丽辞藻、玩弄主观印象，这类诗性的陶醉绝对和优美高尚没有半点关系。

人生在世，比起喜爱诗歌来，更应该热爱现实，这才是人生该有的起点。现实确实经常会不如人意。但是，以现实的幸福为幸福，以现实的不幸为不幸，这种即物的客观态度总还是严肃的。诗性的态度是傲慢的，是空虚的。只有当事物本身就是诗的时候，诗歌才能获得生命。

世人所称的柏拉图式的爱情，视精神恋爱为高尚，实在是奇怪。另一方面，还是不要轻视肉体为好。肉体与精神这二者总是互相伤害对方，这是它们的宿命。我们的生活以思考为主，即以精神为主，因此经常会背叛肉体、轻视肉体，以致成为习惯。但肉体也一直在背叛精神，这一点也不该忘记。它们哪一方都靠不住。

人也未曾因恋爱而感到满足过，尽管已经恋爱过无数次，除了认识到这是多么无聊以外，好像也没见有什么长进，并未因此伟大起来。毋宁说总是在承受着那愚蠢的辜负罢了。即使如此，没有恋爱，人生即无法成立。既然人生本就荒唐，那么即使恋爱也很荒唐，却也无须视之为恋爱的缺点所在。愚蠢和荒唐都是至死方休的，话虽如此，我们仍需铭记，在我们愚蠢的一生中，荒唐是最为可贵的。

在一生之中，最能给人以安慰的是什么？是痛苦、悲伤和苦闷。既然如此，请不要害怕荒唐。在某些时候，痛苦、悲伤和苦闷多少会让人觉得满足吧。在这之上，依然还有灵魂无处安放是吗？啊，孤独。请不要那样说，孤独是人的故乡。恋爱是人生的黄金时期。不管它是多么无聊，除此之外，人生再无盛期。

《妇人公论》第三卷第四号，1947 年 4 月 1 日发行

教祖的文学

——小林秀雄论

听说小林秀雄去年从水道桥的站台上掉了下去，不可思议地捡回了一条命。据说当时他喝得烂醉如泥，手里拎着一升装[1]的瓶子，是和酒瓶一起掉下去的。听到这事儿时我不禁倒吸一口凉气。因为我一直以为小林是那种蒸不熟也煮不烂的厉害人物，铁骨铮铮而又心思缜密，唯独这种男人是不会发生被汽车撞飞或是掉到河里去这类事情的。与他相反，我这样的人就太容易被车撞或是掉河里了，因此上述想法也可以说是我对他

① 日本的液体单位一升，约相当于1.8升。

仰慕般的盲信吧。但是仔细一想,有此盲信实在是我太过轻率。我亲身经历过的事其实已经为我提供了不可如此确信的证据。

那是十六七年以前的事情。因为越后①的亲戚要办法事,我穿着晨礼服从位于东京的家里出来,在上野站偶然碰到了小林秀雄,他正要去新潟高中演讲。我们俩在上越线的餐车里坐下喝酒,一直喝到列车抵达我要下车的那个小站越后川口。对于我这样胃不好的人来说,在餐车里喝酒最舒服不过了。身体一直在摇晃,利于食物消化,不会积在胃里,这般开怀畅饮很容易喝醉。我醉了,小林也醉了。小林看上去总是板着面孔,但其实是一位心地善良、热情的男人。到了我要下车的那一站时,他嘴里说着"啊,让我来拿",拎起我的行李走在前面。他嗨哟喊着把我的行李放到台阶上,我随后拎起,说了句"呀,谢谢",走下台阶就此告别。下车后我很是吃惊,心想果然是山沟里的小车站,都没有人在这里上下车。首先,没有站务员,一个人影儿都没有,而且这个车站真是冷清寒酸到家了,因为没有人在这里上下车,所以站台宽不盈尺,我的背后紧挨着就是货车。等小林乘坐的火车过去以后,没有了火车的遮挡,在对面出现了一座真正的站台,比我还要高出一头,很多人在上面走来走去。那时候

① 越后是日本的旧地名,相当于现在除佐渡岛之外的新潟县全域。

我真是愣住了。不是我自己主动下到站台另一侧的,是小林秀雄把我撂到这里的。

所以,从十六七年前那个时候起,我就已经掌握了证据,足可让我相信小林秀雄就是那种会从水道桥的站台上掉下去的人物。但是我竟然完全想反了,这只能说明我是一个极为轻率的书呆子,让小林的文章给骗了,扰乱了我的心智。

想来小林的文章确实深得扰人心智之妙。我曾经和小林下过围棋,他下五目(本来按实力他有必要再多下几目,但他说下五目以上的话面子上太难看,就没有下),绝不会发生任何争执。他完全按照让子棋的棋谱样本来下,既不拼命争抢地盘,也不从旁多语,这些统统不用。我这边一味攻城略地,就跟欺负他似的,搞得他看起来很是可怜,下了那么一场纯粹流于形式的围棋。围棋可不像文章那样能够把性格掩盖起来,文学上的小林像专断的独行侠,而真正的他其实是注重形式的正统派,自那日围棋之后我一直这么认为。但是他的文章从字面迸发出强烈、逼真的力量,那力量足以扰乱我的心智。这种效果简单来说产生自他的信条,他的文章之所以能够成为实实在在的文学,最根本的力量来自他本人的确信,他自己对此深信不疑,他本人深以为然,于是读者也会按照他的信条去理解文章,应该就是这个原因。

他之前写的那些评论，像包括志贺直哉[1]论在内的很多作家论等，现在回过头去读，会发现很多都很随意，站不住脚，但在当时那些评论却充分发挥了作用。与其说他幼稚，不如说那时是我们幼稚，是日本幼稚，日本从小林老师那里学到了方法，和他一起成长。近来却颠倒过来，对老师的缺点觉得腻烦了。其实之所以能够看清楚小林的缺点，也是因为学到了小林的方法使然，我们不应忘记他在文学上的伟大功勋。

“那个时代[2]离我们一点儿也不远，因为我几乎相信那时的一切。在那个时代里，诸多无用的观念尚未猖獗，那么世阿弥对于美究竟作何认识呢？思考之后，我更加确定：世阿弥对于美的认识中并无任何不确定或可疑之处。‘演尽所有剧目、付出无数努力之后，方可认识到该如何把握住花而不致失去’[3]。美丽的‘花’是存在的，但‘花’的美丽这类却并不存在。现代的美学家们因为世阿弥‘花’的观念的暧昧性大伤脑筋，殊不知他们其实只是被骗了而已。”（《当麻》[4]）

小林论述的那些世阿弥的方法，其实完全是他自己的方法。

---

① 志贺直哉（1883—1971），日本作家。

② 指世阿弥所处的日本室町时代。

③ 本句出自世阿弥的艺术论代表作《风姿花传》。

④ 《当麻》，小林秀雄的小品文，借世阿弥的艺术论阐述自己对艺术的认识。1942年4月发表于《文学界》杂志。

他对世阿弥深信不疑的态度,其实就是他要求读者对自己的文学该有的态度。

“我几乎相信那时的一切”,这话也出来了。他说:世阿弥对美的思考中并无任何不确定之处,因此观念的暧昧本身就是切实的存在。“美丽的‘花’是存在的,但‘花’的美丽这类却并不存在。”

但是我却很不喜欢这种投机取巧式的表达方式。这难道不是在玩语言游戏吗?我中学时候有一次汉文考试,其中一道题是让解释下面这句:“日本多的是人。日本少的也是人。”这样的题目真是让人生气。这类机巧的俏皮话,只是白白让人伤神而已,实在是没有必要。直截了当地说“日本有很多人,但是真正的大人物却很少”,这不就行了嘛。应该尊重这种明确表达的态度,说什么日本人多人少的,那样的表达方式不过是拙劣的笑话而已,必须肃清。这点须谨记在心。

“美丽的‘花’是存在的,但‘花’的美丽这类却并不存在。”这种表达和“人很多,人又很少”还略有不同,这句话本身还是能够达意的。但是,小林一直有喜欢玩暧昧的毛病,习惯凭借机巧的表达论述自己的确信,骨子里有这样一种假正经的态度。

关于世阿弥,他非常巧妙地说,世阿弥对于美的观念的暧昧性并无任何不确定性。由此可见他本人的文学奥秘的基础即在于:他从不怀疑自己文学上那些观念的暧昧性。这完全就是小林一派的奥秘。

结果,近来小林彻底研究出奥秘之所在,认为和人生相比,还是一行笔墨文字更为真实。换句话说,如果一位习武之人已经达到奥妙之境,那么他就无须持剑,如果碰到大道正中拴着一匹烈马的情况,只需秉承君子不近险地、好汉不吃眼前亏的原则另择他途即可,这就是武艺的奥秘,悟道之后真如某某教的教祖一般。小林秀雄也成教祖了。

但是,剑术磨炼的本来就是搏击,是在被对手打击之前要先击倒对手的技艺,而不是用来顿悟的道具。但如果是去小林秀雄那里学习剑术,他会教导你说无须练习剑术,只要学会君子不近险地这一招儿即可,这就是剑术。这就是小林一派的文学。

还有这么一段:

"活着的人们都是一群无可救药的家伙。不管是在思考什么,或是要说什么,还是要招惹什么是非,不管是自己的事还是别人的事,从来就没有明白过。完全不值得欣赏,也不值得观察。从这个意义上来看,已经死去的人还真是了不起呢。他们是多么明确和坚定啊。这正是人该有的样子。这样说来,活着的人简直就是一种正向着人类发展而来的动物呢。"(《关于无

常》①)

所以,只有死人才会出现在历史上;所以,表现出来的就只是人类进退两难的形象,就只是不可撼动的美的形式。观察活着的人或是剥下面具都只会招来报应。以上都是小林大师的高论。因此如果去小林那里学文学的话,人生啊文学啊这些都会消失得无影无踪,他已然参透了其中的奥秘,变身为身份高贵的教祖,会赠予弟子一句意味深长的至理箴言,就是这样。

小林说从来都不清楚活着的这些人会做出什么事来,这些人不值得欣赏或观察。于是他相信死人的国度,相信历史,大谈什么"历史的必然"。

说到了"历史的必然",历史真就是必然的吗?

依小林的高见,西行②为什么出家,这类事情再怎么追究都没有意义,谜就是谜,从那里不可能再挖出什么。实朝③为什么要造船,这类问题也都无关紧要,他是右大臣也好,是将军也罢,这都不是问题,只要把他作为诗人来看待就好。小林先生如

① 《关于无常》,小林秀雄评论日本古典文学的一篇随笔。1942年6月发表于《文学界》杂志。

② 西行(1118—1190),日本平安时期的歌人、僧人。著有歌集《山家集》;《新古今和歌集》中收有他的和歌94首。

③ 源实朝(1192—1219),日本镰仓幕府第3代将军,官至右大臣。擅长万叶调的和歌,著有歌集《金槐和歌集》。传说他曾命人建造船只,计划亲自渡宋。

是说。

所以,像坂口安吾这样下三烂的文人,又是沉迷于女人又是酗酒,有时还想要去做和尚,有五年的时间都在钻牛角尖,接个吻就慌得不行,写下绝交信闹失恋,最近又成了颓废派,愈演愈烈,真是不清楚他在折腾什么。这种人当然不值得欣赏。即便是那家伙真搞出了什么名堂,也说明不了什么。小林肯定会这么说。那家伙是什么货色,读一读他的低级小说就知道了。在教祖看来,下三烂文人实际上是可以任人摆布并随便丢弃的,实在是惨之又惨。

但是在下三烂文人看来,又是沉迷于女人又是喝大酒,就是要把心思都花在这些地方,像死后的名声什么的,压根儿就不是问题。相当于教祖的师傅辈儿的亨利·贝尔①先生曾说,吾之文学或许能在五十年后为人们所理解。这都是些没影儿的事,说我的书在我死后会为人所喜爱,这事儿实在是不可靠。死了的话我就终结了,我的文学也会和我一起终结,因为我本人都已经终结了呢。我就是到此为止而已。

小林发高论说:不清楚活着的这些人将要做什么。确实如他所说,完全不清楚。因为现在如此,所以接下来就会这样去

---

① 马里-亨利·贝尔(Marie-Henri Beyle)是法国小说家司汤达(1783—1842)的原名。

做,这类必然的道理在活人那里根本行不通。那些已经死去的人在活着的时候也是一样。人类这里没有必然,与其相似,历史的必然也是无处可寻,人和历史是一样的。只不过历史已经结束,历史中的人已经无法做任何事,但是他们曾经穿行于一切可能性与偶然之中,只要他们是人,他们就没有错。

小林说只有死人才会出现在历史上,所以表现出来的就只是人类进退两难、紧张窘迫的形象,是不可撼动的美。这真是大大的谎言。如果说死人的行径是进退两难、紧张窘迫的,那么活人干的事儿也一定是进退两难、紧张窘迫的。再来看,如果活人干事的状态并非进退两难、紧张窘迫,那么死人的足迹也不会是进退两难、紧张窘迫。生死两者应该并无不同。

也就是说,教祖并不是拥有独创能力的发明家,并不是创作家。教祖在本质上是一名鉴定人。听说教祖最近爱上了古董,这也不是没有缘由。早在下围棋的时候我就已经识破,他天生就是教条主义者,是常规主义者,是保守派,是常识派。死人反正已经死了,再也不会脚底打滑掉下去,故而可以安心了,但是那些活着的家伙,真不清楚他们会惹出什么事儿。像教祖这样,即使并未图谋要去闯祸,还是会失足掉下站台,伏兵说不定正在哪儿埋伏着呢。说到底,活着就是麻烦。

所以,教祖的做派要求必须要有范式,即要有规范和约定。

死人和历史都不会再发生脚底打滑那样的事，因此可以在模式中妥当地收拾他们了。但活着的家伙不一定什么时候就会撕毁约定，这无法预料，因此这样的家伙不值得关注。他制造出历史的必然这类妖里妖气的调味料，大展厨艺。那些活着的家伙就算了，蒸不熟也煮不烂的玩意儿，没有意义，不值得关注，调味料对他们也不起作用。

教祖做起菜来还真是自由随性呢。再加上又很古怪，做出的味道确实不同寻常，但是他厨艺的本质是保守的，重视的是范式、公约和常识。

活着的人——其实死人也是一样，所以，或者说人就是这样，自己也不清楚会惹出什么是非来，也完全不知道自己是什么，人类真是可悲啊。但是，不管怎样都要活着，一路摸索着去寻找某些宝物并紧紧抱住不放，等到走投无路时就奋力一搏，连自己都觉得没有把握。有怀疑，有信任，想要相信，想要下定决心，全力以赴，适时逃遁，真是一场艰苦的战斗。既然如此，为什么还要活着呢？由这个问题孕育出文学、哲学、宗教等诸多思想。所有思想都是因生存之需而产生、存在的。生存之中包含着一切矛盾，无法解决，不可理喻。作为这场前路未卜的艰苦战斗中的武器或是玩具，首先必须要振臂挥舞起来的棍棒之一，就是文学。

人类并不清楚自己会做什么，文学不正是因此才存在的吗？说什么历史的必然、人类的必然，如果能以此得出定论，如果经得住玩赏，那文学就没有必要存在了。

由是，就其灵魂的本质来看，小林与文学已完全断绝关系。虽然他祭出了文学的奥秘，变身为某一宗派的教祖，但那其实是邪教。

小林说：西行和实朝都见过地狱。凄惨、罪孽深重的地狱；悲哀、优雅、美丽的地狱。西行终其一生都在探求“我心该如何”，无言地吟诵着“孤独”这一不可捉摸的主题，未曾停歇。而实朝虽然是被人杀死的，但其实他内心或许会把这视为自杀。真是确如小林所言啊。邪教难道也会传授真理吗？就像玺光尊[①]宣称自己是天照大神转世。

“西行为何会出家呢，西行研究家们都在忙着寻找原因，但我对此却并无兴趣。一般而言，在理解一位诗人时，去探究他极力想要表现的内容就好。对于那些他竭力想要忘却想要隐藏的东西，即使费力探查，往往也查不到什么。”(《西行》[②])

---

① 玺光尊(1903—1983)，本名为长冈良子，是第二次世界大战时成立的日本邪教团体玺宇的教主。

② 《西行》，小林秀雄评论日本古典文学的随笔。1942年11月、12月发表于《文学界》杂志。

小林还说,近代文学一味地在奔走哭号,嚷嚷着要摘下面具,以本来面目示人,这没出息的恶毒念头无止境地扩散开来,于是遭到了惩罚。

小林强调,要认识一位诗人,只需读他的诗歌就足够了。不断去调查,发现他还做过这样的事,还有这样的一面,并为这些类同的发现而雀跃,这样做并不是在理解诗人,只有读诗才是了解诗人的正确方法。小林所谓的理解诗歌,诚然,只是鉴赏的话那样就足够了。这是鉴赏家的做法。

但是,作家毕竟也存在于此呢。作家的读书就是学习,学习就是争抢。对作家来说,作品并不只是书写,作品也是生存。小林能够读到西行和实朝等人的诗,也得益于他们的生活;他们在生存中不得不凝视地狱,小林也通过阅读这一地狱获得了感动。

"摘下面具,以本来面目示人",因为是在作品层面上,对作品提出了这样的要求并执行之,所以才会遭到惩罚。而小说这一作品类别要求作家即是思想家,同时还必须是通俗文学写手。如果真的摘下面具,以本来面目示人,那就不是小说了。假如还要把它视为小说,那必然会遭报应,没办法的事。但是,在作家的个人生活层面上,如果一名作家在生活中无法摘掉面具,不懂得彻底地审视本来的自己,那么可想而知这名作家的思想和通俗性都非常有限，必定经不起品味和鉴赏。

有人说小说（艺术）是自我发现，是自我创作。作家一旦对自己有所了解，那么作品就会受到限制，只能走这条受限的、被固定好的路。但是真正的小说在写完之后通常能够创造出一个自我来，应该是发现自我的过程，这是文学工程师安德烈·纪德先生的见解。顺便说一下，纪德先生是一位工程师，精通文学，深得一切技法之精妙，总是旁征博引，穷尽一切技巧，时常能够打破范式创造出小说来，但是我却并不认为他是一位真正的小说家。纪德先生是否通过自己的小说创造并发现了自我，对此我表示怀疑。

我家教祖小林先生也说艺术是自我的创造和发现。说他在奋笔疾书时头脑一片空白。说书写就是被创造、被发现的过程，对此意见我也很是赞成。

但是，奋笔疾书时头脑一片空白并非意味着对自己一无所知，在某种程度上肯定是了解的。如果一个人对自己缺乏一定程度的了解，那么他肯定无法写出小说来。首先，如果不熟悉自己、不熟悉人类，就写不成小说。而且，在此基础上还要发现和创造。因为，作家必须要对当下的某些限制和限定感到无法忍受，发现和创造也是作家创作活动的原动力。

小林说:莫扎特[1]的作品大多是应世人愚蠢、偶然或不正当的要求,在匆忙之中劳心劳力写出来的,事先并未确定目的或计划,并没有时间去深思熟虑,没有时间专心创作。但是莫扎特并没有发牢骚,而是按照那些不正当的要求创作出了伟大的艺术。天才具备把外在偶然作为内在必然的能力。其实这并非仅限于莫扎特一个人,契诃夫[2]的戏曲也是根据无理要求在数日之内写就的,近松[3]的剧作是那样,陀思妥耶夫斯基也是,为偿还借款马不停蹄地拼命写作,为迎合读者喜好不惜改变斯塔夫罗金[4]的人生轨迹,专注到放弃自我的程度。诚如其言,把外在偶然转化为内在必然这一能力催生出了天才的作品。

但是,对于作品即使并未确定目的或计划,即使没有时间去深思熟虑,作为小说作者至少要精通人情世故,这是首要的绝对条件。人情练达是支撑,需通过自我省察才能得以维持,而且通常在一部作品写完之后即会重新出发。一部作品带来发现和创造的同时也带来了界限,作家不能止步于此,于是生出不满和自我叛逆。止步之时即是作家活动终结之日,即便是在创作过程中,作家也在不断突破界限,不断获得令自己吃惊的发现,并由

---

① 莫扎特(Wolfgang Amadeus Mozart,1756—1791),奥地利作曲家。
② 契诃夫(Антон Павлович Чехов,1860—1904),俄国小说家、戏剧家。
③ 近松门左卫门(1653—1724),日本江户中期的净琉璃、歌舞伎剧作者。
④ 陀思妥耶夫斯基长篇小说《群魔》中的人物。

此获得新奇的愉悦感,这是促使作家埋头于创作的力量来源。

小林把活人驱逐出自已的文学,他已经与文学绝缘,他的文学已经垮台,可视为一种文学领域的出家遁世。我说他是教祖,可不是信口胡言。

他的身份已经只剩下鉴赏文学和解析诗人了。他使用历史的必然或人类的必然那些任性随意的角度,就已经表明其不再就文学和诗人问题与人争斗、搏斗。争斗与搏斗是要冒险把自己押注到偶然那方,于是他大彻大悟说自己已不再需要偶然。挖掘诗人极力想要隐藏和忘却的东西,目的并不是鉴赏或是了解诗人,而只是让试图剥下自己面具的相同行为转向了不同的方向而已,并不是要揭露什么普遍真理。摘下面具也并不是要揭露真理,只是必须如此而已,这是一场会受到惩罚的艰苦战斗,但这些和小林都已经没有关系了。

他见识过很多事物,见识过很多人,已经见得过多了。不管什么思想和意见都不足以使他动摇,他经历过,然后写下来。小林说:《徒然草》[①]就是这样一部由批评家写成的空前绝后的作品。[②] 这也是小林派的奥秘所在,认为批评就是见识的眼光,而

① 《徒然草》是镰仓时代吉田兼好所写的随笔,1330—1331年左右写成。被誉为日本三大随笔之一。

② 小林秀雄论古典文学的随笔《徒然草》,1942年8月发表于杂志。

且小林也已经见识过太多的人,无论何种思想或意见都无法迷惑他,无法使他动摇。他以那种司空见惯的目光去审视和鉴定,并把鉴定结果直接书写下来。

但是我完全无法信任小林出具的鉴定书。西行和实朝的和歌,还有《徒然草》,这些都是什么呀?是三流作品。我觉得一点儿也谈不上有趣。我也举一篇范文出来吧。这只是一首极为质朴的诗,但比起西行、实朝的和歌和《徒然草》,我却非常喜欢这篇。这就是宫泽贤治的遗稿《目之所言》①。

还是不行吧
止不住呢
咕噜咕噜一直往外冒
从昨晚就无法入睡
血也不停地流出
如此苍白且涌个不停
许是不久就会死去
但这风多么好啊

---

① 宫泽贤治(1896—1933),日本诗人、童话作家。晚年罹患结核。《目之所见》这首诗写了他大量吐血濒死之时的澄明心境,作于1932年前后。坂口安吾在本篇评论中所引的诗句和《宫泽贤治全集2》(筑摩书房,1986)中所收的诗句顺序略有出入。

因为清明已近
在枫叶的新芽和茸毛状的花儿上
掀起了秋草般的波浪
从那朗朗碧空之中
忽然一下涌上来似的
清丽的风吹过来了呢
您①或许是刚从医学会那边回来吧
穿着典雅的黑色长礼服
这样认真地为我多方诊治
即使就此死去,我也必无半句怨言
虽然血一直在流
我却如此安然自在,并无痛苦
想来估计是有一半魂魄已经离身体而去了吧
只是因为血的缘故
说不出那些话来,真是糟糕
在您看来
会觉得这幅景象太过凄惨吧
但我的眼里看到的

① 指主治医师。

终究只是那壮丽的蓝天

还有那清冽的风

濒死之时还写出这样的诗来，也真是遭报应了。一边是《徒然草》的作者以其司空见惯般纹丝不动的眼睛看过后所写的那些事物之本质，一边是在报应之中血流如注之时看到的蓝天与风，这二者性质完全不同。

司空见惯的眼光不会因为任何思想或意见而动摇。这种眼睛就跟瞎了似的，看到的只是事物的死相而已。换言之，他们看到的只是小林所称的"必然"那只怪物。小林说，《平家物语》①的作者看到的月亮，糊涂蛋们肯定看不到。但那月亮真就那么美好吗？说什么《平家物语》是第一流的文学，少说蠢话！还说我等并未为之感动是遭了报应，实在荒唐，岂有此理。

只有那些遭受过毒害和惩罚的家伙才能写出真正撼动人心的东西。因任何思想或意见而动摇的那种司空见惯的眼睛，绝对无法看到宫泽贤治所见的蓝天和清冽的风。

活着的人不知道会惹出怎样的是非。什么也不知道，什么都不可见，只能试探着一路兜兜转转，心怀祈愿，在进退两难的

---

① 《平家物语》是日本镰仓时代的战记物语，以佛教无常观为基调，讲述平氏一门的兴亡传奇。

窘境里摸爬滚打并备受惩罚。在这过程中根本看不到什么事物的必然,但却能看到只属于自己的东西。由于认识到了只属于自己的东西,于是这东西转而又变成众人所有之物。艺术就是这样。历史的必然、人类的必然这些教是教不来的。把自己投入偶然之中,一路试探着兜兜转转并备受打击,在这单向旅程中所遇见的,就是只属于自己的世界。创造和发现就是这样一回事,而非那种不为任何思想所动摇的司空见惯的眼睛所看到的陈腐之状。

小林说美丽的"花"是存在的,"花"的美丽这类东西却并不存在。但本来并非如此含混不清。他还说只有死人和历史才能表现出人类进退两难、紧张窘迫的状态,这真是弥天大谎。人不清楚自己究竟会有什么作为,就只是全身心地投入战斗,在痛下决心之时必会显示出骑虎难下的窘困之相。当付诸写作活动时,这些就是能够成就艺术最本质的东西,而那些所谓已经见识过太多的人,充其量不过是个鉴定人罢了。

文学即生存,而非鉴赏。生存并不意味着一定要去身体力行。即便是困守书斋,也是一种生存。但是作家必得抓住芸芸众生进退两难的窘困之相,一张一张撕下自己的面具,充分体验这种痛苦,并由此吟唱出人类的诗篇。把芸芸众生排除在外的文学本就不存在。

小林还说小说在19世纪时已告终结。从这个意义上来看，教祖的宗教是邪教无疑，这就是神棍的预言。时代一直在变，无止境地变化着。今天的日本正经历着开天辟地以来的巨大变化。即使并无巨变，时代也总在变化，无论在哪个时代，都会有人只能在那个时代中才能活下去。而且人类也并没有达到像小林那样开悟的境界，只得一心一意拼命地活下去。于是活着的人们自行衍生出小说，并去阅读它，只要存在言论自由，定是千秋万代无穷匮也。断言说小说在19世纪即已终结，这简直就是玺光尊下达的文学神谕嘛。

人生是每个人用自己的双手创造出来的。如果一开始就看开了，觉得人就是这么回事儿，缩到奥秘中去只管大彻大悟，那自然是无灾无难。但是有的人却做不到这样。说什么"万事皆不足恃"，持此预见即出家遁世，以那司空见惯的眼光写出《徒然草》一书，这些都是留级生才做的事情。就好比说人终有一死，既然早晚要死，那就早日去死吧，这样的逻辑本就无法成立。恋爱终会破灭，女人心和男人心都像秋天的云那般变幻莫测，一定会起异心，去年盛开的恋情到了今年就会褪色。即使明白这些道理，但还是无法说出不要去恋爱这类的话。如果不去做，活着也就没有意义了。虽然活着是一件极为荒唐的事情，但还是必须竭尽全力去活活看，只能如此。

人生是打造出来的，本不存在必然的状态。历史是范本，但不过是为生存服务的拙劣的范本而已。聆听自己的内心才是最好的范本。摘下面具，看清真正的自己，然后下定决心，抛弃一切成见、先例和规矩，走属于自己一个人的独特道路，去打造自己的一生。

小林身上已经没有要打造人生的热情。"万事皆不足恃"，他用司空见惯的眼光注视着人和事，一味盯着死相看，在那里寻找所谓的必然。他是一名古董鉴定人。

文学是与人类恶业的一场战争。与花鸟风月为友、把玩着古董便觉富足的人与文学没有任何干系。小林总在谈人类的孤独，说看见了地狱。

啊，啊，今世已无可奈何，来世苦亦如此多。（西行）

得赏樱花盛时景，心内无端悲苦生。（西行）

富士起云烟，随风没入天。所归不知处，我心同此烟。（西行）

阿鼻地狱空中烈焰腾腾，人生虚幻除此别无归处。（实朝）

清风拂面送来阵阵凉意，山蝉自鸣不觉秋已到来。（实朝）

皆为经典好歌。作者确实是一直在审视人类的孤独之相，在生存过程中写出了如上作品，而且确实都是纯洁的灵魂才能看到的风景。

那么，对于人生来说，审视孤独到底意义何在呢？

所谓人生苦短，艺术长存。人必有一死，而作品会流传下来。但这个时间的长短并不能成为衡量人生价值和艺术价值的尺度。不言而喻，对于作家而言，最重要的是自己的一生，是人生，而非作品。艺术在作家的人生中不过是商品而已，或者说不过是游戏而已。当然作者可能在艺术中投入了大量时间，劳心劳力苦心创作，费尽心血甚至会被夺去生命，但是作者之所以能够埋头于此，其力量来源还是因为那就是作者人生中的玩具，是游戏，比其他所有事物都更能使其内心得到满足，仅此而已。再有，那还是通过"不正当"交易获取金钱的一种工具，是一种商品，可以用来赚取女性恋慕或拈花惹草所需的资本。

吾之作品或许能在五十年后为人们所理解，诸如此类的话我是信都不会信的。即便可以假设亨利·贝尔先生真是那样认为的，但对于"人生苦短，艺术长存"这种符咒式的句子，人们往往是囫囵吞枣般记下来，在实际生活中却完全不会相信，人心就是这样。一旦死去，人生即告终结。虽然我死了，但我的孩子还活着，无论到了哪个时代人类都在存续。但是那些人与"我"这个人已然不同，他们不是"我"。"我"这个人就只能存在一世，一旦死去就会消失不见，明明白白就只是一个人而已。

所以，说什么艺术长存，比自己的人生还要久长，但超出我自己人生的将来时间确实和我没有任何关系，其他人也与我无关。

“我”这个人总是与众不同，每个人都是如此，不能用历史的必然或是人类的必然等古怪的标准来衡量，也不可被简单对待。一般意义上的人类永远都会存在，在这里永远这个概念是可以成立的。但是对于“我”这一个人来说，永远这类概念根本无法成立。因此，“我”这一个人是极为孤独、可悲、无常的生物，一旦死去即会消亡。但是对于“我”这一个体而言，活着和人生就是全部，而其作品和艺术这些，只不过是心爱之物里面最钟爱的遗物而已，再无其他意义。

人类的孤独是显而易见、不言而喻、太过自然的东西，这些其实狗屁不如。实在没有必要加以特别关注，因为本来就是理所当然。真正受到毒害和惩罚的，并不是摘下面具、坦诚相待的近代，而是翻出了人类的孤独并做深刻思考状的小林秀雄。

“我”这一个体是一个无可替代的人，一旦死去即告消亡，所以必须竭尽全力过好自己的人生，精心地投入。无须按照一般人或是永恒的人之类的肖像去敷衍凑合，无须蒙混过关或搪塞，只需单纯明朗、更加精彩地活着，这是唯一需要做的。

文学、思想、宗教等一般而言的文化即是扎根于此，人生的要义和主题一直都在自我生存这里，唯此而已。

小林说兼好法师①目光如炬，见识过太多的人，那么他究竟看到了怎样的人呢？如果看不到自己，只是一味地去看人，那么无论见识过多少都只是表面文章。如果看不见自己投放到人生中的理想、祈愿和努力，其实相当于什么都没看见。

人类本来就是可悲的，是哀伤的，痛苦的，不幸的。这是因为，人死去之后即会烟消云散。自己是孤身一人，必然如此。每个人都背负着这样一个自己，因此这使得在人与人之间的关系中没有幸福可言。即便如此，还是必须活下去，只有这一条路可走。既然要活着，就不要活得那么糟糕，必须好好活着。

小说不过是商品，是玩具，是在写梦，可以称之为第二人生。写的不是已经存在的东西，而是无，是要突破现有的界限。小说总是踮着脚，起跑，然后向上跳起。因此有时难免会摔下来，摔个大屁股蹲儿。

美与物结合在一起，美就是物本身，处处支撑着顽强生活的人的生存，而非所谓如炬的目光能看得见的。美是悲伤的，是孤独的，是凄惨的，是不幸的。因为人即是如此。

---

① 《徒然草》的作者兼好(1283—1352)，镰仓后期到南北朝时代的和歌诗人、随笔家。

小林这人已不再悲伤，也不会不幸。他所关注的就只是人类的孤独而已。他已经与生存者的苦恼没有任何关系，并自觉满足。他把玩着古董，鉴赏着，钻研出奥秘后心怀达观，以司空见惯的眼光注视着人们。他不为任何思想和意见所动，所以他已经不会再像那些活着的人那样去做一些莫名其妙的事情。但是他还是从水道桥的站台上掉了下去，不知那时他那如炬的眼睛和孤独的灵魂都看到了些什么。真是无聊，即使他死了，俺自己心里当他是自杀就好喽。这根本啥都算不上嘛。

自杀这事儿到底该怎么看呢？这其中也毫无道理可言，像一阵风那样无意义。

久米仙人①因为看到女人的小腿就从空中摔了下来，与之相比，小林的那次跌落可就大异其趣了。那不过就是一次物体的下降运动而已。

小林秀雄这一下降的物体，或许会被其孤独的诗魂看作自杀者，又或者还会吟出一首关于虚无的诗歌来也未可知。

但是，真正的文学只有久米仙人这方才能创作出来。久米

---

① 久米仙人是日本中世传说中的神仙。据传他在大和国龙门寺修得空中飞行的神通。一日飞行至吉野川时看到了洗衣女的小腿，神力尽失跌落下来，和该女结为夫妻。后来他又恢复了神力，在大和国橿原建立了久米寺。见于《今昔物语集》《徒然草》等书。

仙人看到了真正的美,真正的悲壮之美。或者说,久米仙人的跌落本身不就是美吗?

跌落的小林也可能看到了地狱。但是跌落的久米仙人看到的却只有花。或许那花儿本就是地狱之火,而小林看到的地狱不过是如同画在纸上的饼般的假地狱而已。因为他已经不是那种不知道会惹出什么祸来的人了,他现在是教祖了。只有人才会看到地狱,但是人并不会去看地狱,只会看花。

《新潮》第四十四卷第六号,1947 年 6 月 1 日发行

恶妻论

所谓恶妻，并没有统一的标准或类型。这样说是因为妻子和丈夫的个人品性都是相对的，像我们的平野谦（在我们这群人中，他是大家公认的模范丈夫），前些日子煞有介事地在两只手上缠上了厚厚的绷带，厚到大家根本想象不到现在日本正面临棉织品匮乏的困境呢。据说他伤得很重，过程相当惨烈，但他性格稳重，心态深沉，甚至连打老婆耳光这种事儿都没做过。确实，爱猫人士和模范丈夫的心态果然不是凡夫俗子等能够理解的。

想来，水性杨花的妻子肯定会让丈夫为难，这无须多言。为难是真，但也有为数不少的丈夫从这为难的部分里感受到了魅力。就和那些与出轨的丈夫分道扬镳的妻子一样，妻子出轨后离婚的丈夫们也是，大致都会对和自己分手的那个人怀有几分留恋之情。

若尚有留恋之心，那不离婚就行了呗。也就是说，离婚的男人或女人们是在捍卫坏妻子、坏丈夫等很具普遍性的社会观念和标准，但却忘记了个性化的省察。所谓坏妻子的标准类型本来就不应该存在，不，是所有的男女关系中都没有标准，有的只是个性和个性之间相对的加减乘除而已。就像我们的平野谦，因那残酷的流血事件，对战争必是诅咒、憎恶不已，然而他并没有把妻子判为战犯，而是毫不吝惜地缠上绷带就心满意足了。果然是文学家，稳重深沉，深刻地探究事物的实质，半点也没有让世人的所谓标准动摇自己的省察之心。伟大！本应如此。

不过，日本的丈夫们确实很不幸。这么说是因为日本的女人根本没有受过任何做个可爱妻子的教育。她们侍奉公婆，抚育孩子，所受的教育和训练主要是对丈夫的父母尽孝、对孩子尽心，而在对丈夫本人的爱情方面却是小心翼翼，很是拘谨见外。有一种世界公认的说法称：娶妻当娶日本女人，纳妾当纳巴黎女人。由此可见日本女人是多么悲哀呀，虽然她们是世界一流的妻子，但她们的丈夫却还是觉得巴黎女人必不可少。说什么日本人的纳妾癖证明他们是野蛮人，纯属伪论。日本妻子的标准、女大学[1]的高强度训练，总之都是在迫使日本丈夫无法从妻子那里得到满足，于是乎不得不纳妾。为造就这样的丈夫，日本的社会和教育可谓不知疲倦，孜孜以求。

在日本，自武士掌权执政以来，恋爱一事就被禁止了。他们称恋爱是不义，是年轻气盛时的过失。对于恋爱心理的省察也就止于年轻气盛时的过错，不再深入，也不会具体考虑各种不同的情况。日本人并无任何关于恋爱的训练，甚至都无法手牵着手在街上溜达，就直接做了夫妻，到了同床共枕那一步。所以日本的男女关系就仅是同衾而已，简直像是在接受动物般的训练，日本的妻子实在是寂寞凄凉，阴暗，悲哀。

受过女大学教育的模范妻子就是贤妻吗？然而，和那样的贤妻相比，如果说存在日本式坏妻子的标准或典型，我反而会认为标准的日式坏妻子才是贤妻。

洗衣做饭，打扫卫生，缝制和服，认为劳动是神圣的，这样的妻子心意坚定，让人敬佩。不过，好玩乐的女人肯定有魅力。水性杨花确实比较麻烦，但即使会惹麻烦，会让丈夫不安、懊恼、备受折磨，即便如此也还是赛过贤妻。

---

① 女大学泛指日本用于教育妇女的女德书，旨在推行封建的贤妻良母主义。

如果你认为人无论何时都只要热爱和平就好，那就大错特错了。我对于和平、平静、平安这些一概都不喜欢，我喜欢的是不安、痛苦、悲伤这类。

我并非是要玩弄这些似是而非的论点。有人想当然地认为人生的不幸、悲伤和痛苦很是讨厌，总想着脱离它们，并对此种想法深信不疑。我只能说这样的灵魂太不可理喻了。悲伤和痛苦都是人生最美好的东西。反过来，我们应该让悲伤和痛苦充分绽放，并享受这一过程。对此意义的发现，或亦可称为近代的重大发现。

说到恋爱，人们往往认为两情相悦才可喜可贺，不管什么情况都不外如是。但其实失恋这事儿却是非常有趣的，首要一点，失恋不像两情相悦、可喜可贺那么无聊。确实如此。

近日看到了一本书的广告。定睛一看，书的内容是一个有夫之妇和某诗人的情书。广告上写着两人虽然恋爱了，但因为没有发生肉体关系，所以是神圣的恋爱。还真有这样滑稽的神圣啊！说什么精神恋爱是纯洁的，全是谎言。主耶稣都说了，盯着有夫之妇看个不停与奸淫同罪。所有人都犯有奸淫之罪，所有人必定都要下地狱。地狱也是近代的重大发现之一。让地狱之火熊熊燃烧吧，都去地狱里过活吧，比起本能来，这里更需要理智。所谓的贤妻其实缺乏理智，但凡有理智就一定会成为恶妻。理智即是对人性的省察。有了这样的省察，同情和体恤之心会更加深入，与此同时，矛盾和冲突也会深入到人性的底线附近，陷入进退两难的境地。

在夫妻关系中，双方省察起人性来简直是眼若饥鹰。所谓夫妻，就是互相了解对方的弱点和缺点，毋宁说是通过缺点来深化彼此的关系和对立。其对立关系陷入进退两难的境地时，憎恶渐深，内心无法安宁。一旦有了理智，夫妻间的羁绊反而多是痛苦，少有和平。然而，这痛苦就是真正的人生，不应去回避痛苦，而应让痛苦来得更猛烈、更锐利、更深刻，这才是正确的。夫妻在爱慕对方的同时也互相憎恨，这再自然不过，不应害怕这种憎恶之心。正直地憎恨即可，尖锐地对立就好。

世人所称的贤妻，没有理智，灵魂沉睡不醒，被训练成忠诚的狗，像奴隶一般顺从，这样的女人其实无法成为真正意义上的贤妻。对于附属于此类贤妻的所谓和平的家庭，也就没有珍视的必要。男女关系中不存在和平，人际关系中也少有和平。追求和平就只能孤独。那么去做和尚好了，出家遁世这玩意儿是通往平安的唯一道路。

大致而言，恋爱都是很偶然的，不过是因为碰巧认识之后爱上了对方而已。如果不认识自然无从谈起，而且也不是在认识了所有人之后才做出的选择，是在自己身边有数的人中做出选择。因此恋爱与绝对不沾边，其心理基础极其薄弱，经年累月之后即会倦怠，认识到对方的缺点后会生厌，一旦心里有了别人，连见面都会觉得厌烦。夫妻之间存在上述风险，人际关系之中蕴藏着矛盾，所以，和平安相比，痛苦会越积越多；和爱相比，憎恶和诅咒会与日俱增。随着关系的深入，对立日益严重，必然会陷入进退两难的境地。

夫妻本来就是互相折磨的关系，自己痛苦，也令对方痛苦。我觉得和同情、体恤比起来，还是互相折磨为好。因为人际关系本来就会给人带来痛苦。

主耶稣说“不可奸淫”，但这是不合理的。上帝啊，人心必会犯奸淫之念，人心本不是不可捉摸之物。人的心灵长有翅膀，但是人的身体却没有翅膀，无法遨游天际，只好在地上筑巢，结为夫妻，这时候说“不可奸淫”，这是不合理的，根本办不到！因为办不到，所以当然感到痛苦。痛苦不断累积，另一方面却在大谈平安，那这所谓的平安必不是真品，只能是用来敷衍的便宜货。因此，所谓贤妻也只不过是赝品，是便宜货罢了。

那么，是否不是恶妻就是贤妻了呢？这倒也未必。没有理智的恶妻是真正的恶妻。风流淫荡、只按动物本能行事的恶妻最难对付。不过，即便如此，她那风流淫荡也可视为一种魅力，亦有人对此迷恋不舍，由此看来恶妻并没有统一的标准或类型。

单就以自身魅力吸引人心这一阶段来看,她并非恶妻,而是贤妻。无论给丈夫带来多少烦恼,在以其魅力吸引丈夫的那段时间里,还是应该视之为贤妻吧。

如果是没有魅力的女人,那必定是恶妻无疑。男女性别不同,爱慕异性是人生之根本。即便如此,还是有女人没有考虑过向异性展示魅力这事儿,不知经营此道。如果要把这归咎于那女人脑子不好,那这脑子不好的问题不在今天讨论的范围之内。

还有一类女人被称为才媛。她们是擅长数学,或是语文,或是物理学,这不得而知,但在对人性的省察方面则完全是零。她们或许有学问,但却没有理智。对人性的省察才是真正的修养的根源,这些不具理智的才媛与野蛮人、原始人、无教养之人别无二致。

真正有理智的人里面不会出恶妻。有理智的女人虽并非恶妻,却总会让丈夫烦恼并心生憎恶、备受折磨,可以说基本是不会给对方带来平安的吧。

让别人痛苦,自己也为之痛苦,这就是人类正常的生活吧。不过,到了流血的惨况,也太离谱了吧,平野君!啊,战争即野蛮!快去搜索战犯吧,平野君!

《妇人文库》第二卷第七号,1947 年 7 月 1 日发行

不良少年与基督

牙疼已经是第十天了。我在右边脸颊上了冰敷，喝着磺胺口服液，然后躺着。我并不想总躺着，但上了冰敷之后不躺下不行。于是我就躺着看书。把太宰[①]的书几乎全都重读了一遍。

磺胺口服液都喝完三大盒了，疼痛仍然未能止住，不得已只好去看医生。我向来胡闹，从来都不去医生那里的。

“嗬，不得了，没关系的。按我说的，喝些磺胺口服液，再敷上冰袋，那就行了。那样就比什么都好了。”

---

① 太宰治(1909—1948)，日本小说家。

我就是那样做的,但却并不见好。

“我看马上就要好了。”

这位年轻医生的措辞堪称完美,无懈可击。我看马上就要好了,真的吗?医学到底是主观认识的问题,还是药物客观效果的问题?这些姑且不论,我的牙是真的很痛啊。

用原子弹一瞬间就能杀死无数人,而就这么一个人的牙痛却总也止不住,文明就是这样的?真是扯淡。

妻子想把磺胺口服液的玻璃瓶立起来,结果瓶子啪嗒一声倒下了。那声音响到让人简直要惊跳起来。

“喂,浑蛋!”

“我能让这玻璃瓶儿站住的。”

那位竟一心只顾变戏法儿取乐。

“你这个人就是浑蛋,太讨厌了。”

听到这话,妻子勃然大怒,愤怒已经深入骨髓。而我却正痛入骨髓。

就像一把短刀哧一下扎进腮部,大喝一声用力剜起。那心情,怎一个畅快了得。喉咙里起了些疙疙瘩瘩的东西,那里针扎般地疼,耳朵也疼,脑仁儿也像触电似的火辣辣地疼。

勒紧我的脖子。消灭这群恶魔,击退它们!前进!不能输,战斗吧!

这么一个三流文人,因为牙疼最终悬梁自尽了。这视死如归的样子,真是不得了呢。那会儿真是斗志昂扬呢。伟大!

应该不会有人这样表扬我吧。没有人会这样做吧。

牙疼这种事儿,除了此时正在疼的人以外,没有任何其他人会对此心有戚戚。简直是亵渎人类!这样怒吼一声,意思是不能对牙疼感同身受就是亵渎人类,亦或者说是亵渎牙疼,不也很好吗?牙疼而已嘛。哎呀呀,原来牙齿是这样的呀。最新发现。

只有一个人,银座出版的升金总编①这位妙人,对我寄予了同情。

“嗯,安吾啊。没错儿,牙疼起来是真要命。一个牙病,一个生殖器疾病,都是同类项,阴郁不痛快起来真是一样的。”

说得真好。确实就是阴着来的。如此来看,欠债也属于同类项吧。欠债者,阴郁之疾病也,不治之症也。即便有打败此病之心,却终非人力所能及。啊,可悲啊,可悲!

我强忍着牙疼笑出声来。哪有半点儿伟大之处呀。这个傻瓜!

啊,牙疼得要哭了。吃我一脚,这个浑蛋!

牙齿一共有多少颗呢?这还真是个问题。有人可能会以为

① 指银座出版社的升金种史。

牙齿的数量是因人而异的，但据说并非如此。就连这些奇怪的地方，人类都被近乎愚蠢地塑造得极为相似。即使不做到那种地步，不也很好吗？所以我很讨厌上帝。为什么就连牙齿的数量也非要整成一样呢？简直无语，神经病嘛！像这类一丝不苟的行事方式，就是神经病。还是自然、磊落些为好！

我忍着牙痛笑出声来。一笑之下，疼得像要杀人一般。赶紧闭上嘴坐着，这样一来突然好了。那位牙医真是救苦救难的圣手华佗啊，不日之后定会信众云集的吧。

吾因牙疼在十天里暴躁不已。吾妻却一直和颜悦色。她在枕边侍疾，把冰块放到金属脸盆里，拧好毛巾，每隔五分钟就换一次。即使怒入骨髓，却还是不动声色，确实贤淑，堪称女性表率。

第十天时。

“好了？”

“嗯。稍微好些了。”

女人这种动物都在想些什么呢？这是聪明人无从知晓的。妻子瞬间脸色大变：

“你欺负我整十天了呢。”

我被痛打一顿，狠狠地踢翻在地。

啊啊，如果我死了，妻子必定会立刻勃然大怒道：你欺负我一辈子了！然后鞭打我的尸体，紧紧掐住我的脖子。要是我忽然一下子又活过来，那就有趣了。

檀一雄[①]过来了。他从怀里掏出价格不菲的香烟，嘟囔着说越是没钱就越穷讲究，要是有一大笔钱的话就去买二十日元一根的手卷烟，边说边递给我一根。

"太宰死了。死都死了，我就没去他的葬礼。"

这话说的。要是人没死又怎么会举行葬礼呢？

檀曾经和太宰一起搞过貌似是共产党基层的组织活动。当时太宰在组织里是个头头儿，据檀一雄说太宰是那里面最认真的党员了。

"跳下去的那个地方在他自己家附近，如此看来这次是真死了。"

檀仙人降下了如上神谕，然后接着说：

"他这次又恶作剧了。总觉得是在逗大家玩儿。死的那天是十三号，《Goodbye》写到了第十三节[②]，这是成心的吧，都是'十三'……"

檀仙人一口气列出了诸多十三。这些我都完全没有想到

---

① 檀一雄（1912—1976），日本小说家、诗人。

② 《Goodbye》是太宰治的绝笔小说，在《朝日新闻》（1948 年 6 月 21 日）和《朝日评论》（1948 年 7 月 1 日）上共发表了 13 节，因太宰治自杀而未完终止。

过，不由得愣住了。果然是仙人，好眼力。

太宰之死，我比大家知道得都早。报纸上还没登出来那会儿，新潮社的记者就来通知我了。听到那个消息后，我赶紧留下字条躲了出去。直觉告诉我，为太宰这事儿，报纸和杂志马上就要一窝蜂儿奔袭而来。我暂时不想谈论太宰，于是给来访的诸位记者们留了个字条儿就离家而去。这一步我实在是走错了。

看到我字条上的日期比报纸报道的时间要早，报社记者们诧异不已。他们以为太宰的自杀是一场骗局，是我把他给藏起来了。

一开始我也想他是不是还活着呢。但后来听说河边上滑落入水的痕迹很是鲜明，我就知道是真的死了。他不可能连滑落的痕迹都搞鬼。报纸记者们真该拜鄙人为师，来学一学侦探小说。

要是报纸记者们的错误判断成真的话，那可就太好了。我先把太宰藏个一年半载的，然后突然让他活过来，那样的话报纸记者和社会上有良知的人们说不定会大发雷霆，但偶尔发生一些此类的事情，不也很好吗？如果太宰不是真的自杀，如果能够调皮捣蛋到谋划一场自杀骗局，那么他应该能创作出更加优秀的文学，我如是想。

★

布伦登[①]先生和日本的这些文学家不同，是一位有见识的人。关于太宰之死，他曾（在《时事新报》上）说，很少有文人单单因为抑郁症就去死，大部分都是被虚弱逼到了绝路上，太宰也是一样，肺病是其自杀的原因之一。

芥川也是一样。可以想象，在中国感染的梅毒让这个有着贵族情趣的人胆战心惊，怕得要命。

在芥川和太宰所有的苦恼中，即使说来自梅毒或肺病的压迫已经变成慢性的，即使本人对此并不自知，但他们的虚弱带来的压力却是巨大的，导致他们走向了自杀之路，这一点千真万确。

虽然太宰以M.C（即 My Comedian）[②]自称，但其实他无论如何都没能彻底成为一名喜剧演员。

他后期的那些作品——实在是行不通的。他曾出过名为《晚年》[③]的小说，不要和这混为一谈。在临近死亡之际所写的那些作品中（这话说得很是拗口呢），《斜阳》[④]是最好的一篇。

① 布伦登（Edmund Charles Blunden，1896—1974），英国诗人、评论家。
② M.C（My Comedian），意为“我的喜剧演员”。
③ 《晚年》是太宰治第一部小说集，1936 年 6 月 25 日砂子屋书店发行。
④ 连载于《新潮》1947 年 7—10 月号。

不过十年前的《鱼服记》[1]（这篇也属后期的作品）写得也很不错。这才是M.C的作品。《斜阳》差不多也称得上是M.C类，但无论如何都未能将M.C执行到底。

《父亲》[2]《樱桃》[3]都太苦了，那些东西本不该写出来给人看。那类性质的内容只应存在于宿醉未醒之时，必须在宿醉未醒之时即处理消化掉。

这类宿醉的，或者说是宿醉般的自责、追悔等痛苦与悲伤，不能作为文学问题来对待，也不可视之为人生问题。

死期将近的太宰过度沉迷于宿醉之中。但无论每天醉到何种程度，文学却是无法容忍宿醉的。登上舞台之后的M.C当然不能醉着，即便是喝下过量的兴奋剂以至于心脏像要炸开一般，也必须遏止住舞台上的宿醉。

不管怎么说，芥川是死在了舞台上，且死的时候多少算是成角儿了。太宰却在摆弄着“十三”这个数字，花费时间构思出《人间失格》[4]《Goodbye》等情节，也按照预想的情节去做了，但

---

① 1933年3月发表于《海豹》创刊号。

② 短篇小说《父亲》发表于《人间》1947年4月号，描写信仰、道义与父子等家庭关系。

③ 短篇小说《樱桃》发表于《世界》1948年5月号，从身为作家的父亲的角度写人与家庭的关系。

④ 《人间失格》，长篇小说，发表于《展望》1948年6—8月号。

最终却没有死在舞台上,而是宿醉般地死去了。

除去宿醉这部分,太宰其实是一个健全、逻辑清晰的通情理之人,是一个正常人。小林秀雄就是那样。太宰曾经嘲笑过小林的常识性,但那嘲笑是错误的。如果不是一个真正的逻辑清晰、富有常识之人,就不可能写出真正的文学。

今年1月的某天,在织田作之助一周年祭的酒席上,织田夫人晚到了两个小时左右。她来之前同席的人们都已喝得酩酊大醉,就有人开始讲织田背着人和几个女人交往的事儿。于是我说:

“那些事情趁现在赶紧说。等织田夫人来了可不能再提起啦。”

话音刚落,就听到有人大声回应:

“对,对,就是的。”

应声的是太宰。去拜访前辈时会特地换上和服裤裙,太宰就是这样一个男人,是一个健全的、有条理的、真正的人。

但是他却做不成M.C,不管怎样,他极易成为一个宿醉的酒鬼。

人,寿则多辱。不过,对于文学的M.C而言,有的是作为人的耻辱,宿醉却不是耻辱。

《斜阳》中过多使用了一些奇怪的敬语。把便当盒打开,摆在榻榻米上，喝着带来的威士忌，这样一句话里“便当盒”“榻榻米”“喝”和“带来”都用的敬语。在此类程度的表达之后，小说又写道：“和田舅舅乘上火车之后，心情愉悦地哼唱起能乐的谣曲。”所有这些都是司空见惯的所谓贵族的老套行径。这些地方并不存在文学需要面对的真正的问题，故而作家本来无须介意，但实际上最让宿醉者羞愧的，就是这些地方。

这类羞愧完全没有任何意义，对文学而言本不值得一提。

但是，志贺直哉这位先生却单单挑出这一点来大做文章①。也就是说，志贺直哉这位先生根本就不是文学家，不过是个职业写手而已，他的上述行为充分证明了这一点。但是这确实又是宿醉者的死穴所在，所以太宰必定会被激得面红耳赤、恼羞成怒。

太宰本来就是那种冲动起来就会如宿醉一般走嘴失笔的男人，作为还击，他自己抓住志贺直哉文中“杀死”一词的敬语用法，讽刺这种表达简直是荒唐。②

---

① 在和中村真一郎、佐佐木基一的座谈会上（发表于《文艺》1948年6月号），自幼接受贵族式教育、被誉为“小说之神”的志贺直哉批评太宰治《斜阳》里华族女子的用词就像是村姑出身的女佣一般，指责太宰写得不够认真。恼羞成怒的太宰在评论《如是我闻》（连载于《新潮》1948年3月号、5—7月号）中做出激烈反击。

② 在《如是我闻》的最后，太宰以“杀死”一词的敬语用法来讽刺志贺直哉。志贺直哉的《兔子》（1946年9月）一文中有一段父女的对话，小女儿对父亲说：“如果养兔子的话，父亲大人肯定不会舍得杀死它的。”［“（兎を）飼って了へばお父様屹度お殺せになれない。”］

我认为，究其根本，在这个地方蕴含着太宰最想隐藏起来的秘密。

从初期的作品开始，他的小说一直在过分强调自己的家庭出身如何之好。

然而，当龟井胜一郎[①]在某本书中自报姓名时称自己是名门子弟时，太宰冷笑道："呃，名门，休要说笑啦，说什么名门，真是一个让人生厌的词儿。"名门有什么可笑的呢？由此可见，太宰实则对此十分在意。名门的可笑之处马上刺激到了他。也是在这个意义上，志贺直哉的"杀死"一词使他深受震惊。

弗洛伊德[②]有一个称为"错误更正"的说法。当我们不经意间说错话时，就会想要更正这个错误，在无意识中又会犯下类似的错误，试图以此使之合理化。

当心理处于宿醉般的衰弱状态时，这种意识就会变本加厉，带来恼羞成怒般的混乱、痛苦的同时，还会引发类似于"错误更正"的癫狂状态。

太宰把这些搬到了文学上。

想来太宰从年轻时候起，像在离家出走靠女人照顾的时候，

---

① 龟井胜一郎（1907—1966），日本小说家、文艺评论家。

② 西格蒙德·弗洛伊德（Sigmund Freud，1856—1939），奥地利精神病医师、心理学家、精神分析学家。

肯定时不时地把良家子弟这类搬出来，甚至还会以华族①子弟自居吧。他甚至还靠这一手儿欺骗小酒馆儿，总是欠钱不还，这些都发生过也未可知。

漫长一生中累积的无数次耻辱，恼羞成怒地作用于那宿醉般衰弱的心灵，这必定使他备受折磨、痛苦不已。于是他通过小说来搞“错误更正”。弗洛伊德所谓的“错误更正”，并非坦诚地改正错误，而是通过再次犯下类似的错误以使更正的逻辑得以成立。

想来太宰并未坦率地改正错误，并未积极地向着善的一面去努力。

他是想去做的，他的言行之间都可见那份憧憬和良知。但他却未能做到。究其原因，虚弱对他的影响确实是一个方面。不过，归责于虚弱并非正理，原因在于他的确太过安逸了。

想要成为M.C，必须付出努力消灭宿醉；而如果要沉溺于宿醉的哀叹中，则无须多少努力即可解决。那么，为什么他会如此安逸呢？结果还是得归因于虚弱吧。

早先太宰曾微笑着教导田中英光②说：对那些粉丝的来信，

---

① 华族：日本明治时代设定的身份制度中，称拥有公、侯、伯、子、男等爵位的人及其家人为华族。二战之后废除。

② 田中英光（1913—1949），日本小说家，太宰治的弟子。奥林匹克赛艇选手。

要不厌其烦地回信，因为他们都是忠实的追随者，文学家也是商人啊。据说田中英光遵循教诲勤勤恳恳地写了回信，但太宰是不是也兢兢业业地回信了呢，估计根本没怎么回吧。

但是，总的来说，太宰为粉丝服务起来还是相当卖力的，这是事实。去年有一个金泽还是别的什么地方的书店老板，寄了一摞画册（本来我想打开看看里面是什么来着，厚度相当可观）到我这里来，想让我给画上几笔。我根本没有打开包裹，就那么弃置在那里，结果那老板不时就催促一番，断断续续写来一些奇怪的话，说那些是他下血本买来的非常昂贵的纸张，张三、李四、王二麻子和太宰先生都已经给画过了，我很信任坂口先生你的人格云云。当时恰逢我心里有气，一触即怒，于是我破口骂道：不要无端找碴儿了，混账东西！把包裹原封不动地退了回去。后来对方也怒气冲冲地回骂我说道：真是个神经病！从那时的明信片可知，太宰好像给他画了画，还在上面留了书法。可以说服务得很是到位。在我看来，之所以会这样，也是因为他的虚弱。

说到底，男女演员们姑且不论，单说文学家和粉丝的关系，不管是在日本还是在外国都不怎么受关注。大体而言，演员的工作具有现世性，文学则不同。文学这一工作具有历史性，所以文学家们的兴趣和现世性的人事之间的关联往往并不很深，这是理所当然的。马拉美①被以瓦雷里②为首的一众崇拜者所追捧，漱石在每周四举办沙龙“木曜会”，对于马拉美和漱石来说，面对的并不是粉丝，而是门下弟子，大致而言，来者必须具备相应的才能，这是他们之间关系成立的前提。

太宰却不是这样，他的受众与影迷并无二致，在这一点上和芥川也很像。在我看来，这都是拜他们肉体的虚弱所赐。

他们的文学实质上是孤独的文学，本来与现世的人事、粉丝这些并无多少瓜葛，但是，由于他们不够坚强，在舞台上无法做好M.C，于是需要现世性地去弥补其缺陷。我如是想。

结果，他们就这样被逼上了死路。如果他们能够彻底拒绝现世，那他们就不会自杀。或者也还是会自杀。但是，首要的一点，他们会成为更加坚强的M.C，会写出更加优秀的作品。

不管是芥川还是太宰，他们的小说都是洞察心理、精于人情的作品，几乎不具思想性。

虚无并非思想。虚无是附属于人类自身的、生理性的精神内容，而思想却是更为愚蠢、更加肤浅的东西。基督不是思想，基督是人自身。

人性（虚无是人性的附属品）是永恒不变的，属于人类整

---

① 斯特芳·马拉美（Stephane Mallarme，1842—1898），法国象征主义诗人、散文家。
② 保尔·瓦雷里（Paul Valery，1871—1945），法国象征派诗人。

体。而“个人”生于世间不过五十年而已，由这点来看，个人是唯一的特别的一个人，不同于人类整体。思想属于这“个人”，因此生出、存在之后即会消亡。所以，思想本来就是肤浅的。

个人总想着珍惜自己的一生，想要更好地度过，于是煞费苦心尽一切力量制订出方案对策，这对策就是思想。由是，如果人死了，一切即宣告结束，那么切勿奔波忙碌了吧，如果能够说出这句话来，也便罢了。

太宰无法彻悟到说出如上话语的境地。可是如果让他下功夫去更好地生活，让他无惧思想之幼稚去装疯卖傻，这些他更加无法做到。但是，在彻悟之后，即使是漠然地对人生冷眼相向，也依然得不到任何救赎，并无任何伟大可言。对此太宰应该是再清楚不过了。

太宰的这种“无可救赎的悲伤”却并不能为号称是太宰迷的这些人所理解。当太宰冷漠、冷眼相向、对着幼稚的思想和芸芸众生的拼命挣扎面露冷笑时，当他表现出宿醉般的自虐时，太宰迷们总是群起鼓掌喝彩。

太宰并不想宿醉不醒，他应该是最恨这个的。无论多么青涩都没关系，幼稚也不打紧，为了更好地活下去，世俗的善行也好，别的什么也罢，他定想拼尽全力去做一个好人。

阻碍上述愿望达成的，是他的诸种虚弱。于是他迎合现世的粉丝们，没有成为留名青史的M.C，成了一名仅仅为粉丝而存在的M.C。

什么《人间失格》《Goodbye》以及“十三”呀，太讨厌了，呃。如果换成是别人那样做，太宰估计会做出如上评价。

假如太宰自杀未遂而活了过来，那么他迟早又会如同宿醉一般恼羞成怒，在经历过极度混乱和苦闷之后感叹说：《人间失格》《Goodbye》还有自杀，都太讨厌了，呃！他必定会写一些诸如此类的东西。

★

太宰有时候会变身为真正的M.C，写出光彩夺目的作品来。像《鱼服记》《斜阳》等，他早期的好作品不在少数。近年的作品也是一样，即便是《男女同权》①《亲友交欢》②这类轻松的小说也非常优秀。太宰气派十足，看上去像是一位令人钦佩、足可载入史册的M.C。

但是，那种状态并不能持久，很快必定又会变成宿醉的M.C。而后又会克服那种状态，复原成真正的M.C，再然后，又会

① 《男女同权》，短篇小说，发表于《改造》1946年12月号。
② 《亲友交欢》，短篇小说，发表于《新潮》1946年12月号。

回归为宿醉的M.C。应是如此反复不已。

不过,在反复的过程中,太宰的叙事技巧日渐高明,成长为一名优秀的叙事者。其文学的内容并未发生变化。他的文学精于人情,凸显的是人性最本源的问题,因此不会表现出思想方面的变化和发展。

这次也是一样,如果他自杀未遂、重新振作恢复到可载入史册的M.C状态,那他应该能在叙事技法上更上一层楼,贡献出精美的故事。

总的来说,宿醉般的自虐作用更容易理解把握,因此那些故作深沉的青年会为之喝彩亦属理所当然。但是,如太宰这般高傲孤独的灵魂竟然极易被拉到宿醉M.C的邪道上去,我认为原因有二,其一是虚弱,其二是酒。

布伦登先生已经一针见血指出了虚弱一事,我再补充上一条——酒,这个极为通俗的妖魔。

太宰晚年处于宿醉状态,但宿醉这一通俗至极之物实则是在侵蚀着他那高傲孤独的灵魂。

因酒精引起中毒这事儿不太会发生。前些天某精神病医生说,尤其是在日本,几乎没有出现过真正酒精中毒的病例。

但是,如果认为酒并非毒药而是一种食物,那就大错特错了。

酒本来就不好喝。威士忌也好白兰地也罢,不管何等品级,我都是憋一口气硬灌进肚子里。我喝酒为的就是喝醉,喝醉了就能睡着。这也是它的功效之一。

不过,喝上酒之后,不,是醉了之后,就会遗忘。应该说是另一个人诞生了。假如无须忘记自己,那么我无论如何都不想喝这种东西。

说什么想要忘记自己,纯粹是在扯谎。如果真要忘记,那得一年到头喝个不停,一醉到底。世人称此为颓废派。休要再提这些歪理屁话。

我是一个活生生的人啊。刚刚也说过,人生不过五十年,没什么大不了的,这种话很容易就能说出口,所以往往说得言不由衷,本来并不想那样说。即使是幼稚、不成熟、粗俗也都无所谓,我一直都在苦心孤诣想要证明自己的存在。如果真到了一年到头长醉不醒的地步,那还不如去死好了。

暂时能够忘掉自己,这事儿极具吸引力。这绝对是现实可行的伟大魔术。以前花五十钱①,捏着一枚齿纹边的硬币,就能在新桥车站前面喝上五大杯酒,魔法即可奏效。最近再想施魔法可就不那么容易了。太宰并没有失去施展魔法的权利,而是

① 钱:日本货币单位,一日元的百分之一。

丧失了做人的资格。世人曾一度对此深信不疑。

其实,太宰从来都没有失掉做人的资格。他顶多是宿醉般恼羞成怒而已,单这一点就比那些不知羞耻的家伙强了不知多少倍,堪称一个正直的人。

他并不是再也写不出小说。只不过是一时之间能量衰减做不成M.C而已。

对于某一类人来说,太宰这个人的确不好打交道。

举个例子,太宰对着我诉苦,说和文学界①的同人没法儿交往,哀叹道:"啊,可怎么办才好呢。"于是我安慰他:"有什么呀,那种事情,不要放在心上就是。""啊,对的,对的。"太宰很是高兴。

过后太宰又会跑去跟别人说:我故意做沮丧状给坂口安吾看。果不其然,他摆出一副老资格的样子,只顾把胸脯拍得砰砰响,说那有什么呀,不要放在心上就是。太宰就是这种男人,按捺不住非要做出如此滑稽搞笑的言行。

很多老友都对太宰上述行为方式深恶痛绝,甚至会因此与他绝交。当然他的这种做派确实伤害到了朋友们,但实际上,太

① 日本昭和时期的文艺杂志《文学界》创刊于1933年10月,之后数次停刊、复刊。1947年6月再次发行复刊号,同人有井伏鳟二、石川达三、太宰治、中村光夫等25人。

宰本人是搬起石头砸自己的脚,心里受伤不浅,常致恼羞成怒。

本来呢,就像他本人在作品中也说过,那些言辞都是当时当地对着眼前的谈话对象突然之间脱口而出的,类似于给对方的福利。他的朋友们同样也是作家,对这种事儿本不难理解,但即使如此还是有人心生不快,纷纷离他而去。

但是,太宰背地里的恼怒、自卑和痛苦程度却绝非一般。从这点来看,他真是一个诚实可靠的家伙,是一个健全的人。

因此,虽然在座谈时太宰会突然整出这种"福利"来,背地里恼怒不已,但他却并没有把这些付诸笔端。可是,太宰的弟子田中英光却丝毫不分座谈还是文学,统统这种做派,结果根本就不是背地里了,乱七八糟啊恼羞成怒什么的,明目张胆肆无忌惮地乱写一通。田中本人以此作为救命法宝,也是没救了。

太宰却不是这样。他确实是一个谦恭、虔敬、诚实的人。正因为如此,内心里的恼怒也就更为严重。

太宰所受自卑之苦比旁人更甚,理所当然,对他来说酒的魔法就成了必需品。但酒这种魔术却自带有宿醉这一并不怎么美好的附属品。真是难办,简直是火上浇油。

做菜用的酒不会引发宿醉,但用来变魔术的却会。如果在精神衰弱期使用魔法,极易沉湎于此无法自拔,很容易会去想:啊啊,就这样吧,死掉也好。他本人感受到的最强烈的症状就是好像已经无法再工作下去,对文学也觉得失望,觉得这才是自己的真心话。但其实那不过是宿醉时的幻想,除病态的幻想期之外,实际上并不至于无法工作,且也还没有走到穷途末路。

即便是太宰这样洞悉人情世事的人,仍不免对这件俗事产生误解。这也是必然的。酒是魔法。因为对手就是魔法,庸俗也好,浅薄也罢,即使了然于心,却终非人智之所能及。酒是罗蕾莱①。

太宰真是悲哀,着了罗蕾莱的道儿了。

殉情一说真是弥天大谎。魔法师在喝酒时只顾迷恋女人,身处酒中的并不是他本人,而是另外一个人。是另外一个人迷上了女人,他本人并不自知。

首要的一点,如果真是情迷,那还会去死吗?完全说不通。真要迷恋的话就会活下去。

太宰的遗书完全不成体统,估计他当时醉得厉害。或许他私下里也考虑过要死在十三日。总之,《人间失格》《Goodbye》,然后是自杀,嘿,情节的发展好像暗中早已设定好了。不过,即使背地里早已设定好情节,却也并无非死不可的道理。非死不可这种置人于死地的思想或者说是作用场,在现实中其实并不

① 罗蕾莱(Lorelei)是德国民间传说中的女妖,以优美的歌声诱惑水手们,致其船毁人亡。

存在。

他那宿醉般的衰弱把私下的设定逐渐转变成无法逃脱的困境。

但是,假如急旋风小幸[1]说不愿去死,那么自杀必定无法实现。估计是太宰喝得酩酊大醉之后提起来,小幸就切实地去执行了。

据说小幸也经常酗酒,但这次她的遗书写得很是工整,表示能陪自己尊敬的先生一起去死是无上的幸福,她丝毫没有醉酒的迹象。而太宰的遗书不管是字体还是内容都完全不成样子,他当时肯定已经醉得一塌糊涂。如果这次并非自杀,他肯定会想:哎呀,昨晚竟然做了那样的事! 又会在宿醉时深感羞愧且恼怒。但既然是自杀,第二天早晨再不会醒过来,没得救了。

太宰的遗书不是一般的凌乱。太宰死期将近时写的那些文章,即使带着宿醉感,但总归写的都是现世,确实是直面现世的M.C,其中尤以《如是我闻》最后一节(是第四节吧)为甚。那篇文章也是几乎没有M.C的影子,有的只是牢骚而已。可以想见,写那样的东西让他内心的恼羞成怒愈演愈烈,消耗掉了他的精

① 指太宰治的情人山崎富荣(1919—1948)。1948年6月13日,两人用绳子绑在一起,投玉川上水自杀身亡。太宰治和朋友们称山崎富荣为"小幸"(サッちゃん),全名是"急旋风小幸"(スタコラサッちゃん),本来是漫画家田河水泡(1899—1989)的一部漫画名。

神,他孤身一人愤懑、难过不已。但是,他越是处于非M.C的状态,身边的那些人越会鼓掌喝彩。他知道这是愚蠢的,对此很是腻烦,但却还是向着喝彩的人们奔去,去迎合他们,看起来就是如此。从这点来看,他直到最后都是M.C,是为追捧着他的那个最狭小的圈子服务的M.C。

在他的遗书里,就连那个为狭小圈子服务的M.C都已消失不见。

他写道:"虽然孩子是凡人,但还请宽恕他们。"写给夫人说:"我选择死亡并非是因为讨厌你。"还说:"井伏先生①是坏人。"

这净是些烂醉如泥之后瞎闹腾的浑话,全然没有M.C的样子。

不过,"虽然孩子是凡人,但还请宽恕他们"这句很是沉痛。他得多希望自己的孩子不是凡人啊。"孩子虽然平凡,却很可怜",这样写不就可以了吗?太宰就是这样一个正常的普通人。在读他的小说的时候,必须认清这一点,即他是一个正常人,是一个渺小、善良、健全的人。

话说回来,他没有说"请可怜可怜孩子",而是特意强调孩

① 井伏鳟二(1898—1993),小说家,1966年获日本政府文化勋章。太宰治的老师,在文学和生活方面都对太宰多有提携。二战之后太宰对井伏的态度和感情变得复杂。

子们是凡人,这或许就是太宰一生之悲哀的关键所在。即他对非凡梦寐以求,在这方面是一个极其虚荣的人。这虚荣本身就是庸俗且普通的,《如是我闻》中太宰针对志贺直哉发的那些牢骚也充分暴露出了这一点。

太宰在文中竭力反驳志贺直哉:"治宪王①表示,(对《斜阳》)感同身受,非常爱读,这不就足够了吗?"由此可见,一旦忘掉平时身为M.C时的那些卓越技巧,他可谓庸俗至极。这样很好。如非庸俗且普通,又怎能写得出小说来呢?太宰终其一生都未认识到这一点,只是为迎合那些奇怪的喝彩而多次如宿醉般自虐,这阻碍了他取得卓越的文学成就。

我再重复一次。如果不是庸俗且普通的人,根本不可能写出优秀的文学作品。太宰即是一个典型的庸俗、普通的正常人,但他本人最终未能认识到这一点。

★

想要给人下定论,纯属痴心妄想,特别是对孩子这种生物,

① 治宪王(1926—2011),日本旧皇族,贺阳宫恒宪王的第二王子,脱离皇籍后更名贺阳治宪,任外交官。曾在1947年10月14日的《时事新报》发言称:"对太宰治的《斜阳》我略能感同身受,很有趣呢。"

更是如此。孩子是突然之间降临到人世的。

不可思议的是,我没有孩子。曾经有两次偶然地差点儿生出来,一次是死在妻子肚子里,还有一次是刚生下来就死了。于是到现在我仍得以幸免于难。

不知不觉之间,肚子很奇怪地大起来,于是忽然间心甘情愿地生出了父母心。人就是这样出生并长大的,真是荒唐。

人绝不是父母的孩子。和基督一样,都是在牛棚或者厕所这类地方出生的。

有谚语说:即使没有父母,孩子也会长大。错!

即使父母都在,孩子也会长大。父母之流都是些愚蠢的家伙,无论做人还是做父母都很不称职,肚子大起来后忽然之间慌了神,装出一副父母的样子,实则是一群废物,他们付出的同情心很是奇怪,说不好是动物性的还是人类的,就那样阴兮兮地抚养着孩子。如果没有父母,孩子肯定会成长为更加优秀的人。

太宰这个男人深受父母兄弟和家庭所害,是一个饱受摧残的奇怪的不良少年。

他总是把出身如何如何这些无聊的事情挂在嘴上。这成了他的强迫性思维。结果,这家伙私下里甚至会想,如果自己真是什么华族子弟或是天皇的孩子该有多好。如此庸俗无聊的梦想,构成了他的内在人生。

一提到父母、兄长、前辈、长者，太宰就会抬不起头来。因此必须要推翻他们，这些人令人气恼。但另一方面，太宰又爱着他们，甚至想一把抱住他们埋头痛哭。这属于不良少年的典型心理。

他已经四十岁了，但依然还是不良少年，是一个无法进入不良青年、不良老年的男人。

不良少年不想认输，千方百计想要表现自己的不凡，即使到悬梁自尽的地步也要显得伟大。如果自己是王子或是天皇的孩子该有多好，如此妄想，至死仍想让人觉得了不起。虽然已是四十岁的年纪，太宰的内里却仍是这般不良少年的心理，当真肆意去做那些极为肤浅之事，委实是个糊涂小子。

太宰之死，并不是什么文学者之死，是一个年届四十还是不良少年的废物怪胎，在胡作非为之后，最终走上了不归路。

实在是一个可笑的家伙。他去拜访前辈时，口中尊称前辈，穿着日式礼服套装前去。这是不良少年的江湖道义，可谓彬彬有礼。他是在以天皇的孩子该有的礼仪来要求自己，力争做到全日本第一。

和太宰相比，芥川看起来更成熟、更聪明，而且更有才华，老实持重，单纯可靠。但实际上，芥川和太宰一样，也是不良少年，拥有双重人格，另外一种人格可谓袖里藏刀，会在庙会之类的地方晃荡,吓唬勾引小姑娘。

说什么文学家,快别搞笑了,比文学家更甚的,是哲学家。哲学?哲学是什么?其实一无是处,不是吗?净是在瞎琢磨。

黑格尔①,西田几多郎②,都算什么呀,一派荒唐。虽然已经年届六十,但在做人上还是不良少年,仅此而已不是吗?没有大人样儿,整日在冥想。

都在冥想些什么呢?不良少年的冥想和哲学家的冥想有哪些不同呢?只是在兜圈子罢了,大人们只是在愚蠢地浪费时间而已。

芥川的死,太宰的死,都属于不良少年的自杀。

他们属于不良少年中格外懦弱、窝囊的爱哭鬼那一类型。比力气,他们赢不了;讲道理,他们也赢不了。于是他们需要引用某些例证,靠别人的权威来主张自我。芥川和太宰都举基督为例证,这是不良少年里那些懦弱的爱哭鬼的常用伎俩。

陀思妥耶夫斯基则不同,同为不良少年,却拥有淘气大王的力量。强大如这家伙,就无须再举基督呀或者别的什么人为例了。他自己就是基督,自己足可制造出一个基督。陀思妥耶夫

---

① 黑格尔(Georg Wilhelm Friedrich Hegel,1770—1831),德国哲学家。
② 西田几多郎(1870—1945),日本哲学家。

斯基最终完成了这一创举,他创造出阿廖沙①这一人物,赶在死前得以完工,在那之前他则一直处于支离破碎、杂乱无序的状态。不良少年总是杂乱无序的。

死啊,自杀啊,这些都了无意义。因为败了,所以去死。如果胜了,绝不会去死。竟然会相信“死亡的胜利”这种荒谬的逻辑,这绝对比相信救苦救难老圣手的意念疗法还要傻得多。

人活着就是一切。一旦死去,即告消亡。名声或是艺术长存这些说法都愚蠢至极。我讨厌鬼魂,说什么死去之后也还存在着,我就讨厌这样的鬼魂。

人都说活着才是最重要的。自杀者对这么个事儿,却始终参不透。本来这就不是参得透或参不透的问题。要么生,要么死,仅此两种。而且,死亡不过是消亡而已,是一切皆无罢了,不是吗? 一定要活下去,要坚持走完,必须战斗到底。无论什么时候都可以去死,不要去做那种无聊的事情了吧。随时都可以做的事儿,并不值得特地去做。

死亡只是归于虚无而已,这是谦卑的人们所秉承的真实义务,必须忠实于此。我视之为人类的义务。只有活着的时候才

① 阿廖沙是陀思妥耶夫斯基生前最后一部长篇小说《卡拉马佐夫兄弟》(1879—1880)的主人公。

是人,尔后就是一堆白骨,不,是虚无。而且,必须竭尽全力生存下去,这是正义和真实诞生的土壤。在讨论生与死的宗教或是哲学那里,正义和真理都不可能出现。那些只是玩物。

但是,活下去会很累。即便是说出上面这些话的我,有时候也想要回归虚无。战斗到底,说起来容易,做起来却很累。不过,气度定乾坤。无论如何,在有生之年都得坚决地活下去。那就战斗吧!决不认输。不认输意味着要一直战斗。除此之外再无胜败可言。如果战斗,即不会失败,也绝无法取胜。人绝对不是胜者,仅仅是不认输而已。

求胜心断不可有。根本没有获胜的可能,不是吗?不要去战胜谁或是打败某人。

切不可视时间为无限。那说法夸大其词,就像是小孩子的梦想一般,不可当真。所谓时间,就是自己从出生到死亡之间的这一段长度。

夸夸其谈得太过了。限度。学问即在于发现限度。夸夸其谈是小孩子的梦想,并不是学问。

发明原子弹并不是学问,是小孩子的游戏。找到控制它的方法,适度利用,以之遏制战争,思考和平秩序,这种限度的发现才是学问。

自杀并不是学问,是小孩子的游戏。最重要的一点是,从最初开始就应认识到限度之所在。

拜这场战争所赐,我认识到原子弹并不是学问,小孩子的游戏并不是学问,战争也不是学问,这是战争给予我的教训。以前是我过于相信这些夸夸其谈了。

学问即是要找到限度。我,为此而战斗。

《新潮》第四十五卷第七号,1948 年 7 月 1 日发行

太宰治情死考

据报纸报道，太宰月收入为二十万日元，每天喝两千日元的日本烧酒，租的房子是五十日元，屋子漏雨了也不修。

从生理上来讲，一个人不可能喝得下两千日元的劣质烧酒。而且据我所知，太宰是不喝烧酒的。大概一年之前，他说从没喝过烧酒，于是我带他去了新桥那里的烧酒馆。才喝了不到一杯他就醉了，那之后好像再也没喝过烧酒。

武田麟太郎①死于酒精中毒。从那以后，我也有所节制，尽

---

① 武田麟太郎（1904—1946），日本小说家。

量少喝劣质烧酒，但因为这个原因欠了威士忌酒馆很多酒钱，苦恼不堪。去街上喝酒往往会有很多酒友同行，如此一来不是花个两三千日元就能打住的。即使不点任何昂贵的食物，当下的酒钱也够人受的了，可谓痛快淋漓。

前些日子，三根山①和新川过来玩，让我一定去吃一次相扑火锅的河豚。我回答说：不了不了，鄙人可不想吃河豚自杀，特别是相扑力士做的河豚，更不能吃啦。听到这话，三根山一脸迷惑，不相信世上还有人会说这种话。他接着说：

“饭馆的河豚吃着危险。相扑力士的河豚大可放心。俺们都这样说，是吧！”

他一脸严肃地招呼着新川说道：

“相扑力士只死了两个人而已，是福柳和冲海，盘古开天辟地以来就这两人而已。我们处理得非常仔细，用小镊子一条一条把真子②的血管都夹出来了，花的时间是饭馆的三倍多。中毒的时候吃河豚鱼屎就能治好。我有一次因中毒感到麻痹了，揪出鱼屎吃了之后吐了，然后就好了。”

相扑力士这行真是沉着大气，他们身上有某种超越时空的东西。几天前我又去吃相扑什锦火锅时，他把特地准备的真子

① 三根山隆司(1922—1989)，日本相扑力士，1954年获大关资格。

② 即河豚的卵巢。

从冰箱里拿出来，说：

“先生，今天有真子！”

“不用了，已经够多的了。还请原谅。”

“先生可真是不可思议。”

他边说边歪着头若有所思，大脑袋上顶着力士发髻。

不过，相扑力士真是有趣。他们就只是力士，除了相扑外一无所知，只会以相扑力士的思维方式去想事情。可能是因为粮食不足吧，力士们都很瘦。三根山的体重也只剩了二十八贯①。即便如此他这次还是得了关胁②。如果他还有以前三十三贯的体格，肯定能当上大关。据说要想增重就必须戒烟，于是他说：“哈，那么就从现在开始戒烟。”就跟假的似的，很是突然，然而他还真戒成了。

所谓技艺之道，只有成为殉道的傻瓜才能得其大成。

三根山不了解政治，对社会常识也几乎一无所知。但是，他对相扑技法的进退谋略所知甚深，能够深入、正确地理解这一行的技术，头脑足够清晰，单从这点也能看出来，如果他从事别的工作，肯定也会成为屈指可数的实干家。然而，他完全不关注任

① 1贯约为3.75千克，日本在1891—1958年间以其作为重量单位进行商业贸易。

② 日本相扑力士的前三名依次称为大关、关胁、小结。关胁处于大关之下、小结之上。

何其他的事情。

据说双叶山①和吴清源②都加入了玺光尊门下。吴八段入门之后棋艺愈加高强,日本的围棋高手纷纷被其斩落马下,经验惨痛。吴八段最近经常在《读卖新闻》的围棋赛下棋,索要巨额佣金,据说是因为他一手承担了玺光尊所需的后勤资金的缘故。经由"读卖新闻"策划,我也和吴清源对弈了一局。其时"读卖"的人说:吴清源的对战费用高得离谱,为此文化部的钱已经被他吞掉一多半,所以安吾先生您的对弈费、便当钱和电车费就都免了吧。也就是说,我也间接地给玺光尊捐钱了。南无天玺照妙照妙③。

双叶山或吴氏的心境固然不可推广为一般情况,但是,其中还是流露出了竞技行业让人悲痛的特性。

文化程度越高,人就越迷信,这一点诸位是否能够理解呢?有一些相扑力士或许目不识丁,但只要他们是优秀的力士,他就是文化程度很高的文化人。为什么这样说呢,因为他精通相扑技术,且通过相扑技术与时代相通。相扑力士的攻击速度、出手速度、呼吸以及防御方法都顺应了时代文化。他们深通相扑招

① 双叶山定次(1912—1968),日本相扑力士,第35代横纲。
② 吴清源(1914—2014),日籍华人,围棋大师,最终级别为9段。
③ "天玺照妙"是玺宇信徒的念词。

数之奥妙，是这个时代水平最高的技术专家，也是文化人。目不识丁并不是问题。

高水平的文化人和复杂的心理专家都是在悬崖上漫步，极易步入迷信之途。他们通过一切途径去探究自我，深谙极限和绝望之所在。

越是优秀的灵魂，苦恼就会更甚，烦闷也会更甚。大力士双叶山、大围棋家吴八段，这两位独一无二的天才却拜倒在玺光尊门下，由此可见天才苦闷之悲痛并非常人可以想象。如果因为玺光尊的滑稽荒唐就对两位天才灵魂之苦闷付之一笑，那就大错特错了。

文人同样也是艺人，是手艺人，是专家。因为职业性质，确实没有目不识丁的文人。但是，就和目不识丁相类似，有的文人不通世事人情。不过，技艺之道本来就是不合常理的。

对于普通人来说，战争时期是非常时期。但就技艺之道而言，在平时也要与灵魂斗争，一直都是与战争共存。

他人或批评家的评价都不是问题。纷争是更为深入的，存在于作家自己的内心深处。其灵魂就是暴风骤雨。怀疑，绝望，重拾希望，下定决心，热情衰退，奔流不息的暴风雨本身就是灵魂。

然而，那些并不值得当回事儿的他人的批评，却也绝不是普通社会的常态。

力士和棋士都是用生命在作战。但对于社会上的人们来说,那都是消遣的对象,胜者会收到一片喝彩,败者却会遭到蔑视。

对于某些灵魂来说,那是事关生死的事业。但在普通社会上,这事业却要受到以之为消遣的庸俗灵魂的评价和蔑视。

文人的工作也是一样,也被批评家那些讲求为人处世的庸俗灵魂分成了三六九等,就像香蕉小贩在兜售香蕉一般,批评家们饶有兴致地高声叫卖着,五十钱,三十钱,评头论足。

不过,确实无法一一计较那些事情,也气恼不过来。技艺之道应该由更为绝对的自我之声去裁决,并为之苦闷。

对于艺道中人来说,平时即是战时,因此我们必须明白,自己身处与普通社会的规矩截然不同的另一个世界之中。可以说,在平时也要一直像敢死队那样过活,在平时也要为工作拼上灵魂和生命。不过,因为真心喜好技艺之道,我们并不像被强行派出的敢死队那般满面伤痛,而是一脸满不在乎,一副毫不在意的样子。

太宰一晚上就喝两千日元的烧酒,可是屋子漏雨了他却不修。真是傻瓜、变态,诸位要是这么想,那还真就是这么回事儿,如果不是傻瓜,就不能在技艺之道上取得大成就。在艺道上有大成就，也就意味着要做傻瓜。

太宰之死果真是情死吗？两人的腰部用绳子拴在一起，小幸的手在死后都紧紧缠在太宰的脖子上，从这点来看，不管是半七还是钱形平次①，肯定都会认定这就是情死。

但是，情死的说法实在讲不通。太宰看上去并不迷恋急旋风小幸，比起迷恋来，看上去更像是轻蔑。“小幸”本来就是对女人的通称，“急旋风小幸”是太宰给起的名字。她并不聪明，据说是会让编辑们大跌眼镜的笨女人。本来嘛，对于完全靠头脑工作的文人来说，笨女人有时候能让人觉得放松。

太宰的遗书完全不成样子，他当时醉得一塌糊涂。小幸本来经常酗酒，这次好像却没有喝醉。她写道：能陪自己尊敬的先生一起去死，非常光荣、幸福。估计是烂醉如泥的太宰临时起意要自杀，没有喝醉的女人对于此事的成功起了决定性作用。

太宰总是把死亡挂在嘴上，在作品里也多次写了自杀，或暗示了自杀。但即便如此，也并非真就非死不可，并不存在任何把他逼上绝路的事情。他也并没有要走上绝路的想法，并非一定要死。即使在作品中自杀了，在现实中却未必一定要去自杀。

① 半七是冈本绮堂（1872—1939）著探案小说《半七捕物帐》中的主人公。钱形平次是野村胡堂（1882—1963）著探案小说《钱形平次捕物控》中的主人公。二人均为著名侦探的代名词。

我们也总是这样，烂醉如泥后会做些无耻无理的事情，第二天睁开眼时会想，哎呀，糟糕！面红耳赤羞愧不已。但唯有自杀一事不同寻常，第二天再也醒不过来了，后果很是不堪。

以前在法国也有一位奈瓦尔①先生，是一名诗人。他夜里喝醉了跑去敲关东煮店家（法国的店家）的门。因为之前奈瓦尔先生总是在店里待到很晚也不走，所以关东煮店的老板对他敬而远之，假装睡着了没有起来。于是听到奈瓦尔先生说了一句“哎呀，这老板娘”就往回走了。结果第二天发现他在店家门前路边的树上上吊死了。真的是为一杯酒就上吊了。

如果是太宰这样的男人，真正迷恋女人的话应该不会去死，而会活着。说到底，真正迷恋上女人这事儿对于艺道中人来说根本是不可能的。艺道就是这样一个只有鬼才栖息于此的地方。所以，如果太宰和女人一起死的话，那就肯定没有迷上女人，这样想是不会错的。

太宰留下遗书说写不出小说来。写不出小说只是暂时的，而非绝对的。不能把这种一时之忧当成绝对的忧愁。这样简单的道理，太宰不可能不懂，所以他估计只是因为一时之忧而临时起意去赴死的吧。

---

① 钱拉·德·奈瓦尔（Gérard de Nerval，1808—1855），法国诗人、作家。

首先,他说写不出小说来,但却从未写过和眼前这名“急旋风小幸”相关的任何作品。如果一个女人无法刺激作家写出作品,那她肯定是一个无聊的人,应该是个不值一提的女人。如果是值得说道的女人,太宰为了写她也会活下去,应该就不会说自己写不出小说来了。这位“急旋风小幸”属于无论如何都激不起写作欲望的那类人。可是,太宰竟然会迷恋上那样的女人,竟然会觉得自己爱上了她,真是愚蠢。太宰治在这个方面特别地傻,他爱慕的方式和挑选女人的方式都完全不成体统。

就这样随他们去吧。想要恋慕却不得其法,要加入玺光尊门下,要弃身跳进玉川上水,“急旋风小幸”把自己和太宰的照片裱好,在死之前就恭恭敬敬地礼拜,无论这些何等荒唐,都随他们去吧。

面对一位艺道中人,唯一该看的是他做了什么样的工作,仅此而已。虽然他的内心满是狂风暴雨,癫狂不已,虽然他在自己的死法上大做文章,给死亡套上虚伪的面具,虽然他离奇古怪、不成体统,但他生前的作品却是唯一无法伪装的。

毋宁说,越是荒唐、不成体统,他的苦恼越会如同发疯一般,内心的风暴就越猛烈。这样的看法才是正确的吧。他爱上了这位女子,是唯一一位值得爱恋的优秀女性,于是就想在天国长相厮守,这类始终不渝、为了恋爱去死的做法,在我看来太过怪异。

如果是真爱,在现世努力活下去就好。

太宰的自杀,与其称之为自杀,不如将之视为艺道中人苦苦挣扎的表现之一,是和加入玺光尊门下同样类型的荒唐的挣扎,这样想必不会错。对于这拼命的挣扎,我们姑且安静下来,怀着照拂之心,使之平静地睡去吧。

技艺之道,平时即是战时,即使满脸的毫不在意,在内心深处却时常会放声尖叫,恨不能钻进地缝里去。和没有意义的女人一起殉情,直到世界尽头,这于生于死都很是荒唐的。这样的事情根本不值一提。作品才是一切。

《ALL 读物》第三卷第八号,1948 年 8 月 1 日发行

欧洲式性格　日本式性格

欧洲和日本第一次接触，是在距今约四百年前。当时，由于日本的性格和欧洲的性格不同引发了一系列的摩擦或者说是交涉，我想从自己的角度和诸位谈一谈这个问题。

幸运的是，当时来到日本的是所谓的天主教徒，这个大家都听说过，他们是天主教传教士，人称神父的这些人纷纷向祖国写信或是写报告，这些信函和报告留传至今，成为我们了解当时情况的非常重要、宝贵的文献。

日本也有很多描写当时事件和情况的手记、记录等，但遗憾的是，日本的资料派不上用场，大部分都没什么用。

之所以这样说，是因为欧洲等国的外国人的观察方法和日本人的观察方法在本质上存在很大差别。日本人总是偏于从大处去看，这一特征很是明显，比如经常会用怒火中烧、怒目而视这类的表达，且往往就此打住，总以为说到这种程度就可以了。日本人在观察事物时没有着眼于那些事物本身的个性，没有从根本上抓住事物本身特有的真实面目。在这个方面日本人确实很不擅长。

下面举一个实例。织田信长①在本能寺②被杀一事，有一本叫《信长记》③的书里是这样写的——

明智光秀的军队突然从龟冈一路下来，把本能寺团团围住，忽地腾起一阵欢呼声，继而枪箭齐发而入。本能寺一边也醒过神来，英雄好汉们从中跳将出来，杀入明智军中。一时之间明智军稍有退缩，但好汉们相继战死之后，围攻上来的敌军气势渐盛。就连织田信长也现身于寺庙廊下，光着一只胳膊提枪出来，

① 织田信长（1534—1582），战国时代的武将。一生征战，力图统一日本。1582年6月2日，征途中的织田信长宿在京都本能寺时，遇家臣明智光秀谋反，织田信长被迫自杀，是为“本能寺之变”。
② 法华宗本门流的寺庙，位于京都市中京区。始建于1415年。
③ 《信长记》：江户初期的传记文学。小濑甫庵著，共15卷，1622年刊行。

挑落了近前的一众喽啰。酣战之时一支箭射中了他的胳膊，于是他退回屋子正中，引火自杀。

——写作风格如上。

话说当时京都唯一一座天主教堂就建在和本能寺这座寺庙仅一街之隔的地方。住在这教堂里的那些欧洲神父半夜里被打仗似的响动惊醒了。他们先是这个那个地做了很多逃难的准备，然后就等着天亮。不过绝对不是默默地干等着，他们用尽一切手段从各种途径收集信息，尽一切可能展开搜查，绝对沉着冷静。这些人收集到的消息经适当整理之后，马上报回了他们各自的国家。

据这些报告来看，当时的事情是这样的。

“明智的军队包围了本能寺，但却并未就此冲进本能寺内。本能寺一方甚至都没有怀疑这是叛军谋反，因此并没有人迎击。明智军一路没有遇到任何抵抗者，长驱直入来到信长住的屋子附近。信长刚洗完脸，正在用手巾擦脸的时候，最先进来的人射出冷箭。那箭正中后背，信长猛地回过头来拔出箭头，操起长刀鏖战多时。打斗之间，这次是枪弹击中了一条胳膊，于是信长撤回到卧室中，剖腹自杀”——这是一种说法，还有一种说法是“在卧室周边引火自焚”。那之后的事情谁都没有看见，因此也就不为人知了。

关于这同一件事情,天主教徒们的报告其实极为精确,这是有据可循的。时至今日,他们的报告以各种形式写进了书里,诸位只需找来一读,自然就会明白。而如果把这些报告与一位日本人留下的极为罕见的写实性手记做一比较,诸位也当会认可我的观点。

这里我提到的这位不可多得的、留下真实记录的日本人,当时属于明智一方,是攻入本能寺的明智军的头目之一,名为本城惣右卫门①。根据他的笔记,信长死亡前后的情形如下。因为是手记,所以这一部分写得也相当简单。

攻入本能寺内之后,对方军中竟无一人前来迎击。他们是把我等当成自己人了吗?为何我等长驱直入竟无人迎战呢?虽说如此,竟也无人躺在地上,留神去看时,竟连老鼠都不见踪影。我心下想:哪怕出来两三个人也好啊。然而并没有人奋起抵抗。我等根本没有遇到任何抵抗,就这样摸到了信长的居所——

笔记记载的内容如上。

通过上面这个例子即可看出,在日本人写的手记中,丝毫不

① 本城惣右卫门,生卒年不详,战国至江户时代的武士。因写有《本城惣右卫门笔记》而为人所知。该《笔记》作于1640年左右,是本能寺之变当事人留下的唯一一册一手史料。

受他者干扰、能够把自己的体验原原本本明确地写出来的，实属罕见。仅有极个别的特例能做到如此，大部分，不，是所有著作，都忽视了对事物本来面目的把握。总是在考虑他人的思惑，不允许彰显独立个体的自由思考和观察方法，也没有人站出来试图打破这种限制。对于日本人来说，每时每地都要追求普通和一般化，即便是弄虚作假也无所谓，只要是一般化就好。日本人擅长这种做法，仍旧在用怒目而视、怒火中烧这类的表达，这种行事和思维方式力求用一种一切都无所谓的平庸化、一般化的观察来凑合了事，于是这种风格的手记、记录等层出不穷。毋宁说全部都是这类货色。

和这种观察方法相比，欧洲人看事物却是如实地观察每个事物个体独有的、仅存在于各个事物自身的不同个性，并把它们原原本本地写下来，因此具有非常高的资料价值。那种真实性值得我们尊敬。

今天，我们日本人正在各个方面模仿外国，就此意义而言，必须充分了解外国的特性和日本的特性。我想特别强调的是，日本人的性格方面存在这种缺陷，对此必须形成清醒认识。

不过，这些话是今天在这里讲出来的，在本能寺事变发生的那个时代，让人震惊的是，今天我说的基于个性去思考或观察事物这些，都被认为是妇人之见，因此备受贬抑。为什么会这样呢？按照当时的观点来看，身为男子考虑事情时必须更具大局观，面对这些琐屑的事情时要特地捂上眼睛，即使注意到了也要装作不在乎，那样才算是人才。这种人生观一直流行于世，是为日本式的人生观，当时具有绝对权威。日本人普遍持有的这种观察事物的方法或者说是世界观很是荒唐，致使日本人在观察人类方面变得非常愚笨，不触及实质的抽象思维大肆泛滥。时人不得不以抽象行事，很是软弱。

如前所述，日本第一次接触西方是在约四百年前，即 1543 年，16 世纪，按日本的纪年是天文十二年①。当时正值足利末期②，战国时代即将开启。不过那时候欧洲人并不是从一开始就计划要来日本本土。是要去中国的航船遇到了风暴，随海流漂到了种子岛③。那艘船上有三个葡萄牙人。

这三个葡萄牙人带着步枪。这是步枪第一次传到日本。这就是我们一直在说的那座种子岛的故事，也是欧洲和日本之间交往的开端。

---

① 天文是日本战国时代后奈良天皇时候的年号，自 1532 年 7 月 29 日到 1555 年 10 月 23 日。

② 1336 年足利尊氏在京都建立武士政权，日本进入室町幕府时代。1573 年第 15 代将军足利义昭被织田信长放逐，足利幕府终结。

③ 种子岛是位于鹿儿岛县大隅半岛南方海域的细长岛屿，步枪由此传入日本。

大家都知道的那位马可·波罗①,在他的手记中把日本记作 Zipangu②,称之为用黄金堆砌而成的国度。他的报告中就是这样记录的。因为这一报告,很多淘金者跋山涉水来到日本。有此志向的欧洲人迅速增多。

可是,诸位都听说过的那个基督教传到日本,并且自此在真正意义上日本与外国在政治上发生接触,是在约六年之后的 1549 年 7 月 15 日——从基督教历史的角度来说,这是一个非常重要的日子。这天,方济各·沙勿略③第一次踏上了日本的土地。

关于这一史实,有一件事情我们切不可忘。那就是,首次踏上日本土地的这位名为方济各·沙勿略的传教士,当时在欧洲也是首屈一指的。大家都知道耶稣会,这一派别直到现在仍然存在。方济各·沙勿略是耶稣会创始人罗耀拉④最亲密的合作伙伴,也是罗耀拉最可信赖的同志,是人所公认的一位拥有最高学识的传教士。说到这里还需再谈一下这个耶稣会的来历。16

① 马可·波罗(Marco Polo,1254—1324),意大利旅行家,著有《马可·波罗游记》。

② 意大利语,马可·波罗在游记中用于指称日本。英语的"Japan"即源于该词。

③ 方济各·沙勿略(Francois Xavier,1506—1552),出生于西班牙,耶稣会创始人之一。葡萄牙派至亚洲的天主教传教士,最早将天主教传播到亚洲的马六甲和日本。

④ 依纳爵·罗耀拉(Ignatius Loyola,1491—1556),西班牙贵族,耶稣会创始人。

世纪初叶，天主教很是腐败，为与之对抗并实行改革，那位马丁·路德[①]创立了新教（Protestant），结果导致天主教声名扫地。这时耶稣会成立，认为不能再这样继续下去，主张必须回归真正的天主教精神，实质性地复兴根本意义上的天主教精神。为此他们打出耶稣基督之门生的旗号，组织起非常强大的同志性宗教团体。该宗教以贫穷、贞操、服从这三种德行作为宗旨，要求舍弃人类个人的一切私利与私欲，皈依上帝。该教派的上述宗旨异常严格。凡称为戒律的，本来就都很严格，而这耶稣会一派尤甚，其成立的基础即是立誓遵守严格戒律。一直到 1540 年，这一教派才稳定下来，九年之后，方济各·沙勿略抵达日本。

说到底，宗教这个东西，在经年累月存续之后势必都是要堕落的，这样的例子数不胜数。不过，在教派成立之初时却是非常狂热，第一位来日本的方济各·沙勿略的情况前面已经讲过，随后接二连三到来的那些神父也是一样，每个人在欧洲都是德高望重的神父，这一点大家必须明确。

事先了解这些事情之后就会明白，当时日本之所以会受到欧洲的强烈影响，特别是在精神方面之所以会有惊天动地般深受感动的一面，是因为如我刚刚所讲，在欧洲也堪称百里挑一的

---

① 马丁·路德（Martin Luther，1483—1546），德意志宗教改革领袖，基督教新教路德宗创始人。

神父们齐聚日本，这一特殊情况产生了巨大作用。他们当地的宗教情形姑且不论，对于日本来说，这或许称得上是预想之外的巨大收获。

再回到方济各·沙勿略这个人物身上。这位教父为什么会来日本呢？其实沙勿略到东方来是为了在印度传教。但是，众所周知，印度地处热带，印度人又非常懒惰，那里实在是热得受不了，虽属情有可原，不过印度人根本就没有探索新知识的欲望，这样说也不为过。再有一点，在印度，自古时起传播至今的宗教根深蒂固，盛行于世，势力范围极广，所以印度人并不会接纳新宗教。

遇到这种情景，就连伟大的方济各·沙勿略也悲观失望起来。这个时候，有一个日本人非常偶然地出现在他的面前。这个人就是弥次郎①。

下面讲一下这个弥次郎为什么会来到印度。他是鹿儿岛人。有一次他杀了人，遭衙门追捕，就逃进了寺庙里想方设法寻求帮助。刚好他的朋友里面有一个葡萄牙商人，于是他就一再请求这个葡萄牙商人引荐，做好准备打算趁葡萄牙船只停靠鹿

① 弥次郎，生卒年不详，或为1511—1550前后，萨摩（今鹿儿岛县西部）人。有人认为他是有史料记载的第一位入基督教的日本人，把方济各·沙勿略从马六甲带到了鹿儿岛。

儿岛港口时，巧妙地潜入船中出逃海外。他拿着商人写的介绍信奔向港口，发现有两艘葡萄牙轮船入港。这两艘船的船长特别尊敬方济各·沙勿略。

船长听了弥次郎的故事之后深表同情，于是说打算把弥次郎介绍给沙勿略，让他上船，把他带到马六甲去。

见到沙勿略之后，弥次郎对其人格崇拜得五体投地。而沙勿略也是，一见面就对弥次郎的知识、记忆力和周到有礼赞赏有加，不仅如此，他还看到弥次郎身上总是闪耀着探索求知、认真努力的灵光。这些都是沙勿略迄今为止遇到的热带土著居民们所不具备的，于是他认为，如果日本人是这样一类人种，那么日本这个国家才是自己真正该去传道的地方。看到弥次郎竟如此诚心诚意地遵守基督教教义，沙勿略委实大吃一惊。他把弥次郎派到位于印度果阿①这个地方的一所基督教学校中学习。弥次郎本来就有葡萄牙人做朋友，到了果阿以后学起来也比一般的日本人要快很多，所以不久之后葡萄牙语就讲得很好了。而且，在理解基督教宗旨方面他也取得了长足的进步，果阿整所学校中一时无有能望其项背者，他成为一名最优秀的学者。

由此种种，沙勿略赋予弥次郎以极大的信任。也是出于这

① 果阿(Goa)位于印度西海岸，16世纪以来被葡萄牙占领，1961年回归印度。

个原因,时至今日,日本的历史学家们——这里说的主要是那些书写基督教历史的史学家,且他们大部分人都是基督教徒——仍然绝对地信任沙勿略,因此经常会全盘接受沙勿略的学说,对弥次郎的人格也予以高度评价。但是,在我们搞文学的这些人看来却并不能做如此想。

这个叫弥次郎的青年,我从很多方面入手做过调查,但还是未能查清他的身份和来历,能够确定的信息很少。他和葡萄牙商人关系密切,这一点或可明确。而当沙勿略问他日本的种种情形时,对于宗教状况他完全一无所知。他一点儿也不了解日本的佛教,极其无知,沙勿略对此很是失望。这些都写入了沙勿略本人的书信中。不过,一旦涉及贸易相关的问题时,这位弥次郎竟能提出很多真知灼见。由此可见,他极有可能是商人出身,年纪在三十五六岁。

想来他应是一个极其精明老到的好酒色之徒,深谙处世之道,惯于适应各种变故。因此,所谓入乡随俗,在遇到沙勿略之后,他应该是付出了很大努力去适应这位教父。而且,他非常崇拜沙勿略这件事情估计是真的。能去杀人的这一类人非常容易迷上别人,由这点来看,他对沙勿略的迷恋也是可以理解的。要说基督教教义中哪里最让弥次郎感动,答案是耶稣受难。想来这个男人确实很有一种类似于吉卜赛人的性格。如此一个弥次郎竟会倾心于耶稣受难，作为一个事件来看，这一事实本身倒也不难理解，但弥次郎却并没有成为一名基督教徒。

刚开始的时候，有沙勿略跟在身边，弥次郎表现出一副认真的样子，可是没过多久他就再入歧途。据资料记载，后来他混迹到人称八幡船①的那种半是海盗半搞贸易的船上，偷渡到中国之后，在宁波被中国人杀死。

正因为品性如此，弥次郎这个男人才会表现得彬彬有礼。实际上，日本人的确有彬彬有礼的一面，但是，就本质而言，好人反而应该是坦诚直率的，并不会装模作样一本正经地与人周旋。在面对沙勿略时，估计弥次郎凡事都会采取极为郑重其事的态度去应对。沙勿略对此深信不疑，恐怕他对日本人的最初认知就是错的，可见在他观察日本人的视角等方面应是存在某些误解。

在这里再讲一些有趣的事。为什么我会认定弥次郎就是那样一种人呢？比如说沙勿略曾经问弥次郎——

“如果我前去传教，日本人会不会马上加入基督教成为教徒呢？”——经此一问，弥次郎回答说——

“不，日本人是一群特别爱争辩好讲理的国民，他们不会马

① 八幡船是室町到战国时期在朝鲜和中国沿海出没的日本海盗船，后世用以指称倭寇。

上加入基督教，但是如果他们认准了教理，就会改宗。”

——大致是这样回答的。这里提到的日本人观非常正确，不太像是没有半点儿佛教知识的弥次郎所能讲出的话，显示出其人性观察之精准。

当沙勿略说自己想搭葡萄牙的船只前往日本时，弥次郎回道：

——“葡萄牙船员们都是些异常好色之徒，到了日本港口也博不到什么好名声，如果坐那样的船前去，势必会败坏基督教的声誉。所以还是请乘中国船吧。”

——这番话让沙勿略坐上了中国船。对于这件事情，日本的历史学家们没有予以重视，认为弥次郎如此进言一事不过是一种传说，但我却认为从中可以听出弥次郎的真心话。弥次郎这个人极具好酒色者之风，想必因此对日本人反感那些船员的生活作风一事深有体会，了然于心。

在弥次郎的陪同下，方济各·沙勿略到了日本，受到日本人的热烈欢迎，开始的时候真是人山人海，盛况空前。这是因为他带来了七个黑人，日本人觉得那黑人很是稀奇，蜂拥而至。

沙勿略拜见了萨摩领主岛津大人①，取得传教许可。当时

---

① 岛津贵久(1514—1571)，战国时期的武将，萨摩人。

沙勿略结识了鹿儿岛福昌寺①的高僧忍室②，二人成为挚友。这福昌寺据说是鹿儿岛岛津家的菩提寺，当时有禅僧不下百人，非常大，是萨摩最大的寺庙，禅僧忍室应是萨摩数一数二的名僧。

沙勿略借这座寺庙为据点，开始传播基督教教义。

方济各·沙勿略和福昌寺的高僧忍室几乎日日碰面，因各种事由结为挚友。二人抓住各方面的话题相互切磋，谈话内容经记录流传下来。

有一天，沙勿略来到福昌寺中，赶上百余名和尚正在坐禅。那场景估计颇为奇特吧。

沙勿略问道：

"那究竟是在做什么呢？"

忍室回答说：

"啊，那个啊，那是在冥想。现在他们正在苦修呢。"

这一回答自然无法令沙勿略满意。

"您说是冥想，那在如此做时究竟在考虑些什么呢？"

他忍不住问。

---

① 福昌寺是曾存在于鹿儿岛县鹿儿岛市的曹洞宗寺庙，萨摩藩主岛津氏的菩提寺。1869 年明治初期的废佛毁释运动中被毁。

② 忍室文胜（？—1556），日本战国时代曹洞宗僧人，1545 年任福昌寺住持。俗姓萩原，谥号佛照大圆禅师。

听到这个问题，忍室莞尔一笑，做出了这样的回答。

“哎呀，就那群家伙，总归不会是在思考什么正经事儿。大概是在想明天能收到多少布施啊，或是要去的那家施主会准备什么样的饭菜啊，不过是在考虑这类事情吧。他们是不会考虑什么大事的。”

这一回答极具象征性，禅宗的和尚绝对能说出这种话来。这话说得非常在理。忍室和尚被当时的人们奉为高僧，而且事实上也确实是一位担得起高僧称号的人物，因此他的这些话颇具深意。简单来说，禅是以直接肯定人类具有的一切人性为出发点的，忍室也是在肯定或善或恶的所有一切人类行为，在极力做到这一点。对他们来说，对人性的肯定就是最根本的出发点。

禅的认知方式就是如此，所以不管是人类的长处还是短处，总之都会全盘肯定。在此基础上，在完成肯定这一基本努力之后，再去谋求属于自己一个人的安心之道，努力去寻求一个可以心安的世界。

不与他人产生任何瓜葛，只追求自己一个人的开悟，这是禅的宗旨。也正因为如此，反过来对待他人时会采取宽大的态度。一言以蔽之，他们能够做到磊落豁达。

所以，说那些正在郑重其事打坐禅修的僧侣已经处在身心清净的境地之中，这样的话忍室是断不会说出口的。由人性本就有弱点的角度来看,无论他们心里在想多么庸俗的事情,都不应该发难,因为事实即是如此。这是一种非常宽容的想法,因此忍室才会说出那些话。

于是乎,听闻此言之后,沙勿略很是吃惊。他马上原原本本向祖国汇报说:日本的和尚即使在苦修的时候都根本不会考虑宇宙、神、真理这些,置身于冥想之中时考虑的却是金钱和美食之类。沙勿略发回报告一事也被记录下来。

还有一次,沙勿略对着忍室问:

"您认为究竟是年轻的时候好呢,还是步入老年之后更好呢?"

对此,忍室回答说:

"哎,年轻的时候好啊。年轻时身强力壮,也能做自己喜欢的事情……"

如此一问一答之后,沙勿略接着抛出了下面的问题。

"还有一事。假设现在有一位船员要乘船从 A 港口去往 B 港口。这时候他是拼尽力气驶向波涛汹涌的大海去经受风暴的洗礼好呢,还是先就近停靠某处港口,然后一个港口一个港口这样挨着走好呢? 您觉得怎样为好?"

听到这里,忍室不禁笑起来,随后做出如下回答。

"那种情形下答案是一定的。不是明摆着的吗? 当然是向着港口航行为好。如果已经明确港口的位置,又知道自己会受到欢迎,那么任谁都会去港口的。不过,我还不知道自己这艘船要去往何方。因为不知道自己的目的地在哪里,所以即使明白您要问的是什么,我却无法给出答案。"

忍室这个人非常尊敬沙勿略,而且还极其推崇天主教。他希望自己也能成为天主教徒,为此苦闷不已。

再看忍室所皈依的禅宗。这个宗教肯定人生的所有一切,在此基础上试图达成自己一个人的开悟,实现此目的的手段就是坐禅,仅在观念层面上追求个体的安心。说到生死顿悟这些,在我们外人看来,能称得上禅宗高僧的那些人必是已经彻底开悟了,但越是高僧应该就越会明白,他们自己的悟道其实尚不成熟。即使是在悟道这一领域,佛教也没有任何实践,没有任何可具体把握的线索或依凭,他们并不清楚自己究竟是在做什么。

与之相对,沙勿略却是视贫穷为第一要义,以此来衡量自己的整个生命。而且,他决定为他人的幸福奉献出一切,毕生都在为此而努力着。

在那种有着明确实践目标的宗教面前,禅宗这类宗教意义尽失。越是高僧,就越清楚自己开悟的内容是何等空虚,忍室为此极其痛苦。

沙勿略回国之后，他的弟子、传教士阿尔梅达[①]来到日本。忍室拜托这位阿尔梅达说：

“我本人身为禅僧，拥有地位和名望，因此无法公然成为基督教徒，但能否请您为我施洗？另外，我是主公家菩提寺的住持，主公死了以后，我自己也必须葬入寺中。这是没有办法的事情，只此一件还请务必网开一面。”

听到这里，阿尔梅达明确地回答说：

“那不可以。您还是把名誉、地位这些全部都舍去吧。如果不全部舍弃，就无法受洗。”

于是，忍室终究未能接受洗礼。阿尔梅达回国之后又重返日本，后来第三次到萨摩时，忍室已经离世。据说阿尔梅达从别人处获悉，忍室死时曾留下遗言，说未能受洗就要死去，实属遗憾。

还有一个禅僧与天主教传教士往来的例子。方济各·沙勿略在见到忍室之后又去往丰后[②]，于是遇到了一位禅僧深田寺。其时深田寺看着沙勿略的脸径直问道：

“我此前曾在某个地方见过您。您觉得呢，有没有觉得我很

---

① 路易斯·德·阿尔梅达（Luís de Almeida，1525—1583），葡萄牙人，商人、医生、耶稣会士。

② 丰后是日本旧国名，相当于现在的大分县。

眼熟?"

听闻此言,沙勿略很是吃惊。他一次也没见过这个日本人,根本就不认识,吃惊是必然的。于是沙勿略就回答说:

"不,我没有见过您。"

听到这个回答,深田寺大笑起来。而后他对偶然到访自家寺庙的另一位禅僧说:

"这个人说什么从未见过我,真是个大骗子。"

那位禅僧也是一副好像很懂深田寺话中奥妙的样子,但沙勿略却根本想不通。想不通是必然的,沙勿略逼问道:

"这件事听来实在奇怪。我从未撒过谎,现在也没有撒谎。为什么说我是骗子呢?"

面对追问,深田寺做出了如下回答:

"您这是在装傻呢。距今一千五百年之前,在比叡山,有一位商人从我这里拿走了大钱五百贯①,那不就是您吗?您要是忘了,那可就麻烦了。难道您真的忘记了吗?"

这其实就是禅门问答。

沙勿略的脑子里压根儿就没有这些东西,他并不懂任何禅门问答的要领。不懂也是应该的,这些本不是问题。所以,这名

① 贯:旧货币单位,1 贯等于 1000 文。

深田寺和尚大概是个惯会胡说八道的家伙。

于是,沙勿略问深田寺:

“您究竟多大年纪?”

深田寺回答说:

“我吗? 我五十二岁。”

于是沙勿略追问道:

“一个五十二岁的人,竟然会在一千五百年前的比叡山上借给人家钱,这种说法不是太奇怪了吗? 这样的事情不可能发生。您为什么要那样说话呢?”

这下就连禅僧也完全败下阵来。

说起来,禅中自有仅存在于禅的世界里的规则,在那些规则的基础上卖弄逻辑。一切都只在事先互相确认过规则之后才能成立,是这样一个世界。

比如,当有人问“佛是什么”时,“是无”“是干屎橛”,这样回答即可。

因为存在那样的规矩,所以问答双方都会摆出一副彼此心领神会的样子,但也不过是摆摆样子罢了。是真明白还是在装明白,不得而知。

所以,实际上佛就是佛,干屎橛就是干屎橛,当遇到这种正常的逻辑时,禅门那套逻辑完全起不到任何作用。那么,究竟何种力量才能从根本上推翻这种极其普通的逻辑呢？这种力量在哪里呢？答案在于必须把实践与思想结合起来，做到知行合一。

可是，对禅僧来说这种生存方式却很难实现。禅僧这些人总是用那些事先定好的观念在思考问题，陷于观念之中，没有任何实践。他们一直在观念的世界里摸索，依靠智力去参悟，但究竟自己有多少实力呢，没有人知道。所以，当遇到天主教僧侣那样拼尽全力去实践的宗教人物时，在那些务实的行动面前，禅僧们感受到了莫大的威胁。他们感受到了自己的无力和酸腐。于是，信仰禅宗的那些人，尽管是僧侣却会背叛禅宗改投天主教，这种现象当时一度盛行。改宗的人数比今天我们所能想到的还要多很多。在今天看来，这样的事情让人惊讶，但事实就是如此，有史料记录为证。

在经历了和深田寺的问答之后，沙勿略离开鹿儿岛去往山口。

在山口传教之后，沙勿略继而奔赴京都。当时的京都正是打仗打得最厉害的时候，处在一片混乱之中，就连日本这个国家的主权究竟在谁手里都不甚明了。这也让沙勿略茫然无措。但是，凭着传教士特有的执着和不懈搜寻，他终于发现了足利将军[1]逃亡的踪影,抓住机会请求将军允许他在日本传教。这在当时绝对是一件艰苦卓绝的工作,但不管怎样沙勿略确实做到了,从这里也能看出天主教僧侣的实践能力的确很强。

可是,对于沙勿略的传教请求,足利将军的态度却很是奇怪。当时沙勿略的穿着与乞丐无异。一见之下,怎么看都是一个穷酸寒碜的僧侣,丝毫没有高僧该有的样子,威严荡然无存。这令将军大失所望。于是将军质问道:

"你对我提出了那样的请求,那么你有没有带礼物来呢?"

沙勿略回答说:

"礼物放在山口了。到这里需经长途跋涉,所以没有带过来。"

听到这里,将军即出言拒绝道:

"没有礼物可不行。"

沙勿略闻言只好放弃,返回山口。有此经历之后,沙勿略心想——时局如此混乱,即使见到将军也没什么意义,见了也是白见。礼物还是不要送给将军了,还是送给山口的领主吧。

沙勿略打定主意要把礼物呈给山口的领主,因为前面在将军那里吃了亏,所以这次他很是注意穿着打扮。

---

① 室町幕府第13代将军足利义辉,1546—1565年间在将军位。

他身着华美亮丽的衣衫，拜见山口领主并献上礼物，领主被其堂堂威容打动，心下很是尊敬。于是他很快就拿到了传教许可。可见，盛装和礼物起了作用。

说来也巧，那时候刚好有一艘葡萄牙商船来到了前面提过的丰后那里。说得再具体点儿，是到了丰后国中紧挨着府内①的一个叫臼杵②的地方。

这艘葡萄牙商船上的人们听说东方传教士方济各·沙勿略正在山口境内，就决定试着邀请一下。见过使者之后，沙勿略直奔臼杵而来。整艘商船为之沸腾，那位东方传教士来啦，大家口口相传，全员盛装出迎。

但是，沙勿略这边是什么情况呢？他还是一如既往，一副乞丐模样，既未骑马也未乘轿，徒步而来。如果只是这样倒也还好，可沙勿略又在旅途中罹患热病，身体发烧再加上乏累，摇摇晃晃步履蹒跚。

大家建议说：

"您还是上马吧。"

可沙勿略就是不听。没有办法，那些盛装出迎的人本来都骑着马呢，这下只好都翻身下马，一个接一个跟在沙勿略身后，

---

① 府内是大分市的古称，当时是丰后国最大的城市。

② 位于大分县东南部，临臼杵湾。

排成一条长队缓步前行。就这样终于走到了葡萄牙商船停靠的地方，刚一到达，葡萄牙商船就连放六十三炮来欢迎他。

臼杵城内一片震惊，以为是葡萄牙航船和海盗打起来了，于是他们赶紧出动军队，慌慌张张前去救援。赶到之后一问才知并非如自己所料，说是今有传教士驾到，鸣放的是礼炮。赶来的家伙们自是非常吃惊，回去如实地向城内汇报。

臼杵的领主听了之后发话说，既然是如此受人尊敬的一位传教士，那我一定要见上一见。于是使者再度飞身来报，沙勿略前去拜见臼杵主公。

这位主公就是大友义镇，后更名为大友宗麟①。这次会面的场景实在是不得了，葡萄牙商船一行摆出的阵容超级豪华。

首先队伍最前面是一排整整齐齐的乐队，然后是一群葡萄牙人身上穿着金丝缎银丝缎的华美服装，威风凛凛列队骑在马上。再后面是沙勿略坐在车上，船长带着满满当当的特产跟在他的后面，浩浩荡荡开将进来。

沙勿略献上带来的土产，行拜见之礼。他那堂堂威仪让大友宗麟感动不已，当即下令允许基督教传教。不仅如此，看到这样的景象，有人当场就决定改宗。

---

① 大友宗麟(1530—1587)，名义镇，战国时期武将，丰后领主。保护基督教，自己也受洗入教。

当时沙勿略做了约一个小时的说教,短短一个小时之内改宗的人接二连三地出现。或许这会让人略感惊讶。在那之后基督教的传播也是非常之快。总之,刚开始时的速度确实不得了。

由此看来,如果不表现得威风凛凛、气势十足,日本人就不会相信自己,更不会给予尊敬。而且,如果不拿出赠品,不献上礼物,事情也无法顺利推进。沙勿略看透了这一点,并把这所有一切都报回自己的祖国。

沙勿略还在信中写道,日本人的文化非常先进,日本国民求知欲旺盛,重视名誉,宽宏大度,非常诚实,但同时据说他们的好奇心也极强。如果带上一些珍稀的东西前去,应该能够勾起日本人的好奇心,让他们觉得很有吸引力,带着黑人一起去应该是个好主意。

有一次,葡萄牙人带着这里面的一个黑人去见织田信长。信长看到这个黑人很是吃惊。信长这个人非常理智,是一个日本少有的颇具现代知性的人物。他觉得这像是假的,就让黑人脱光衣服,连兜裆布都取下来,用手触摸黑人的身体,但无论如何还是不明白。于是又用热水洗,还是没有掉色。看来这是真货,于是信长让一同前来的教士把这个黑人让出来,命他做个司茶小和尚供自己使唤。

上面这段在日本也有所记载。后来本能寺之变时,这个司茶小和尚拔刀奋战，本能寺陷落之后又跑到信长之子信忠[1]的二条城那里，与明智方军队交战。明智军把他的战刀夺下来扔掉，说我们不杀你这样的人。于是做了俘虏被带到明智光秀那里去，光秀见他不是日本人就下令放了他，由此他重新回到了教会。这段记录流传至今。

话说到一半，还根本没有讲完，不过时间已经到了。也没有什么结论，就此打住。

——一次关于历史的讲演·终——

《历史小说》创刊号、第一卷第二号，1948 年 10 月 1 日、11 月 1 日发行

① 织田信忠(1557—1582)，安土桃山时代的武将，织田信长的长子。本能寺之变时兵败自杀于妙觉寺。

附录　坂口安吾文学年谱

1906年(明治三十九年)/1岁

10月20日,出生于新潟县新潟市西大畑町28番户(现新潟市中央区西大畑町579号),在父亲仁一郎的十三个子女中排行第十二,上有四兄(二人早夭)七姊,下有一妹。由于出生于丙午年,又是第五子,故得名"炳五"。

1911年(明治四十四年)/6岁

进入西堀幼儿园就读,但厌恶刻板的幼儿园生活,时常逃学，漫无目的地闲逛于陌生的街道。是年起，母亲的歇斯底里症状加重。

1913 年（大正二年）/8 岁

进入新潟寻常高等小学就读，被称作正义感强烈的孩子王。通过读书，对猿飞佐助的忍术、马庭念流的剑术产生强烈兴趣，暗自研究忍术的修炼方法。

1917 年（大正六年）/12 岁

由于母亲爱吃蛤蜊，于暴风雨中下海捉蛤，没有获得任何感谢，反而遭到严厉训斥。

1919 年（大正八年）/14 岁

进入县立新潟中学就读，在同学的推荐下开始阅读芥川龙之介、谷崎润一郎的作品。

1921 年（大正十年）/16 岁

近视加重，成绩下滑，频繁逃学，最终留级。同时对教师、高年级学生及学校的军事化管理表现出强烈的反抗态度。汉文教师对其极为不满，称："你配不上'炳五'这个名字，既然你看不清自己,以后就叫'暗吾'吧。"同学中开始流传"Ango"的称呼。

1922 年(大正十一年)/17 岁

成功进入三年级,但逃学习性不改,终因成绩过差及打架事件等,被迫转入东京的丰山中学,与父亲、兄嫂等共同居住。在自传体小说《何处去》中,有一段逸话:"新潟中学三年级的夏天,我被开除了学籍。那时,我在课桌掀盖的背面刻下了一段装模作样的文字:余将成为伟大的落伍者,有朝一日重现于历史之中。"而在晚年的访谈中则改口称,刻下文字的位置是"柔道馆的板窗"。

在丰山中学就读期间,开始对宗教、哲学产生兴趣;喜读石川啄木、北原白秋的短歌,并尝试创作。逃学猖獗,依然如故。

1923 年(大正十二年)/18 岁

对佛教兴趣日益加深,并开始接触巴尔扎克等西方作家的作品。

初次尝试文学翻译。据自传体小说《风、光与二十岁的我》:"他(一名拳击手同学)让我翻译了一篇拳击题材的小说,以他的名义发表在《新青年》上,题目叫《人心收揽术》。那其实是我的译文。他本来说'稿费一张三块钱,分你一半',后来支支吾吾找借口，一个子儿也没给我。”

是年，父亲仁一郎病逝。

1924年（大正十三年）/19岁

尝试创作戏曲，未能完成。对文学怀有憧憬，但没有创作的自信。投身于田径等体育运动，获得优异成绩。

1925年（大正十四年）/20岁

自丰山中学毕业，成为荏原寻常高等小学下北泽分校的教员，教授五年级学生。进一步接触芥川龙之介、谷崎润一郎、正宗白鸟、佐藤春夫的作品，西方作家中尤喜契诃夫。

与同乡文学青年伴纯相熟，前往山中小屋，打算隐居一夏，旋因不堪条件艰苦而作罢。

1926年（昭和元年）/21岁

对佛教的向往日益强烈，辞去教员一职，进入东洋大学，专攻印度哲学。在此期间大量阅读佛教及哲学相关书籍，每日仅睡四个小时。

1927年(昭和二年)/22岁

由于长期睡眠不足,陷入神经衰弱。期末考试期间遭遇车祸,头部撞在水泥地上,头盖骨出现裂纹,此后开始出现抑郁症状。开始学习梵语、巴利语。

得知芥川龙之介自杀,深感震惊。

参与东洋大学罢课事件。

1928年(昭和三年)/23岁

进入 Athénée Français① 初等科就读,专攻法语。远离东洋大学罢课纷争,产生颓废派倾向。

这段时期初次尝试创作小说。据自传体小说《小山羊的记录》:"我写下了第一篇小说。当时并不是希望成为小说家,只是读了契诃夫的某个短篇,情绪激动难以平息,于是自己也试着创作,用了一个晚上,写出那么一篇。现在情节都忘光了,只记得主人公是位老人。小说本身未必多好,当时带给我的只是一种快感:纵笔如飞,行云流水,一个晚上笔记本写得满满当当。"

---

① Athénée Français,日本著名语言学校,法国人 Joseph Cotte 于 1913 年创办,位于东京都千代田区。主要教授法语、拉丁语、希腊语等,许多知名文人曾在此学习。

1929 年(昭和四年)/24 岁

在 Athénée Français 升为中等科,嗜读法国作家莫里哀、伏尔泰、博马舍。产生前往法国留学的念头,终因担心精神不稳定而作罢。

1930 年(昭和五年)/25 岁

在 Athénée Français 升为高等科,东洋大学毕业。在报纸上看到某酒馆招聘经理,认为酒馆经理不需要强颜欢笑,不会因表情僵硬而被上司训斥,属于适合自己的工作,瞒着家人偷偷前往应聘;于面试中发现完全不能胜任,主动要回简历,狼狈离开。

与葛卷义敏(芥川龙之介外甥,于 Athénée Français 相识)、长岛萃等共同创办同人杂志《语言》,并于创刊号发表翻译文章《关于普鲁斯特的速写》。

1931 年(昭和六年)/26 岁

处女作《寒风中的酒窖》发表于《语言》第二号。葛卷义敏因整理芥川遗稿,与出版社岩波书店合作密切,在葛卷的努力下,《语言》改名《青马》,由岩波书店创刊。

《风博士》发表于《青马》创刊号,获小说家牧野信一高度评价,自此登上文坛,并与牧野保持密切来往。受牧野之邀,于杂志《文科》连载长篇小说《竹林之家》。

1932 年(昭和七年)/27 岁

二月,于《文艺春秋》发表《蝉》。

三月,于《青马》第五号发表《论 FARCE》。《青马》停刊。

对创作方向感到迷惘,决定走上“小说家”而非“诗人”的道路,从而与牧野产生意见分歧。

与酒吧“温莎”的女招待坂本睦子关系暧昧,以此为契机,与同样追求睦子的中原中也相识,结下深厚友谊。

于“温莎”结识女作家矢田津世子。

1933 年(昭和八年)/28 岁

二月,于《文艺春秋》杂志发表《小房间》。

三月,与矢田津世子关系急剧升温。与矢田一道受邀,加入半同人杂志《樱花》。

六月,由于经费问题,与矢田等共同退出《樱花》。

八月,与矢田等创立“陀思妥耶夫斯基研究会”,因成员反响冷淡,一个月后终止。

十一月,于《行动》发表《陀思妥耶夫斯基与巴尔扎克》。

1934 年(昭和九年)/29 岁

一月,因长岛萃病逝,深受打击。

二月,于《纪元》发表《长岛之死》,后改题为《关于长岛之死》。

四处旅行。与矢田关系若即若离。

染上淋病,经井伏鳟二传授秘方,治愈。

1935 年(昭和十年)/30 岁

春,通过在竹村书房担任编辑的中学同学大江勋,参与《司汤达选集》的策划工作。

五月,于《作品》发表评论《拒绝枯淡的风格》,批评德田秋声,收到德田之弟子尾崎士郎的斗酒挑战,喝至吐血乃止。自此与尾崎结下终生友谊。

六月,由竹村书房出版第一本单行本《黑谷村》。

八月,于《文艺春秋》发表《渴望逃避的心》。

九月,开始创作以矢田为女主人公的连载小说《狼园》。

1936 年(昭和十一年)/31 岁

一月,《狼园》于《文学界》正式发表。数年未见的矢田登门,两人正式表明恋情,急剧陷入爱河,但持续未及一个月,终以分手作结，自此再无来往。

三月，《狼园》连载至第三期，作罢。牧野信一自杀，闻讯后深受打击，前往小田原奔丧。

五月，于《作品》发表《牧野先生之死》。重新染上淋病。

六月，开始构思野心勃勃的长篇小说《吹雪物语》。

夏，受竹村书房邀请策划一套法国文学丛书，未成；与尾崎士郎计划创办同人杂志《大浪漫》，终因稿件不足而作罢。

秋，受记者北原武夫之邀，不时于《都新闻》发表匿名评论。

十一月，正式开始《吹雪物语》的创作。

1937 年（昭和十二年）/32 岁

二月，为潜心创作《吹雪物语》，前往京都嵯峨投奔朋友隐岐和一，受到隐岐热情招待。

四月，加入同人杂志《文学生活》，不久停刊。

因金钱紧张，多次向朋友借钱。

年底，《吹雪物语》初稿基本完成。

1938 年（昭和十三年）/33 岁

一月，于《文学界》发表《在女占卜师面前》。

六月，《吹雪物语》打磨完成，回到东京。外甥女村上喜久投河自杀。

七月,《吹雪物语》由竹村书房出版。亲自撰写宣传语,并在信中向出版社表示:“我相信,本作拿下一两个文学奖不成问题。”最终反响不大,销量平平,自此进入失意时期。

十一月,于《都新闻》发表《侦探之卷》。

1939 年(昭和十四年)/34 岁

二月,长兄献吉就任新潟报社董事。参加文人围棋会比赛,获胜,甚感自豪。

五月,为构思新的长篇小说,移居至茨城县取手町,在当地医院的一间屋子里生活。

八月,取手发生洪水,见义勇为,救助落水少年。

1940 年(昭和十五年)/35 岁

一月,受三好达治之邀,前往小田原市三好家别墅居住。在三好的推荐下,对日本天主教历史产生兴趣。

七月,于《文学界》连载《不惜性命》,亦是历史小说创作的初次尝试。

十二月,加入同人杂志《现代文学》。

1941年(昭和十六年)/36岁

与《现代文学》同人平野谦、荒正人等集会,阅读侦探小说,进行“猜犯人”游戏。《不连续杀人事件》的构思萌芽于此。

五月,为创作长篇历史小说《岛原之乱》,前往九州取材旅行。

七月,小田原市连日暴雨,早川决堤,三好家为洪水所淹;借居之别墅遭到损毁。

八月,因报社整合,成立新潟日报社,长兄献吉任董事兼副社长。得知小田原洪水消息,写信请求将铺盖及书籍寄回,惹怒因洪水而焦头烂额的三好。

十月,于《现代文学》发表《岛原之乱杂记》。

1942年(昭和十七年)/37岁

二月,母亲去世。于《现代文学》发表代表作《日本文化之我见》。

五月,完成《天草四郎》,约四万字,因不够满意,终未发表。

夏,在研究“岛原之乱”的过程中,对宫本武藏产生兴趣,准备撰写相关历史小说。

十一月,因“一县一纸”报社整合,成立新潟日报社,献吉任专务董事。

十一月至十二月,于《文学界》连载《青春论》;由于《青春论》后半部分主要围绕宫本武藏展开,故放弃撰写相关小说,重新回到《岛原之乱》的创作中。

1943 年(昭和十八年)/38 岁

一月,于《现代文学》发表《五月的诗》。

三月,于《现代文学》发表《讲谈先生》。

七月,于《现代文学》发表《卷首随笔》。

九月,于《现代文学》发表《二十一》。

十月,短篇作品集《珍珠》由大观堂出版,由于部分内容与军国主义精神不合,被勒令禁止再版。

《岛原之乱》写作不顺,转而创作历史小说《黑田如水》。

1944 年(昭和十九年)/39 岁

一月,因战时出版规制,《现代文学》停刊;于终刊号发表《黑田如水》,并以该作为原型,开始创作中篇小说《二流之人》。

三月,矢田津世子病逝。

为逃避劳力征用,成为日本映画社的非正式员工。接受日映委托,至次年前后共创作三部剧本——《大东亚铁路》《阿图岛》《黄河》,皆未拍摄。

九月,献吉就任新潟日报社社长。

1945 年(昭和二十年)/40 岁

一月,应《新文学》所托撰写随笔一篇,杂志方面惧怕审查,拒绝发表。

四月,空袭愈演愈烈。献吉提议回乡避难,拒而不从。

八月,日本投降。

十一月,与尾崎士郎商议创办同人杂志《风报》。GHQ(驻日盟军总司令)大幅追查战犯,献吉因惧怕而辞去新潟日报社社长一职。

十二月,尾崎士郎被 GHQ 战犯事务所调查,为尾崎辩护。

1946 年(昭和二十一年)/41 岁

四月,于《新潮》发表《堕落论》,一跃成为流行作家。

五月,因意见未能统一,退出《风报》创刊。

六月,于《新潮》发表《白痴》。

十月,于《新生》发表《战争与一个女人》,经 GHQ 审阅,删减大部分内容。于《新潮》发表《颓废文学论》。

十一月,参加座谈会“现代小说畅谈”,太宰治、织田作之助与会,是为“无赖派”三位代表作家首次会面。

十二月,出席江户川乱步主办的推理作家 & 爱好者定期集会“周六会”,讲述自己的侦探小说观。

1947 年(昭和二十二年)/42 岁

一月,织田作之助病逝。因过度悲痛,未能出席葬礼。于《新时代》发表《家康》。于《近代文学》发表《戏作者文学论》。

二月,于《东京新闻》连载《花妖》,持续四个月后遭到腰斩。

三月初,于酒吧“千岁”结识二十四岁的梶三千代,雇用三千代为秘书,每周上门,不久进入半同居状态。

四月,三千代盲肠炎引发腹膜炎,住院。

六月,加入同人杂志《文学界》。三千代出院,两人正式同居。应母校东洋大学之邀,进行约一小时长的演讲。于《新潮》发表《教祖的文学》。于《肉体》发表《盛开的樱花林下》。

七月,于《光》发表《玩具盒》。于《妇人文库》发表《恶妻论》。

八月,于《日本小说》连载《不连续杀人事件》,附有“猜犯人悬赏”,引起广泛关注。

十月,于《爱与美》发表《替青鬼洗兜裆布的女子》。

1948 年(昭和二十三年)/43 岁

一月,于《风报》发表《献给天皇陛下的话》。思索社出版《二流之人》。

三月,针对一月发生的帝国银行抢劫案,于《中央公论》发表《论帝银事件》。

四月,上书首相芦田均,为被 GHQ 开除公职的尾崎士郎辩白,未果。

六月,太宰治殉情自杀,为躲避蜂拥上门的媒体记者,前往热海小住。招待《不连续杀人事件》责编渡边彰饮酒,因酒质粗劣导致渡边肺病复发,为表歉意,将连载所得全部赠予渡边。

七月,三千代发表《安吾先生的一天》,其中提到安吾写给自己的遗书。观战本因坊—吴清源十番棋,于《读卖新闻》发表《本因坊—吴清源十番棋观战记》。于《新潮》发表《不良少年与基督》。进行题为《欧洲式性格　日本式性格》的演讲。

八月,于《ALL 读物》发表《太宰治情死考》。于《季刊作品》发表《织田信长》。抑郁症加重,开始大量服用 Adorm。

十月,出现幻视幻听,开始创作长篇小说《火》。于《人间喜剧》发表《战争论》。

十二月,晚星社出版单行本《不连续杀人事件》。

1949年(昭和二十四年)/44岁

一月,于《宝石》发表《评〈刺青杀人事件〉》。

二月,《不连续杀人事件》获侦探俱乐部奖。产生Adorm依赖症,不时出现疯狂之举。前往东京大学附属医院神经科住院。

三月,接受持续睡眠疗法,病情逐渐恢复。

四月,遭蒲田税务局认定税金滞纳,因住院暂缓执行。向税务局提出异议申请。出院。

六月,作为评委出席第21届芥川奖评选,获奖者为由起繁子、小谷刚二人。对由起繁子的作品尤加赞赏。

八月,Adorm依赖症复发,遭池上警察署拘留。接受医生建议,前往伊东疗养地居住。

十月,于《作品》发表《小山羊的记录》。

十一月,于《文艺春秋》发表《战后新人论》。于《近代文学》发表《体育・文学・政治》。

1950年(昭和二十五年)/45岁

一月,于《文学界》发表《肝脏先生》。于《文艺春秋》连载《安吾巷谈》。参加第22届芥川奖评选。

二月,前往小田原观看竞轮,采访选手取材。

三月,三千代怀孕,后堕胎。于《文学界》发表《由起繁子,做个利己主义者》。

四月,于《新潮》发表《推理小说论》。于《讲谈俱乐部》发表《投手杀人事件》。

五月,于《新潮》连载《我的人生观》。

八月,参加第23届芥川奖评选。

十月,于《小说新潮》连载《明治开化安吾捕物帖》。

1951年(昭和二十六年)/46岁

二月,《安吾巷谈》获文艺春秋读者奖。于《新潮》发表《战后合格者》。

三月,于《新潮》发表《人生三大愉悦》。于《文艺春秋》连载《安吾新日本地理》。

四月,于《ALL读物》连载《安吾人生谈》。

五月,旁听"查泰莱公审"。旅行取材期间,家中藏书被税务局查封。

六月,前往东京国税局,吊销藏书查封处分。

八月,于《新潮》发表《孤立杀人事件》。

九月,观看竞轮比赛时,认为存在作弊现象而进行告发,因证据照片不够清晰,遭到驳回。于《新潮》发表《战后文章论》。

十一月,大量服用Adorm,出现幻觉。

1952 年(昭和二十七年)/47 岁

一月,旁听“查泰莱公审”判决,作《查泰莱旁听记》。于《新潮》连载《安吾行状日记》,于《ALL 读物》连载《安吾史谈》。

六月,于《新潮》发表《夜长姬与耳男》。

九月,于《新潮》发表《输血》。

十月,于《新大阪》连载长篇历史小说《信长》。于《文学界》发表《军备已无用》。

1953 年(昭和二十八年)/48 岁

一月,于《西日本新闻》连载《明日天晴》。

三月,因《新大阪》擅自转载连载中的《明日天晴》,怒而拒绝继续连载《信长》。于《小说新潮》发表《都会中的孤岛》。

四月,于《文艺春秋》发表《牛》。

六月,于《文艺春秋》发表《枭雄》。于《小说新潮》发表《选举杀人事件》。

七月,参加第 29 届芥川奖评选。

八月,长子纲男出生,与三千代正式办理结婚手续。于《讲谈俱乐部》发表《山神杀人》。

十二月,于 *King* 发表《小镇二天才》。

1954年(昭和二十九年)/49岁

一月,参加第30届芥川奖评选。于《讲谈俱乐部》发表《年糕作祟》。

二月,《不连续杀人事件》由春阳堂书店再版。

五月,于《小说新潮》发表《女剑士》。

七月,于《小说新潮》连载《左近之怒》。

八月,于《知性》连载《真书太阁记》,未完。

十月,于《别册小说新潮》发表《灵异杀人事件》。

各地取材旅行。

1955年(昭和三十年)/50岁(未满)

二月十一日,前往高知取材旅行。十五日,回到东京。

十七日晨,突发脑溢血,骤然离世。

二十一日,于东京青山殡仪馆举行了无宗教仪式的葬礼。

五月,百日法事,文坛相关人员到场约一百五十人。

图书在版编目（CIP）数据

堕落论／（日）坂口安吾著；郭晓丽译．—杭州：浙江文艺出版社，2019.7（2022.4 重印）

ISBN 978-7-5339-5643-1

Ⅰ.①堕… Ⅱ.①坂… ②郭… Ⅲ.①文学评论—日本—文集 Ⅳ.①I313.06-53

中国版本图书馆 CIP 数据核字（2019）第 055722 号

策　　划：邵　劼
责任编辑：邵　劼
营销编辑：张恩惠
封面设计：人马艺术设计·储平
责任印制：吴春娟

堕落论
［日］坂口安吾　著
郭晓丽　译

浙江文艺出版社　出版发行
地址：杭州市体育场路 347 号　邮编：310006
网址：www.zjwycbs.cn
经销：浙江省新华书店集团有限公司
印刷：浙江新华数码印务有限公司
开本：850 毫米×1168 毫米　1/32
字数：202 千字
印张：11.125
插页：6
版次：2019 年 7 月第 1 版　2022 年 4 月第 6 次印刷
书号：ISBN 978-7-5339-5643-1
定价：52.00 元